HEYNE
BÜCHER

Von Ursula K. Le Guin erschien in der Reihe
HEYNE SCIENCE FICTION & FANTASY:

Die Geißel des Himmels (06/3373)
Winterplanet (06/3400)
Sonderausgabe als
Die Linke Hand der Dunkelheit (06/8207)
Das Wort für Welt ist Wald (06/3466)
Planet der Habenichtse (06/3505; auch 06/4661)
Das Wunschtal (06/4077)
Geschichten aus Orsinien (06/4211)
Malafrena (06/4375)
Das Auge des Reihers,
in: *Futura,,* hrsg. von Virginia Kidd (06/3856)

HAINISCH:
Rocannons Welt (06/3578)
Das zehnte Jahr (06/3604)
Stadt der Illusionen (06/3672)
Die drei Romane als Sonderausgabe
in einem Band: *Hainisch* (06/4460)
Die Erzähler (06/6382)

ERDSEE:
Der Magier von Erdsee (06/3675)
Die Gräber von Atuan (06/3676)
Das ferne Ufer (06/3677)
Die drei Romane als Sonderausgabe
in einem Band: *Erdsee* (06/4343; auch 06/5222)
Tehanu (06/4952)
Die vier Romane als bearbeitete Neuausgabe
in einem Band: *Erdsee* (06/9063)

URSULA K. LE GUIN

DAS WUNSCHTAL

Roman

Aus dem Amerikanischen
von Hilde Linnert

WILHELM HEYNE VERLAG
MÜNCHEN

HEYNE ALLGEMEINE REIHE
Nr. 01/12319

Titel der amerikanischen Originalausgabe
THE BEGINNING PLACE

Umwelthinweis:
Dieses Buch wurde auf
chlor- und säurefreiem Papier gedruckt

Taschenbuchausgabe 08/2001
Redaktion: Wolfgang Jeschke

Printed in Germany 2001
http://www.heyne.de
Umschlaggestaltung: Hauptmann und Kampa
Werbeagentur, CH-Zug
Umschlagillustration: Anke Siebert c/o Claudia Schönhals,
München
Druck und Bindung: Elsnerdruck, Berlin

ISBN: 3-453-19517-5

Qué río es ésta
por el cual corre el Ganges?

J. L. BORGES, *Heráclito**

---

* *»Welcher Fluß ist der,*
durch den der Ganges fließt?«

J. L. BORGES, *Heraklit*

Zitiert nach der Ausgabe: Jorge Luis Borges, *»Gedichte 1969–1976«*, München, Carl Hanser Verlag, 1980, S. 13, in der Übersetzung von Curt Meyer-Clason.

1. Kapitel

»Kassa sieben besetzen«, und wieder zurück zwischen die Kassen, Drahtkörbe entladen, Äpfel, drei um neunundachtzig, Ananas-Stücke im Sonderangebot, eine halbe Gallone fünfundsiebzig, vier, und eins ist fünf, danke, von zehn bis sechs, sechs Tage in der Woche; und er machte seine Arbeit gut. Der Geschäftsführer, ein Mensch aus Eisenfeilspänen und Galle, lobte ihn wegen seiner Tüchtigkeit. Die anderen, älteren, verheirateten Kassiere sprachen zwischendurch über Baseball, Rugby, Hypotheken, Chiropraktiker. Sie nannten ihn Rodge, nur Donna sagte Buck zu ihm. Während der Stoßzeit waren die Kunden Hände, die Geld hergaben, Geld entgegennahmen. Während der ruhigeren Geschäftszeit unterhielten sich die alten Männer und Frauen gern mit ihm, es war unwichtig, was man antwortete, sie hörten ohnehin nicht zu. Seine Tüchtigkeit half ihm, täglich mit der Arbeit fertigzuwerden, aber nachher nützte sie ihm nichts mehr. Acht Stunden täglich Hühnernudelsuppe, zwei um neunundsechzig, Hundefutter im Sonderangebot, eine kleine Flasche Derry Wip, fünfundneunzig, eins, und fünf ist vierzig. Er ging zurück in die Oak Valley Road, aß mit seiner Mutter zu Abend, saß eine Weile vor dem Fernsehapparat und ging dann schlafen. Manchmal fragte er sich, was er tun würde, wenn Sams Supermarkt auf der anderen Seite der Autobahn gestanden hätte, denn der nächste Fußgängerübergang befand sich in der einen Richtung vier Blocks weiter unten und in der anderen sechs Blocks weiter oben, und er wäre nie dorthin gekommen. Aber er war am Tag, nachdem sie übersiedelt waren, zum Supermarkt gefahren, um den Kühlschrank aufzufüllen, und hatte das Schild »Kassierer gesucht« gesehen, das seit einer halben Stunde an der Tür hing. Wenn er nicht über den Arbeitsplatz gestolpert wäre, hätte er sich vielleicht doch ein Auto gekauft, so daß er in der Stadt arbeiten konnte, wie er eigentlich vorgehabt hatte. Doch es hätte für keinen besonderen Wagen gereicht, während er jetzt genügend Geld beiseitelegte, um sich etwas Ordentliches zu leisten, wenn es so weit war. Er hätte lieber in der Stadt gewohnt und keinen eigenen Wagen gebraucht, aber seine Mutter hatte Angst vor Stadtzentren. Er sah sich Autos an, während er nach Hause ging, und überlegte, was für eines er sich dann kaufen würde. Er interessierte sich nicht sonderlich für Autos, aber da er die Absicht aufgegeben hatte, weiter auf die Schule zu gehen, mußte er das Geld schließlich für etwas ausgeben, und seine Gedanken bewegten sich während des Heimwegs immer in den gleichen ausgefahrenen Geleisen; er war müde, er hatte den ganzen Tag mit Waren und mit dem Geld dafür zu tun gehabt, bis in seinem Kopf für nichts anderes mehr Platz war, weil das alles durch seine Hände lief und er nichts davon behalten konnte.

Zu Beginn des Frühjahrs, als sie eingezogen waren, hatte der Himmel über den Dächern in kaltem Grün und Gold geleuchtet, wenn er nach Hause ging. Jetzt, im Sommer, waren die baumlosen Straßen um sieben Uhr abends noch hell und heiß. Flugzeuge von dem zehn Meilen weiter südlich gelegenen Flughafen stiegen steil in die Höhe, durchfurchten den dichten, strahlenden Himmel und zogen ihren Schall und ihren Schatten hinter sich her; zerbrochene Schaukeln aus lackiertem Stahl quietschten auf den Spiel- und Sportplätzen neben den Fahrbahnen. Die Wohnhausanlage hieß Kensington Heights. Um die Oak Valley Road zu erreichen, überquerte er den Loma Linda Drive, den Raleigh Drive, den Pine View Place, bog auf die Kensington Avenue ein und überquerte die Chelsea Oaks Road. Es gab keine Hügel, keine Täler, keine Raleighs, keine Eichen. Auf der Oak Valley Road waren die Gebäude einstöckig, in Braun und Weiß gehaltene Apartmenthäuser mit je sechs Wohneinheiten. Zwischen den Abstellplätzen befanden sich Rasenflecken, deren Begrenzungsstreifen aus zerkleinerten weißen Steinen bestanden und die man mit Wacholder bepflanzt hatte. Kaugummipapiere, Soft-Drinks-Dosen, Plastikdeckel, die unverrottbaren Hüllen und Skelette der Verbrauchsgüter, mit denen er an den Kassen des Supermarkts zu tun hatte, lagen zwischen den weißen Steinen und den dunklen Pflanzen. Am Raleigh Drive und am Pine View Place standen Zweifamilienhäuser, und am Loma Linda Drive Einfamilienhäuser, jedes mit eigener Zufahrt, Abstellplatz, Rasen, weißen Steinen, Wacholder. Die Gehsteige waren gerade, die Straßen eben, das Umland flach. Die alte Stadt, das Geschäftsviertel, war auf Hügeln oberhalb eines Flusses erbaut worden, doch alle ihre östlichen und nördlichen Vorstädte lagen in der Ebene. Die einzige Aussicht, die sich ihm hier geboten hatte, hatte er an dem Tag zu Gesicht bekommen, als sie mit dem Anhänger von Osten hereinkamen. Knapp vor dem Ortsschild verlief die Autobahn über einen Viadukt, und man blickte auf Felder hinunter, hinter denen die Stadt im goldenen Dunst lag. Felder, Wiesen im sanften Abendlicht und der Schatten der Bäume. Dann eine Farbfabrik mit ihrem vielfarbigen Schild an der Autobahn, und dann begannen die Wohnhausanlagen.

Eines Abends nach der Arbeit, an einem heißen Abend, ging er über den großen Parkplatz von Sams Supermarkt und die Autobahnabfahrt hinauf auf dem schmalen Pannenstreifen; er wollte versuchen zurückzugehen, hinaus aufs Land, auf die Felder, die er gesehen hatte, aber es gab keine Möglichkeit dazu, Abfall aus Papier, Metall und Plastik knirschte unter seinen Füßen, die Luft peitschte und vibrierte infolge des Sogs, der Boden bebte bei jedem Lastwagen, der näherkam und vorüberbrauste, der Lärm mißhandelte die Trommelfelle, und er atmete nur verbrannten Gummi und Dieselabgase ein. Nach einer halben Stunde gab er auf und versuchte, von der Autobahn hinunterzukommen, aber die Vorstadtstraßen waren durch Zäune von der Autobahnböschung getrennt. Er mußte zurück und wieder über den Parkplatz des Supermarkts, um zur Kensington Avenue zu gelangen. Er zitterte infolge des Mißerfolgs und war zornig, als wäre er überfallen worden. Er blinzelte im heißen, schattenlosen Sonnenschein, als er nach Hause ging. Der Wagen seiner Mutter stand nicht auf dem Abstellplatz. Das Telefon klingelte, während er aufsperrte.

»Da bist du endlich! Ich rufe seit Ewigkeiten an. Wo bist du gewesen? Ich habe schon zweimal angerufen. Ich bleibe bis gegen zehn hier, bei Durbina. Im Tiefkühlschrank ist tischfertiger Truthahn. Nimm nicht die Packungen mit den Orientalischen Menu, die sind für Mittwoch! Heute gibt es Mixons Truthahndinner.« $ 1,29 klingelte es in seinem Kopf, danke. »Ich werde den Anfang des Films auf Kanal sechs versäumen, sieh du ihn dir an, bis ich nach Hause komme.«

»O.K.«

»Wiedersehen.«

»Wiedersehen.«

»Hugh?«

»Ja.«

»Warum bist du so spät gekommen?«

»Ich habe einen anderen Weg versucht.«

»Du klingst so verärgert.«

»Ich weiß nicht.«

»Nimm ein paar Aspirin! Und eine kalte Dusche! Es ist so heiß. Ich sehne mich danach. Aber ich komme nicht spät. Gib auf dich acht! Du gehst ja nicht aus, nicht wahr?«

»Nein.«

Sie zögerte, sprach nicht, legte aber auch nicht auf. Er sagte »Wiedersehen«, legte auf und blieb neben dem Telefon stehen. Er fühlte sich schwer; ein schweres Tier, ein dikkes Geschöpf mit runzliger Haut, dessen Unterlippe herabhing und das Füße wie Lastwagenreifen hatte. Warum kommst du fünfzehn Minuten zu spät warum bist du verärgert gib acht iß nicht das tiefgekühlte Orientalische Menu geh nicht aus. Gut. Gib acht gib acht. Er stellte Mixons Truthahndinner in das Bratrohr, obwohl er es nicht vorgeheizt hatte, wie es in der Gebrauchsanweisung hieß, und stellte die Zeit ein. Er war hungrig. Er war immer hungrig. Er war eigentlich nie hungrig, aber er wollte immer essen. Im Vorratsschrank in der Speisekammer lag ein Säckchen Erdnüsse; er nahm es ins Wohnzimmer mit, schaltete den Fernsehapparat ein und setzte sich in den Fauteuil. Der Stuhl schwankte und knarrte unter seinem Gewicht. Er stand unvermittelt auf und ließ das Erdnußsäckchen fallen, das er eben aufgerissen hatte. Es war zuviel, der Elefant füttert sich selbst mit Erdnüssen. Er spürte, daß er den Mund aufriß, weil er keine Luft in die Lunge bekam. In seinem Hals steckte etwas, das herauswollte. Er stand neben dem Fauteuil, sein Körper zitterte krampfartig, und das Ding in seinem Hals stieß Worte aus. »Ich kann nicht, ich kann nicht«, sagte es laut.

Er hatte Angst, geriet in Panik, stürzte zur Vordertür, riß sie auf, lief aus dem Haus, bevor das Ding weitersprechen konnte. Das heiße, späte Sonnenlicht fiel grell auf weiße Steine, Abstellplätze, Autos, Mauern, Schaukeln, Fernsehantennen. Er zitterte, sein Kinn bewegte sich: das Ding versuchte, seine zusammengebissenen Zähne aufzuzwingen und wieder zu sprechen. Er riß sich los und rannte.

Die Oak Valley Road hinunter, nach links auf den Pine View Place, wieder nach rechts, er wußte nicht, er konnte die Straßentafeln nicht lesen. Er lief nicht oft, es fiel ihm nicht leicht. Seine Füße schlugen hart, mit schweren Stößen auf den Boden auf. Autos, Abstellplätze, Häuser verschwammen zu einer hellen, schwankenden Blindheit, die rot und dunkel wurde, während er weiterlief. Worte hinter seinen Augen sagten *Du läufst aus dem Tageslicht hinaus*. Die Luft drang säuerlich in seinen Hals und in die Lunge, sie brannte, sein Atmen klang wie zerreißendes Papier. Die Dunkelheit wurde dick wie Blut. Seine stoßenden Laufschritte wurden noch härter, er lief hinunter, den Hügel hinunter. Er versuchte sich zurückzuhalten, langsamer zu werden, fühlte, wie die Welt unter seinen Füßen wegglitt und zerfiel, wie ein vielfaches, geschmeidiges Streicheln über sein Gesicht hinwegging. Er sah oder roch Blätter, dunkle Blätter, Zweige, Boden, Erde, vermoderte Blätter, und durch das Hämmern seines Herzens und das Keuchen seines Atems hörte er eine laute, unaufdringliche Melodie. Er machte noch ein paar schwankende, schlurfende Schritte, fiel auf Hände und Knie, und dann noch tiefer, der Länge nach auf den Bauch auf Erde und Steine am Rand eines fließenden Gewässers.

Als er sich endlich aufsetzte, hatte er nicht das Gefühl, geschlafen zu haben, dennoch war es, als erwache er, als erwache er aus einem tiefen Schlaf in der Stille, wenn das Ich sich vollkommen in sich selbst zurückzieht und nichts es erreichen kann, bevor es nicht weiter erwacht. Und der Ursprung der Stille war die Melodie des Wassers. Unter seiner Hand glitt Sand über einen Stein. Als er sich aufsetzte, drang die Luft mühelos in seine Lunge, kühle Luft, die nach Erde, vermoderten Blättern, den verschiedensten Kräutern, Gras, Büschen und Bäumen, dem kühlen Hauch des Wassers, dem dunklen Aroma des Bodens roch, ein süßer, tiefvertrauter Duft, obwohl er ihm keinen Namen geben konnte, alle Gerüche waren vermischt und dennoch deutlich voneinander getrennt, wie die Fäden in einem Stoff, sie bewiesen, daß der Geruchssinn des Gehirns lebendig und unermeßlich war, über eine große Fächerung, aber nicht über Benennungen für jeden Duft, jedes Aroma, jedes Parfüm und jeden Gestank verfügte, aus denen dieser allumfassende, dunkle, zutiefst fremde und doch wieder vertraute Geruch eines Bachufers in einem späten Sommerabend auf dem Land bestand.

Denn er befand sich auf dem Land. Er hatte keine Ahnung, wie weit er gelaufen war, denn er besaß keine klare Vorstellung davon, wie lang eine Meile ist, aber er wußte, daß er von den Straßen, den Häusern, vom Rand der gepflasterten Welt fortgerannt war, bis er auf Erde lief. Sie war dunkel, ein bißchen feucht, uneben und vielfältig, unglaublich vielfältig – wenn er einen Finger bewegte, berührte er Sandkörnchen und Erdboden, verfaulte Blätter, Muscheln, einen größeren, halb in der Erde begrabenen Stein, Wurzeln.

Er hatte mit dem Gesicht nach unten auf dem Boden, in ihm gelegen. Ihm war ein wenig schwindlig. Er holte tief Luft und drückte die Handflächen auf die Erde.

Es war noch nicht dunkel. Seine Augen hatten sich angepaßt, und er konnte deutlich sehen, obwohl sich die dunkleren Farben und Plätze am Rand der Nacht befanden. Der Himmel zwischen den schwarzen, sich schattenrißartig abhebenden Zweigen über ihm war farblos, und keine Abstufung in seiner Helligkeit deutete an, wo die Sonne untergegangen war. Am Himmel standen noch keine Sterne. Er befand sich in einem Tal. Der etwa acht oder zehn Meter breite Bach lag voller großer Blöcke, sah aus wie ein helleres Stück Himmel und funkelte und schimmerte um die Felsen herum. Die freien, sandigen Ufer an beiden Seiten waren hell; nur flußabwärts, wo die Bäume dichter standen, ballte die Dämmerung große, verschwommene Dunkelheiten zu Schattenplätzen zusammen.

Er rieb sich Sand, welke Blätter und Spinnennetze von Gesicht und Haaren und spürte unter dem Auge das leichte Brennen eines Kratzers. Er stützte sich auf den Ellbogen, beugte sich aufmerksam vor und berührte das Wasser des Baches mit den Fingern seiner linken Hand: zuerst sehr leicht, mit der flachen Hand, als würde er über die Haut eines Tieres streichen; dann steckte er die Hand ganz ins Wasser und fühlte, wie sich der Druck der Strömung gegen seine Handfläche preßte. Er lehnte sich noch weiter vor, beugte den Kopf hinunter, stützte beide Hände in das seichte Wasser am Rand des Sandes und trank.

Das Wasser war kalt und schmeckte nach Himmel.

Hugh hockte auf dem feuchten Sand, beugte den Kopf immer noch vor und hatte den Geschmack, der kein Geschmack ist, auf den Lippen und im Mund. Dann richtete er sich langsam auf, bis er mit erhobenem Kopf kniete und die Hände regungslos auf den Knien lagen. Sein Verstand fand keine Worte, doch sein Körper verstand vollkommen mühelos und pries den Ort.

Als die Anspannung, die er als Gebet empfand, nachließ,

abklang und sich wieder in wache, vielfältige Freude auflöste, setzte er sich auf die Fersen und sah sich genauer und bewußter um als zuvor.

Unter dem gleichmäßigen, farblosen Himmel konnte er nicht feststellen, wo Norden lag; doch er war davon überzeugt, daß sich die Vorstädte, die Autobahn, die Stadt direkt hinter ihm befanden. Der Pfad, den er entlanggelaufen war, mündete hier, zwischen einer großen Tanne mit rötlicher Rinde und einer Gruppe hoher Büsche mit großen Blättern. Hinter ihnen führte der Pfad steil hinauf und verschwand in der dichten Dämmerung zwischen den Bäumen.

Der Bach verlief genau quer zu der Achse des Pfades, von rechts nach links. Er konnte das gegenüberliegende Ufer eine große Strecke bachaufwärts verfolgen, wo es sich zwischen Bäumen und Felsen durchwand und schließlich höher über dem Wasserspiegel aufragte. Bachabwärts verschwand der Wald in der zunehmenden Dunkelheit, die vom fließenden Schimmer des Wassers unterbrochen wurde. Oberhalb des Ufers stieg der Boden zu beiden Seiten des Gewässers an und bildete dann eine baumlose Wiese, eine Lichtung, die grasbestanden und von Sträuchern und Büschen unterbrochen war.

Der vertraute Geruch, den er nicht einordnen konnte, war stärker geworden, seine Hand roch danach – Minze, das war's! Die Kräuter am Rand des Baches, in die er die Hände gestützt hatte, mußten wilde Minze sein. Er riß ein Blatt ab, roch daran, dann biß er hinein und erwartete, daß es süß wie Minzebonbons schmeckte. Es erwies sich als scharf, leicht haarig, erdig, kalt.

Das ist ein guter Ort, dachte Hugh. Und ich bin hierhergekommen. Ich bin endlich irgendwohin gekommen. Ich habe es geschafft.

Hinter seinem Rücken wartete das Abendessen im Bratrohr, die eingestellte Zeituhr lief ab, der Fernsehapparat plapperte in einem leeren Zimmer. Die Vordertür war unversperrt. Vielleicht sogar offen. Wie lang schon?

Mutter kommt um zehn nach Hause.

Wo warst du, Hugh? Ein Spaziergang Aber du warst nicht *zu Hause* als ich *nach Hause* kam du weißt wie ich Ja es ist später geworden als ich dachte es tut mir leid Aber du warst nicht *zu Hause* ...

Er war bereits auf den Beinen. Doch das Minzeblatt befand sich in seinem Mund, seine Hände waren naß, sein Hemd und seine Hose waren mit Blättern und feuchtem Sand bedeckt, und sein Herz schlug ganz ruhig. Ich habe den Ort gefunden, also kann ich zu ihm zurückkommen, sagte er sich.

Er blieb noch eine Minute stehen, lauschte dem Wasser auf den Steinen und betrachtete die regungslosen Zweige vor dem Abendhimmel; dann ging er den Weg zurück, den er gekommen war, den Pfad zwischen den hohen Büschen und der Kiefer hinauf. Zuerst war der Weg steil und finster, dann wurde er im schütteren Wald eben. Man konnte ihm mühelos folgen, obwohl Hugh in der rasch zunehmenden Dämmerung ein paar Mal über die dornigen Ranken der Brombeersträucher stolperte. Ein alter, von Gras überwucherter Graben, nicht mehr als eine Vertiefung oder Furche im Boden, begrenzten den Wald; jenseits von ihm erstreckten sich offene Felder. In der Ferne konnte er hinter ihnen die vorüberhuschenden Scheinwerfer der Autos auf der Autobahn erkennen. Rechts sah er ortsfeste Lichter. Er ging auf sie zu, über die Felder aus trockenem Gras und hartem, furchendurchzogenem Boden und erreichte schließlich einen Damm, auf dem eine Schotterstraße verlief. Links, in der Nähe der Autobahn, stand ein großes Gebäude im Scheinwerferlicht; in der anderen Richtung erkannte er an der Straße Gebäude, die wie eine Gruppe von Bauernhäusern aussahen. Vor einem von ihnen brannte ebenfalls im Vorhof Licht, und er ging dort hinüber, denn er war sicher, daß er sich auf dem richtigen Weg befand: die Straße zwischen den Bauernhäusern entlang. Hinter ihren Autofriedhöfen und den bellenden Hunden gab es dunkle Baumreihen, und dann die erste Straßenlaterne, das Ende des Chelsea Gardens Place, der zu der Chelsea Gardens Avenue und weiter in das Zentrum einer Wohnhausanlage führte. Er folgte der unbewußten Erinnerung an den Weg, den er entlanggelaufen war, und eine Straße nach der anderen führte ihn untrüglich zurück nach Kensington Heights, auf den Pine View Place, auf die Oak Valley Road und zu der Eingangstür von 14067 1/2 – C Oak Valley Road: die geschlossen war.

Der Fernsehapparat vibrierte unter Gelächter aus der Konserve. Er schaltete ihn ab, dann hörte er das Summen der Zeituhr aus der Küche und lief hinaus, um sie abzustellen. Auf der Küchenuhr war es fünf vor neun. Das Truthahn-Dinner in seinem kleinen Aluminiumsarg war verschmort. Er versuchte es zu essen, aber es war hart wie Stein. Er trank einen Liter Milch und aß vier Scheiben Butterbrot, einen halben Liter Heidelbeer-Joghurt und zwei Äpfel; er trug das Säckchen mit Erdnüssen in die Küche, setzte sich in die Eßnische, schälte und aß sie und dachte nach. Der Heimweg war lang gewesen. Er hatte nicht auf die Uhr gesehen, aber er hatte bestimmt eine Stunde gedauert. Außerdem hatte er sicherlich eine Stunde oder sogar länger am Bach verbracht; und er hatte einige Zeit gebraucht, um dorthin zu gelangen, auch wenn er gelaufen war, er schaffte die Meile nicht in vier Minuten. Er hätte schwören können, daß es zehn oder elf Uhr war, wenn nicht die Küchenuhr und seine Armbanduhr ihm einstimmig widersprochen hätten.

Da er nie sehr gut in Schlußfolgerungen gewesen war, gab er auf. Er aß die letzten Erdnüsse, übersiedelte ins Wohnzimmer, schaltete das Licht ab, schaltete den Fernsehapparat ein, schaltete ihn sofort wieder aus und setzte sich in den Fauteuil. Der Stuhl schwankte und knarrte, aber diesmal wußte Hugh, daß die Altersschwäche des Stuhls und nicht sein eigenes Gewicht daran schuld war. Er fühlte sich nach dem Dauerlauf gut. Statt sich über sich selbst zu ärgern, tat ihm der arme, fadenscheinige, schäbige Stuhl leid. Warum war er gelaufen? Eigentlich hatte er keinen Grund, darüber nachzudenken. Sein Leben lang hatte er nichts anderes getan. Er war immer vor irgend etwas davongelaufen. Aber daß er lief und irgendwohin kam, war etwas Neues. Früher war er nie irgendwohin gelangt, an einen Ort, an dem er sich verstecken, an dem er bleiben konnte. Und dann war er über seine eigenen Füße gestolpert und der Länge nach in einen solchen Ort hineingefallen, einen wilden, geheimen Ort. Als wären all die Vorstädte, die Wohnhausanlage der Wohnwagen der Supermarkt der Parkplatz die Gebrauchtwagen die Abstellplätze die Schaukeln die weißen Steine der Wacholder der Speck die Sonderangebote die Kaugummipapiere in den Städten in den fünf verschiedenen Staaten, in denen er in den letzten sieben Jahren gelebt hatte, als wäre das alles endlich bedeutungslos, nicht von Bestand, nicht das wahre Leben, denn knapp außerhalb, gleich neben dem Rand dieser Welt gab es Stille, Einsamkeit, in der Dämmerung dahinströmendes Wasser, den Geschmack von Minze.

Du hättest das Wasser nicht trinken sollen. Abwässer. Typhus, Cholera ... Nein! Es war das erste reine Wasser, das ich je getrunken habe. Ich werde dorthin zurückkehren und es trinken, verdammt noch mal, wann immer ich Lust dazu habe!

Der Bach. Flüßchen hätten sie ihn in den Staaten genannt, in denen er zur Schule gegangen war, aber das Wort »Bach« fiel ihm aus der Dunkelheit der Erinnerung ein, ein Wort aus der Dämmerung, das zu dem Wasser der Dämmerung paßte, zu dem dahinströmenden Wechsel und dem Leuchten, das seinen Geist erfüllte. Die Wände des Raums, in dem er saß, vibrierten schwach unter den Geräuschen eines Fernsehprogramms in der Wohnung über ihm; das Licht der Straßenlaterne fiel durch die Spitzengardinen, malte Streifen auf den Boden, und manchmal glitten die Scheinwerfer eines vorüberfahrenden Wagens flüchtig über die Wände hinweg. Innerhalb, unterhalb dieses unruhigen, nie ganz stillen Zwielichts befand sich der ruhige Ort, der Bach. Als er an ihn dachte, spann sein Geist die alten Gedankengänge weiter: Wenn ich dorthin ginge, wohin ich gelangen möchte, wenn ich in die Schule ginge und mit den Leuten spräche, gäbe es vielleicht Studentendarlehen für Bibliothekskurse, oder wenn ich genügend Geld spare und anfangs vielleicht ein Stipendium – und seine Gedanken glitten weiter, wie ein Boot, das an den in Sichtweite des Festlandes befindlichen Inseln vorübertreibt und eine fernere Zukunft ansteuert, von der man früher geträumt hat, ein Gebäude mit einer breiten, viel begangenen Freitreppe, mit Treppenaufgängen im Innern, großen Räumen und hohen Fenstern, mit ruhigen Menschen, die still arbeiten, die sich zwischen den endlosen Regalen mit Büchern genauso zu Hause fühlen wie die Gedanken im Geist, die Stadtbücherei bei einem Schulausflug in der fünften Klasse anläßlich der Nationalen Buchwoche, das Ziel und der Zufluchtsort seiner Sehnsucht.

»Wieso sitzt du hier in der Dunkelheit? Ohne den Fernsehapparat einzuschalten? Und die Vordertür ist nicht versperrt! Warum sind die Lampen nicht eingeschaltet? Ich habe geglaubt, daß niemand zu Hause ist.« Und als sie dieses Thema erschöpft hatte, fand sie das Truthahn-Dinner, das er nicht tief genug in den Abfalleimer unter der Spüle gestopft hatte. »Was hast du gegessen? Was um Himmels willen hat dir daran nicht gepaßt? Kannst du die Anweisungen nicht lesen? Du bekommst bestimmt eine Grippe, nimm lieber ein paar Aspirin! Wirklich, Hugh, du weißt dir überhaupt nicht zu helfen, du bringst nicht einmal die einfachsten Handgriffe fertig. Wie kann ich beruhigt nach der Arbeit ausgehen und ein paar Stunden mit meinen Freundinnen verbringen, wenn du so unverantwortlich bist? Wo ist das Säckchen mit Erdnüssen, die ich morgen zu Durbina mitnehmen wollte?« Obwohl er zuerst fand, daß sie wie der Fauteuil unzulänglich war, jemand, der sich bemühte, eine Arbeit zu leisten, die für ihn zu schwer ist, gelang es ihm nicht, sie von dem ruhigen Ort aus zu sehen, sondern sie zog ihn von dort zurück, holte ihn ein, bis er nichts anderes tun konnte, als nicht zuzuhören, »In Ordnung« zu sagen und dann, als sie den letzten Werbespot in dem Film eingeschaltet hatte, den sie sehen wollte, mit einem »Gute Nacht, Mutter«, davonzulaufen und sich im Bett zu verkriechen.

In dem kleinen Supermarkt in der letzten Stadt, in dem Hugh zum ersten Mal vom Regalauffüller zum Kassierer befördert worden war, war das Leben lässig gewesen und er hatte immer Zeit gefunden, sich zu unterhalten oder im Lager zu faulenzen, aber bei Sam ging das Geschäft gut, jede Arbeit war spezialisiert und es gab keine Pausen. Manchmal sah es aus, als würde die Schlange an seiner Kasse mit dem nächsten Kunden abreißen, aber es kam immer noch einer. Hugh hatte gelernt, bruchstückweise zu denken, das war zwar keine ideale Methode, aber er hatte keine andere Möglichkeit. Im Verlauf eines Arbeitstages konnte er ein bestimmtes Quantum an Denkvorgängen bewältigen, wenn er immer wieder an das letzte Teilstück anschloß; seine Gedanken warteten auf ihn wie geduldige Hunde, bis er wieder auf sie zurückkam. Heute wartete sein Hund auf ihn, als er aufwachte, und begleitete ihn wedelnd zur Arbeit: Er wollte wieder zu dem Bach zurück, zu dem Ort an dem Bach, und genügend Zeit haben, um eine Weile dort zu bleiben. Um halb elf, nachdem er die alte Dame mit dem orthopädischen Schuh abgefertigt hatte, die ihm immer erklärte, daß Dosenlachs früher zehn Cents die Dose gekostet hatte, aber jetzt war er so sündteuer, weil er im Leih-Pacht-Verkehr in die sozialistischen Länder exportiert wurde, und dabei ihre Margarine und ihr Brot mit Wohlfahrtsmarken bezahlte, hatte er sich ausgerechnet, daß die beste Zeit für den Ort am Bach der Morgen, nicht der Abend war.

Seine Mutter und ihre neue Freundin Durbina studierten gemeinsam irgendeinen okkulten Kram, und in letzter Zeit hatte sie mindestens einmal die Woche nach der Arbeit Durbina besucht. Dadurch kam er zu einem freien Abend, aber nur einmal in der Woche, und er wußte nie, welcher Abend es sein würde, und mußte außerdem darauf achten, daß er noch vor seiner Mutter nach Hause kam.

Es machte ihr nichts aus, wenn sie bei Tag vor ihm heimkam, aber wenn sie erwartete, daß er anwesend war und ihn nicht vorfand, oder wenn sie in der Dunkelheit in eine leere Wohnung kam, dann wurde es schlimm. Und neuerdings war es schlimm, wenn sie allein in der Wohnung war, wenn es finster wurde. Es hatte deshalb keinen Sinn, sich darauf zu verlassen, daß er abends ausgehen konnte; genau wie mit der Abendschule hatte es keinen Sinn, daran zu denken.

Doch morgens ging sie um acht zur Arbeit. Dann konnte er zum Bach. Es waren jedenfalls zwei Stunden. Bei Tag würden vielleicht Leute dort sein, dachte er (am Nachmittag, wenn Bill die Kasse sieben übernahm, damit Hugh eine Pause einlegen konnte), es würden vielleicht andere Leute dort sein, oder Tafeln, auf denen »Privatbesitz, Betreten verboten« stand, aber er wollte es darauf ankommen lassen. Es sah nicht wie ein Ort aus, den viele Leute aufsuchten.

An diesem Abend war er zur gewohnten Zeit zu Hause, ein Viertel vor sieben, aber seine Mutter kam nicht und rief auch nicht an. Er saß herum, las die Zeitung und sehnte sich nach etwas Eßbarem wie Erdnüsse, die Erdnüsse, die er vergangenen Abend gegessen hatte und die seine Mutter morgen, also heute abend, Durbina hatte mitbringen wollen. O verdammt, dachte er, ich hätte doch zum Bach gehen können. Er stand auf, um sich auf den Weg zu machen, aber er konnte es nicht riskieren, er wußte nicht, wann sie nach Hause kommen würde. Er wollte sich selbst etwas zum Essen zurechtmachen, fand aber nichts, worauf er Appetit hatte; er aß ein paar Kleinigkeiten, öffnete eine Dose mit tiefgekühltem Orangensaft und trank ihn. Er hatte Kopfschmerzen. Er hätte gern ein Buch gelesen und dachte, warum bekomme ich kein Auto, damit ich in die Stadt in die Bücherei fahren kann, warum fahre ich nirgends hin, warum habe ich keinen Wagen, aber was für einen Sinn hatte ein Auto, wenn er von zehn bis sechs arbeitete und abends zu Hause bleiben mußte? Er sah sich eine Nachrichtensendung im Fernsehen an, um den Hund aus seinem Geist zu vertreiben, der ihn ansprang, knurrte und die Zähne fletschte. Das Telefon klingelte. Die Stimme seiner Mutter klang scharf. »Ich wollte diesmal sicher sein, bevor ich nach Hause fahre«, erklärte sie und legte auf.

In dieser Nacht versuchte er im Bett, tröstliche Bilder heraufzubeschwören, aber sie quälten ihn nur; schließlich kehrte er zu einer alten Vorstellung zurück, einer Kellnerin, mit der er zusammengekommen war, als er fünfzehn war. Er stellte sich vor, daß er an ihren Brüsten saugte, und brachte dadurch seine Masturbation zum Höhepunkt; dann brütete er verzweifelt vor sich hin.

Am Morgen stand er um sieben statt um acht auf. Er hatte seiner Mutter nicht gesagt, daß er zeitiger aufstehen würde. Sie mochte es nicht, wenn am Tagesablauf etwas geändert wurde. Sie saß mit Kaffeetasse und Zigarette im Wohnzimmer, schaute sich die Morgennachrichten im Fernsehen an und zwischen ihren nachgezogenen schwarzen Brauen stand eine Falte. Ihr Frühstück bestand immer nur aus Kaffee. Hugh mochte ein üppiges Frühstück, er liebte Eier, Speck, Schinken, Toast, Brötchen, Chips, Würstchen, Grapefruits, Orangensaft, Pfannkuchen, Yoghurt, Getreideflokken, alles; er tat Milch und Zucker in seinen Kaffee. Seine Mutter war vom Anblick, den Geräuschen, dem Geruch seiner Vorbereitungen angewidert. Zwischen dem Küchenbereich und dem Wohnbereich gab es keine Trennwand. Hugh versuchte, sich leise zu bewegen, und briet nichts, aber es nützte nichts. Sie kam hinter ihm her, als er sich an den Tisch in der Eßnische setzte und versuchte, geräuschlos Cornflakes zu essen. Sie ließ Tasse und Untertasse in die Stahlspüle fallen und verkündete: »Ich gehe jetzt zur Arbeit.« Er hörte in ihrer Stimme den schrecklichen dünnen Klang, eine kratzende Schärfe, die er in Gedanken (nicht mit Worten) als Messerschneide bezeichnete. »Gut«, antwortete er, drehte sich nicht um, versuchte, seine Stimme sanft, gleichgültig, neutral klingen zu lassen; denn er wußte, daß sie seine tiefe Stimme, seine großen Füße und dicken, wurstförmigen Finger, seinen schweren, sinnlichen Körper so wenig ertrug, daß sie oft mit einem Wutanfall darauf reagierte.

Sie ging geradewegs hinaus, obwohl es erst sieben Uhr fünfunddreißig war. Er hörte, wie sie den Motor startete, sah den blauen japanischen Wagen am großen Fenster vorbeifahren, rasch verschwinden.

Als er zur Spüle ging, um abzuwaschen, sah er, daß ihre Unterasse einen Sprung aufwies und der Henkel der Kaffeetasse abgebrochen war. Ihm drehte sich angesichts dieser Unbeherrschtheit der Magen um. Er stützte sich auf den Rand der Spüle, riß den Mund auf und schwankte von einem Fuß auf den anderen, wie immer, wenn er unglücklich war. Dann griff er langsam nach vorn, drehte den Kaltwasserhahn auf und ließ das Wasser rinnen. Er sah zu, wie es rauschend und klar die zerbrochene Tasse füllte und dann überlief.

Er spülte das Geschirr, versperrte die Wohnung und machte sich auf den Weg. Nach rechts auf der Oak Valley, nach links auf der Pine View, und weiter. Es war angenehm zu gehen, die Luft war süß, der Deckel des heißen Tages lag noch nicht auf der Welt. Er ging rasch und gleichmäßig, und nach zehn oder zwölf Blocks hatte er sich von der Laune seiner Mutter befreit. Doch als er auf die Uhr sah, begann er daran zu zweifeln, ob er den Ort am Bach erreichen konnte, bevor er kehrt machen und zum Supermarkt zurückgehen mußte, damit er pünktlich um zehn seine Arbeit antrat. Wie hatte er es vorgestern abend geschafft, zum Bach zu laufen, dort zu bleiben und zurückzukommen, und das alles in zwei Stunden? Vielleicht hatte er die falsche Straße genommen, vielleicht hatte er nicht den kürzesten Weg eingeschlagen oder vielleicht stimmte die Richtung überhaupt nicht. Der Teil seines Gehirns, der nicht in Worten dachte, verwarf alle diese Zweifel und Sorgen und führte ihn von Straße zu Straße, ungefähr fünf Meilen lang durch Kensington Heights und Sylvan Dell und Chelsea Gardens zur Schotterstraße oberhalb der Felder.

Das große Gebäude in der Nähe der Autobahn war die Farbfabrik; von hier aus sah man die Rückseite ihres vielfarbigen Reklameschilds. Er ging bis zum Zaun, der den Parkplatz einschloß, blickte von seinem erhöhten Standort hinunter und suchte die goldenen Felder des Sonnenuntergangs, die er vom Wagen aus gesehen hatte. Im Morgenlicht hatten sie nichts Zauberhaftes an sich. Von Unkraut überwuchert, einst bebaut, aber dann nicht mehr als Acker oder Weideland verwendet, verkommen. Sie warteten auf Bauunternehmer. Ein Schild MÜLL ABLADEN VERBOTEN! steckte in einem von Disteln überwucherten Graben neben dem verrosteten Chassis eines Wagens. In der Ferne, jenseits der Felder, warfen Baumgruppen Schatten nach Westen; hinter ihnen begann der Wald, ragte blau in die dunstige, sonnendurchflutete Luft. Es war nach halb neun, und es wurde heiß.

Hugh zog die Jeansjacke aus und wischte sich den Schweiß von Stirn und Wangen. Er sah eine Minute lang zu dem Wald hinüber. Wenn er dorthin ging, auch wenn er nur aus dem Bach trank und sofort kehrt machte, würde er wahrscheinlich zu spät zur Arbeit kommen. Er fluchte laut und erbittert, drehte sich um, ging die Schotterstraße an den schäbigen Bauernhäusern und an der Baumschule oder der Weihnachtsbaum-Plantage oder was immer es war vorbei, hinüber zum Chelsea Gardens Place, und dann weiter, die gewundenen, baumlosen Straßen zwischen Rasenflächen, Abstellplätzen, Häusern, Rasenflächen, Abstellplätzen, Häusern entlang, und erreichte Sams Supermarkt um zehn vor zehn. Sein Gesicht war gerötet, er schwitzte, und Donna meinte im Lager: »Sie haben wohl verschlafen, Buck.«

Donna war etwa fünfundvierzig. Sie hatte dichtes, dunkelrotes Haar, das sie seit kurzem als modische, gelockte, gekräuselte Mähne trug, so daß sie von hinten wie zwanzig und von vorn wie sechzig aussah. Sie hatte eine gute Figur, schlechte Zähne, einen bösen Sohn, der trank, und einen guten Sohn, der Serienwagen-Rennen fuhr. Sie mochte Hugh und sprach mit ihm, wann immer sich ihr eine Gelegenheit bot, erzählte ihm – manchmal von einer Kasse zur anderen über die Einkaufswägelchen und die Kunden hinweg – von ihren Zähnen, ihren Söhnen, dem Krebs ihrer Schwiegermutter, ihrer trächtigen Hündin und den sich daraus ergebenden Komplikationen; sie bot ihm junge Hunde an; sie erzählten einander die Handlung von Filmen und Fernsehserien. Sie hatte ihn vom ersten Tag an Buck genannt. »Buck Rogers im einundzwanzigsten Jahrhundert, ich wette, Sie sind zu jung, um sich an den echten Buck Rogers zu erinnern«, und sie lachte über das Paradoxon. An diesem Morgen stellte sie fest: »Sie haben verschlafen, Buck. Schämen Sie sich!«

»Ich bin um sieben aufgestanden«, protestierte er.

»Warum sind Sie dann gelaufen? Sie dampfen ja.«

Er wußte nicht, was er antworten sollte, dann kam ihm die Erleuchtung. »Laufen. Sie wissen ja. Es soll gesund sein.«

»Ja, es hat einmal einen Bestseller darüber gegeben, nicht wahr? Wie Jogging, nur ein bißchen schärfer. Was tun Sie, laufen Sie einfach zehnmal um den Häuserblock? Oder gehen Sie auf einen Sportplatz oder sowas?«

»Ich laufe einfach.« Hugh war nicht wohl zumute, weil er ihr mitfühlendes Interesse mit einer Lüge beantworten mußte; doch er verfiel gar nicht auf die Idee, ihr von dem Ort zu erzählen, den er am Bach entdeckt hatte. »Ich bin zu dick, und da habe ich mir gedacht, ich könnte es einmal versuchen.«

»Wahrscheinlich sind Sie für Ihr Alter zu schwer, aber ich finde, daß Sie gut aussehen.« Donna musterte ihn von oben bis unten. Hugh freute sich.

»Ich bin fett.« Er klopfte sich auf den Bauch.

»Vielleicht ein bißchen kräftig. Aber sie haben ja auch genügend Knochen, auf die ein bißchen Fleisch gehört. Wo haben Sie den Körperbau nur her? Ihre Mutter ist so winzig, so dünn, daß ich es kaum glauben kann, wenn sie hier einkauft. Ihr Vater muß groß gewesen sein, wahrscheinlich haben Sie die Statur von ihm geerbt.«

»Ja.« Hugh drehte sich um und zog sich seinen Kittel über.

»Ist er tot, Hugh?« In der Frage lag so viel mütterliche Autorität, daß er sie nicht überhören oder übergehen konnte, aber er brachte es nicht über sich, sie wahrheitsgemäß zu beantworten. Er schüttelte den Kopf.

»Geschieden.« Donna sprach das Wort ganz normal aus, als wäre nichts dabei; Hugh, für dessen Mutter das Wort obszön, tabu war, hätte gern zugestimmt, mußte aber wieder den Kopf schütteln. »Er ist abgehauen. Ich muß Bill mit den Kisten helfen.« Und er verschwand. Verschwand, lief davon, verkroch sich. Zwischen den Kisten, dem Speck, den grünen, klingelnden, blinkenden Kassen, überall, man kann sich überall verstecken, jeder Platz eignet sich dazu.

Doch während der Tagesarbeit dachte er von Zeit zu Zeit an das Wasser des Bachs in seinem Mund und auf seinen Lippen. Er sehnte sich danach, wieder von dem Wasser zu trinken.

Die Idee, auf die ihn Donna gebracht hatte, nahm er nach Hause mit.

»Ich habe mir überlegt, daß ich morgens zeitig aufstehen und joggen könnte«, erklärte er beim Abendessen. Sie aßen vor dem Fernsehapparat von TV-Tabletts. »Deshalb bin ich heute so früh aufgestanden. Ich wollte es versuchen. Aber ich glaube, noch zeitiger wäre besser. Vielleicht um fünf oder sechs. Wenn keine Autos auf den Straßen unterwegs sind. Und es noch kühl ist. Dann störe ich dich auch nicht, wenn du dich fertig machst.« Sie sah ihn mißtrauisch an. »Falls es dir nichts ausmacht, daß ich vor dir weggehe. Ich bin irgendwie außer Form. An der Kasse herumsitzen ist wahrscheinlich nicht sehr sportlich.«

»Besser, als wenn du den ganzen Tag an einem Schreibtisch hockst«, sagte sie, und er war über den Flankenangriff überrascht; er hatte Bibliothekskurse oder die Arbeit in einer Bücherei seit Monaten nicht mehr erwähnt, schon vor ihrer letzten Übersiedlung kein Wort mehr darüber verloren. Vielleicht meinte sie nur eine Büroarbeit wie die ihre. Die Messerschärfe lag noch nicht in ihrer Stimme, obwohl sie scharf genug klang.

»Würde es dir etwas ausmachen, wenn ich wirklich zeitig aufstehe und ein paar Stunden ausbleibe? Ich komme knapp, bevor du gehst, zurück und mache mir mein Frühstück, wenn du fort bist.«

»Warum sollte es mir etwas ausmachen?« fragte sie, blickte auf ihre schmalen Schultern hinunter und zupfte die Träger ihres Sommerkleids zurecht. Sie zündete eine Zigarette an und blickte zum Bildschirm hinüber, auf dem ein Reporter über einen Flugzeugabsturz berichtete. »Du kannst kommen und gehen, wie du willst, du bist schließlich zwanzig, beinahe einundzwanzig. Du mußt mich nicht wegen jeder Kleinigkeit um Rat fragen, wenn du etwas unternehmen möchtest. Ich kann dir nicht alle Entscheidungen abnehmen. Ich bestehe nur darauf, daß abends jemand in der Wohnung anwesend ist, ich hatte vorgestern abend einen schrecklichen Schock, als ich hereinfuhr und die Beleuchtung nicht eingeschaltet war. Es geht nur um gesunden Menschenverstand und Rücksichtnahme auf andere. Es ist ja schon soweit, daß man nicht einmal in seinem eigenen Haus sicher ist.« Sie hatte begonnen, schneller zu sprechen und unausgesetzt mit dem Daumennagel auf das Filterende ihrer Zigarette zu klopfen. Hugh wartete angstvoll darauf, daß sie sich in einen Anfall hineinsteigerte, aber sie sprach nicht weiter, sondern beobachtete gebannt das Fernsehprogramm. Er wagte nicht mehr, auf seinen Vorschlag zurückzukommen. Als er schlafen ging, hatten sie das Thema nicht mehr berührt. Für gewöhnlich hätte er sich ihren hysterischen, drohenden Ton zu Herzen genommen und sein Vorhaben aufgegeben; doch diesmal konnte er nicht anders. Er war durstig und mußte trinken. Er wachte um fünf auf, stand neben seinem Bett und streifte das Hemd über, bevor er noch richtig wach war.

In dem für ihn neuen Licht, dem blassen Licht der Morgendämmerung, sah die Wohnung fremd aus. Er zog seine Schuhe erst an, als er auf der Vordertreppe stand. Die Sonnenstrahlen fielen schräg in die Nebenstraßen hinter den Apartmenthäusern. Die Oak Valley Road lag in kühlem blauen Schatten. Er hatte keine Jacke angezogen und fröstelte. In seiner Eile knüpfte er die Schnürsenkel falsch zusammen und mußte mit dem Knoten kämpfen wie ein kleiner Junge, der sich zu spät auf den Schulweg macht; dann war er unterwegs. In leichtem Trab. Er log ungern. Er hatte behauptet, daß er joggen wolle, also joggte er.

Er brauchte nicht ganz eine Stunde; er joggte, wenn er außer Atem geriet, ging er, zwang sich mit immer größerer Anstrengung, wieder zu joggen und erreichte endlich den Wald am anderen Ende der brachliegenden Felder. Er blieb unter den ersten Bäumen stehen und sah auf seine Armbanduhr. Es war zehn Minuten vor sechs.

Obwohl die Bäume nicht sehr dicht standen, war der Wald etwas ganz anderes als das freie Feld, es war genauso, als käme man von der Straße in ein Haus hinein. Nach wenigen Metern war der heiße, helle, frühmorgendliche Sonnenschein bis auf vereinzelte Lichtstreifen und -flecken auf den Blättern und dem Boden ausgesperrt. Seit er die Vorstadtstraßen verlassen hatte, hatte er keinen Menschen getroffen. Es gab keine Einzäunung, obwohl er am Waldrand morsche Holzpfähle und Stacheldrahtreste gesehen hatte. Mehrere undeutlich erkennbare Pfade zweigten zwischen den Bäumen und dem Unterholz ab, aber er setzte seinen Weg ohne zu zögern fort. Er bemerkte ein Stück Alufolie unter den kleinblättrigen Heidelbeersträuchern, aber keine Bieretiketten, keine Soft-Drink-Dosen, Kondome, Kleenex, Butterbrotpapier. Hierher kam kaum jemand. Der Weg bog nach links. Er hielt nach der hohen Tanne mit dem rötlichen, schuppigen Stamm Ausschau und sah ihre oberen Zweige sich dunkel vom Himmel abheben. Der Pfad wurde schmaler und senkte sich, der Boden wurde dunkler und weicher. Er ging zwischen der Kiefer und den hohen Büschen durch, dem Tor zum Platz am Bach, und da war er, die Lichtungen zu beiden Seiten des Wasserlaufes, die Bewegung und die Melodie des Wassers, die kühle Luft, die kühle, süße klare Dämmerung des späten Abends.

Er stand auf der Schwelle, die dunklen Bäume über ihm. Wenn ich zurückschaue, dachte er, sehe ich das Sonnenlicht durch die Bäume fallen. Er schaute nicht zurück. Er ging langsam weiter.

Am Rand des Wassers blieb er stehen und nahm die

Armbanduhr ab. Die Zeiger bewegten sich nicht, die Uhr war um zwei Minuten vor sechs stehengeblieben. Er schüttelte sie, dann schob er sie in die Tasche seiner Jeans, rollte die Hemdärmel über die Ellbogen hinauf und ließ sich auf beide Knie nieder. Er beugte sich bedächtig und langsam vor, neigte den Kopf, stützte die Hände tief in den feuchten Sand am Ufer und trank vom fließenden Wasser.

Ein paar Meter stromaufwärts ragte ein flacher Felsen über den Bach hinaus. Er setzte sich auf ihn, beugte sich dann vor und tauchte die Hände ins Wasser. Mit den nassen Händen fuhr er sich ein paarmal über Gesicht und Haare. Seine Haut war hell, das Wasser kalt; er bemerkte mit Vergnügen, daß seine Gelenke und Hände im Wasser rot wie Dosenlachs wurden. Das Wasser selbst war dunkel, aber klar, wie rauchgraues Kristall. In sandigen Buchten im Schutz des Felsens lagen Muscheln, deren Farben und Zeichnungen durch das Wasser hervorgehoben wurden. Er betrachtete sie und das durchsichtige Gekräusel des Wassers über ihnen, richtete sich dann wieder auf und blickte zu dem farblosen Himmel empor. Dort bewegte sich nichts. Neben der schwarzen Spitze der Fichte auf dem Hügel jenseits des Baches entdeckte er aus dem Augenwinkel einen Stern, aber als er genauer hinsah, war dort nichts zu bemerken. Er saß lange Zeit still, hatte die Arme um die Knie geschlungen und lauschte dem Rauschen und der Musik des Wassers.

Nach einiger Zeit spürte er die kühle Brise, die den Bach herunterkroch. Er stand schließlich auf, schlang die Arme um die Brust und schlenderte am Ufer dicht neben dem sandigen Bachrand stromabwärts. Er betrachtete alles gelöst, gemächlich, doch aufmerksam, ein ganz wenig vorsichtig, erkundete den Boden, die Felsen, die Büsche und Bäume, den dunkleren Wald jenseits des Baches. Weiter unten war der Boden der Lichtung weniger feucht und weich, dort wuchs dichtes, hartes Gras zwischen Büschen, die etwa einen Meter hoch waren. Die Büsche standen vereinzelt, so daß die Grasflecken zwischen ihnen wie kleine Gärten oder

Zimmer ohne Dach wirkten. Man könnte auf einem von ihnen kampieren, überlegte Hugh. Wenn man ein Zelt hat – aber braucht man denn im Sommer ein Zelt? Ein Schlafsack würde genügen. Und ein Gefäß, in dem man kochen konnte. Und ein paar Streichhölzer. Die Feuerstelle konnte man dort unten im Sand anlegen, am Rande des Wassers, unter dem Abfall des steinigen Steilufers. Dürfte man hier ohne weiteres Feuer machen? Es war eigentlich nicht notwendig, außer man wollte kochen, aber es wäre eine Art Bezugspunkt, Wärme ... und dann konnte man schlafen, die Nacht unter freiem Himmel neben dem Geriesel des Wassers verbringen ... Er ging weiter, um die ganze Lichtung herum, blieb oft stehen, um sich etwas näher anzusehen und zu überlegen. Die Bewegungen seines Körpers waren weiträumig, langsam, harmonisch, immer von dem leichten, eher anregenden Gefühl der Vorsicht bestimmt, weil die Wildnis für ihn fremder Boden war. Er erreichte endlich den über das Wasser hinausragenden Felsen wieder, kniete noch einmal nieder, um zu trinken, dann stand er auf, ging entschlossen zum Tor zwischen den hohen Büschen und der Tanne, sah noch einmal zurück und verließ den Ort.

Der Pfad war steil, dunkel, schwer auszumachen. Zweige schlugen ihm ins Gesicht; er mußte den Kopf zur Seite wenden, die Augen schließen. Irgendwo oben wählte er die falsche Abzweigung und kam durch einen Teil des Waldes, den er noch nicht kannte, ein tiefliegendes, von Unkraut überwuchertes Terrain, das von Jungwald in Gruppen bestanden war. Er kam beim Feld heraus, an einer Stelle, wo der mit Müll und abgestorbenen Pflanzen gefüllte Graben tiefer war, und stand der blendenden Morgensonne, den hellen Speeren des Tageslichts gegenüber. Er rieb sich die Stirn, auf der eine Schramme brannte, und griff in die Tasche nach seiner Uhr. Sie ging wieder und zeigte 6.08 Uhr an. Es war natürlich später, weil sie die ganze Zeit am Bach über gestanden hatte, er konnte aber wahrscheinlich immer noch gegen acht zu Hause sein. Er setzte sich in Bewegung, aber ohne zu joggen, sondern mit raschen, gleichmäßigen

Schritten, denn er hatte keine Lust zu japsen und zu keuchen. Sein Geist weilte noch in der Ruhe des Platzes am Bach, empfand keine Angst und suchte keine Erklärungen. Er fühlte sich frisch und zufrieden, ging an den brachliegenden Feldern entlang, den Hügel hinauf, zwischen den trostlosen Bauernhäusern an der Schotterstraße hindurch, an der Baumschule vorbei zur Ecke des Chelsea Gardens Place und von Straße zu Straße bis zu 14067 1/2 – C Oak Valley Road. Er sperrte auf, und seine Mutter stand in ihrem Chintz-Morgenrock vor ihm und starrte ihn an; sie war eben erst aufgestanden. Die Küchenuhr zeigte fünf Minuten vor sieben. Auf seiner Armbanduhr war es vier Minuten vor sieben.

Er setzte sich mit einer großen Schüssel voll Cornflakes und zwei Orangen an den Tisch in der Eßnische und aß, weil er hungrig war; während der letzten zwanzig Blocks hatte er nur an sein Frühstück denken können. Doch während er aß, war er mit seinen Gedanken nicht beim Frühstück. Wieso hatte er eine Stunde gebraucht, um den Platz am Bach zu erreichen, war eine Stunde dort geblieben und hatte wieder eine Stunde gebraucht, um zurückzukommen, und das alles zwischen fünf und sieben Uhr? Und es war ...

Er hielt in seinen Überlegungen plötzlich inne, ließ die Schultern hängen, senkte den Kopf, spürte, wie sich seine Brust gegen seinen Willen verkrampfte, setzte den Gedankengang aber fort: Dort, beim Bach, war es Abend gewesen. Später Abend, Dämmerung. Die Sterne kamen heraus. Er war um sechs Uhr morgens im Sonnenschein an den Platz gelangt und hatte ihn um sechs Uhr morgens im Sonnenschein verlassen, und während er sich dort aufgehalten hatte, war es später Abend gewesen. Der Abend welchen Tages?

»Willst du eine Tasse Kaffee?« fragte seine Mutter. Ihre Stimme klang verschlafen, aber nicht scharf.

»Gern«, antwortete Hugh, der immer noch grübelte.

Er füllte seine Schüssel noch einmal mit Cornflakes, weil er nicht kochen wollte, während seine Mutter zu Hause war, weil er sich nicht damit befassen wollte. Er hielt den Löffel in der Hand und überlegte.

Seine Mutter stellte schwungvoll eine Steinguttasse mit Kaffee vor ihn. »Hier, Eure Majestät.«

»Danke.« Er aß und starrte weiterhin vor sich hin.

»Wann bist du fortgegangen?« Sie setzte sich mit ihrer Kaffeetasse ihm gegenüber an den Kunststofftisch.

»Gegen fünf.«

»Du hast die ganze Zeit gejoggt, zwei Stunden?«

»Ich weiß nicht. Eine Zeitlang habe ich gesessen.«

»Man darf zu Beginn keinesfalls übertreiben. Fange langsam an und steigere dich dann! Zwei Stunden sind für den Anfang zuviel. Du könntest damit deinem Herzen schaden. So wie die Leute, die im Winter, wenn es zum ersten Mal schneit, Schnee schaufeln und Hunderte brechen jedes Jahr tot in der Einfahrt zusammen. Man muß langsam beginnen.«

»Alle in der gleichen Einfahrt?« murmelte Hugh; er wachte langsam auf.

»Wo bist du überhaupt herumgelaufen? Immer im Kreis? Das muß komisch aussehen.«

»Ach, irgendwo. Durch eine Menge leerer Straßen.« Er stand auf. »Ich mache mein Bett und räume meine Sachen auf.« Er gähnte herzhaft. »Ich bin nicht gewohnt, so zeitig aufzustehen.« Er blickte auf seine Mutter hinunter. Sie war so klein und dünn, so angespannt und verbissen, er hätte ihr gern auf die Schulter geklopft oder sie auf die Haare geküßt, aber sie haßte es, wenn man sie berührte, und er hatte ohnehin das Talent, alles falsch zu machen.

»Du hast deinen Kaffee noch gar nicht getrunken.«

Er sah auf die volle Tasse hinunter; trank sie gehorsam mit ein paar großen Schlucken aus; und latschte in sein Zimmer. »Viel Vergnügen noch«, murmelte er.

Er wäre nicht wieder dorthin zurückgekehrt, wenn der Geschmack des Wassers nicht gewesen wäre. Dieses Wasser mußte er trinken; kein anderes löschte seinen Durst. Sonst, sagte er sich, wäre er weggeblieben, weil dort etwas nicht stimmte. Seine Uhr ging dort nicht. Entweder war er verrückt, oder dort ging etwas Unerklärliches vor sich, jemand manipulierte an der Zeit herum, für solche Sachen interessierten sich seine Mutter und ihre okkultistische Freundin, aber er interessierte sich nicht für diesen Hokuspokus und konnte damit auch nichts anfangen. Die alltäglichen Ereignisse waren schon merkwürdig genug, ohne daß man sie noch weiter durcheinanderbrachte, und das Leben brauchte nicht noch mehr Komplikationen, als es ohnehin gab. Tatsache blieb aber, daß der eine Ort, an dem sein Leben unkompliziert wirkte, der Platz am Bach war, und er mußte dorthin zurückkehren, um ruhig zu werden, um nachzudenken, um allein zu sein; um das Wasser zu trinken, um im Wasser zu schwimmen.

Bei seinem dritten Besuch hatte er beschlossen, in den Bach hineinzuwaten, hatte die Schuhe ausgezogen. Der Bach sah ziemlich seicht aus. Er trat in eine tiefe Stelle, wurde bis zur halben Wade naß, platschte ans Ufer, zog Jeans, Hemd, Unterhose aus und kehrte nackt in das kalte, lärmende Wasser zurück. An der tiefsten Stelle reichte es ihm nur bis zu den Rippen, aber es gab eine Stelle, an der er ein paar Tempi schwimmen konnte. Er ging unter, die starke Strömung trieb ihn, sein Haar floß in der seltsamen, dunklen Klarheit unter Wasser locker um sein Gesicht. Er schwamm, schürfte sich die Knie an verborgenen Steinen auf, stützte sich mit Händen und Füßen auf weiche, unsichtbare Flächen im Bachbett, kämpfte gegen das brüllende weiße Wasser zwischen den Felsen, wo die Strömung raste. Er kam wie ein Büffel aus dem Wasser gerannt, schüttelte sich, stampfte vor Kälte und angestauter Energie und rieb sich mit dem Hemd trocken. Danach schwamm er jedesmal, wenn er zu dem Bach kam.

Da er die Stelle nur am frühen Morgen aufsuchen konnte, war er überzeugt, daß er die Nacht nicht dort verbringen konnte, wie er sich vorgenommen hatte. Und er konnte wirklich die Nacht nicht dort verbringen, weil es dort nie

Nacht war. Es war immer die gleiche Tageszeit. Sie veränderte sich nicht. Es war später Abend. Manchmal kam ihm vor, daß es ein bißchen dunkler oder ein bißchen heller als beim letzten Mal war, aber er konnte es nie mit Sicherheit feststellen. Er hatte den Stern neben der Spitze des hohen Baumes nie direkt gesehen, aber er war davon überzeugt, daß er sich jedesmal an der gleichen Stelle befand. Doch seine Uhr hörte dort auf zu gehen. Die Zeit stand still. Es war wie eine Insel, die Zeit floß an beiden Seiten an ihr vorbei wie das Wasser eines Flusses, wie die Ebbe an Felsen im Sand. Man konnte sich dorthin begeben, sich dort aufhalten und zu dem Augenblick zurückkehren, an dem man sie betreten hatte. Oder beinahe. Wenn er das Gefühl hatte, eine Stunde oder länger dort gewesen zu sein, waren auf seiner Uhr ein paar Minuten vergangen, sobald er in den Sonnenschein zurückkehrte. Vielleicht blieb die Uhr nicht richtig stehen, vielleicht ging sie hier nur sehr langsam, die Zeit war hier von anderer Art, wenn man die Lichtung betrat, betrat man eine andere, langsamere Zeit. Das war natürlich Unsinn, nicht wert, daß man darüber nachdachte.

Beim vierten oder fünften Mal blieb er lange an der Stelle am Bach, schwamm, entfachte ein Feuer und hockte daran; am frühen Nachmittag, während er im Supermarkt arbeitete, fühlte er sich erschöpft, schlief beinahe ein. Wenn er am Bach blieb und dort schlief, mußte er nicht zwanzig Stunden ohne Unterbrechung wach bleiben. Er würde zwei Leben führen. Das heißt, er würde zwei Leben im Zeitraum eines einzigen leben, in der gleichen Zeit doppelt so lange leben. Er schichtete gerade Sellerie in den Schaukasten, als ihm das klar wurde. Er lachte und stellte fest, daß seine Hände zitterten. Ein Kunde, der das Gemüse begutachtete, ein knochiger, alter Mann, betrachtete die Pilze zu $ 2,24 und erklärte: »Verrückten, die Psychodrogen nehmen, sollte man eine Lehre erteilen.« Hugh wußte nicht, ob der alte Mann von ihm oder von den Pilzen oder von etwas ganz anderem sprach.

Er benützte seine Mittagspause, um zu dem Diskont-

Sportgeschäft im Einkaufszentrum jenseits der Autobahn zu gehen. Der größte Teil seines Wochenlohns ging für einen Schlafsack, einen Vorrat an Camping-Nahrungsmitteln, ein gutes Springmesser mit zwei Klingen und einen unwiderstehlichen Satz Kompakt-Stahlgeschirr auf. Als er schon zur Kasse unterwegs war, machte er kehrt und legte einen billigen Rucksack aus Heeresüberschußgütern dazu. Erst als er die Nahrungsmittel in dem Rucksack verstaute, wurde ihm klar, daß er ihn nicht nach Hause mitnehmen konnte. Seine Mutter ging an diesem Abend nicht aus. Sie würde anwesend sein, wenn er heimkam. Was ist das alles, Hugh, wozu brauchst du einen Rucksack, einen *Schlaf*sack, aber wenn du einen wirklich guten kaufst, sie kosten eine Menge Geld, wann glaubst du überhaupt, daß du dieses teure Zeug *benützen* wirst. Es war Wahnsinn gewesen, es überhaupt zu kaufen, irgend etwas zu kaufen. Was bildete er sich ein? Er schleppte das Ganze in der Mittagshitze zu Sams Supermarkt zurück, sperrte es in den Tiefkühlschrank im hinteren Lagerraum, ging zum Geschäftsleiter und bat um die Erlaubnis, eine Stunde früher nach Hause gehen zu dürfen.

»Wozu?« fragte der Mann mürrisch, der in seinem Büro zwischen leeren Plastikbechern von Pflaumen-Joghurt hockte und nach abgestandenem Joghurt und Zigarren roch.

»Meine Mutter ist krank«, erklärte Hugh.

Während er sprach, wurde er blaß und begann zu schwitzen.

Der Geschäftsführer starrte ihn an, vielleicht war er beeindruckt, vielleicht war es ihm auch gleichgültig. Nach langem Zögern sagte er »Okay« und wandte Hugh den Rücken zu.

Als dieser das Büro verließ, schwankten der Fußboden und die Wände um ihn. Die Welt wurde weiß und klein wie Eiweiß, wie das Weiß des Augapfels. Er war krank. Sie war krank, ja, sie war krank und brauchte Hilfe.

Ich helfe ihr doch. Mein Gott, ich tue doch alles, was ich kann. Ich gehe nicht aus, ich lerne niemanden kennen, ich gehe nicht aufs College, ich arbeite in der Nähe unserer Wohnung, sie weiß jederzeit, wo ich bin, ich bin jeden Abend zu Hause, ich verbringe die Wochenenden mit ihr, alles, was sie will – was soll ich denn noch alles tun?

Er wußte, daß seine Selbstanklage ungerecht war, aber es spielte keine Rolle, ob sie gerecht oder ungerecht war; sie enthielt sein Urteil; er konnte ihm nicht entgehen. Seine Gedärme revoltierten immer noch, und ihm war ein wenig schwindlig. Er verrichtete seine Arbeit ungeschickt, machte an der Kasse immer wieder dumme Fehler. Es war Freitag, ein starker Nachmittag. Er konnte seine Kasse erst zehn nach fünf abschließen und mußte Donna bitten, dann seinen Platz zu übernehmen. »Sind Sie krank, Kleiner?« erkundigte sie sich, als er ihr die Kassenschlüssel übergab. Er wagte nicht, die Lüge zu wiederholen, damit sie nicht noch einmal die Wahrheit vernichtete. »Ich weiß nicht«, antwortete er.

»Geben Sie auf sich acht, Buck!«

»Ja.«

Er ging zur Rückseite des Supermarkts, stolperte ungeschickt durch die vollgeräumten Abteilungen. Er holte den Schlafsack und den Rucksack aus dem Tiefkühlraum und machte sich auf den Weg durch die Straßen, nach Osten statt nach Westen, zur Farbfabrik, zu den brachliegenden Feldern, dem Tor. Er mußte dorthin. Alles würde in Ordnung sein, wenn er erst einmal dort angelangt war. Es war sein Platz. Dort fühlte er sich wohl.

Die Felder glühten wie Hochöfen. Hugh war schweißüberströmt, sein Mund staubtrocken, als er den Wald betrat, die Hitze und die grelle Helligkeit hinter sich ließ, dem Pfad abwärts folgte und die Schwelle zur Dämmerung überschritt. Er setzte seine Last ab, ging wie immer direkt zum Bachufer, kniete nieder und trank. Dann streifte er die verschwitzte Kleidung ab und watete in das Wasser hinaus. Er sog voll schmerzhaftem Glücksgefühl die Luft ein, als er die Kälte, den Wasserdruck, die Stärke und die Wirbel der Strömung, die körnige Oberfläche der Felsen unter seinen

Füßen und an seinen Handflächen spürte. Er glitt in das tiefe Becken, tauchte, überließ sich dem Wasser, Wasser in ihm, er im Wasser, eine dunkle Freude. Alles andere vergessen.

Als er auftauchte, hingen ihm die Haare vor die Augen, er trieb eine Weile unter dem Kreis des farblosen, wolkenlosen Himmels dahin, dann drang ihm schließlich die Kälte des Wassers bis ins Mark, er stand auf und planschte ans Ufer. Immer ging er lautlos, ehrfürchtig hinein, und immer kam er geräuschvoll, von Leben erfüllt heraus. Er rieb sich trocken, zog die Jeans an, setzte sich neben den Rucksack und öffnete ihn feierlich. Er wollte ein Lager einrichten, das Abendessen kochen, sein Bett im Schutz der Büsche im hohen Gras aufschlagen, sich hinlegen und neben dem fließenden Wasser schlafen.

Er wachte unter den dunklen Bäumen auf, den Geruch von Minze und Gras in der Nase. Der schwache Wind berührte sein Gesicht und sein Haar wie eine dunkle, körperlose Hand.

Es war ein seltsames, langsames Erwachen. Er hatte nicht geträumt, fühlte jedoch, daß er in einem Traum gefangen war. Vertrauen und Zuversicht erfüllten ihn. Nachdem er auf diesem Boden gelegen und geschlafen hatte, gehörte er dorthin. Ihm würde nichts Böses widerfahren. Dies war sein Land.

Er stand auf und wusch sich am Bach; als er auf dem über das Wasser hinausragenden Felsen kniete, sah er zu dem blassen Gras in der Lichtung auf der gegenüberliegenden Seite hinüber, zu den dunklen Massen von Büschen und Laubwerk, zur Helligkeit des Himmels oberhalb der Bäume. Er stand auf und ging barfuß über den Bach, diesmal nicht im Wasser, sondern von Stein zu Stein, bis ihn ein letzter großer Schritt auf den Sand des anderen Ufers brachte. Auch an dieser Seite wuchs auf dem überwucherten Ufer oberhalb des Sandes Minze. Er pflückte feierlich ein Blatt und kaute es. Die Minze war auf beiden Seiten die gleiche. Es gab keine Grenze. Alles war sein Land. Aber für den Augenblick reichte es: er würde es jetzt nicht weiter erforschen. Ein Teil der Freude an diesem Ort bestand darin, daß er den Anregungen und Befehlen seines Herzens folgen konnte, ohne von äußerem Druck und Zwang beeinflußt zu sein. Zum erstenmal seit seiner Kindheit ahnte er in der Verwirklichung seines Willens das Ungestüm der Freiheit, die Ruhe, die die Macht verleiht. Er hatte sich entschlossen, nicht weiterzugehen. Wenn er sich entschloß weiterzugehen, würde er es tun. Während er mit großen, ruhigen Schritten über den Bach zurückkehrte, kaute er an dem Minzeblatt.

Er zog sich an, rollte den Schlafsack ordentlich zusammen, versteckte ihn sorgfältig in einer Höhlung unter einem Busch, stellte den Rucksack mit den Nahrungsmitteln in eine Astgabelung – er hatte gelesen, daß man das tun sollte, um ihn vor irgend etwas zu schützen, Bären, Ameisen? Ameisenbären? Es war jedenfalls besser, als ihn herumliegen zu lassen – dann kniete er nieder, trank noch einmal aus dem Bach und ging.

Er erreichte die Oak Valley Road um sieben Uhr abends an dem Tag, an dem er den Supermarkt um fünf Uhr fünfzehn verlassen hatte. Seine Mutter hatte kein Abendessen zubereitet; es war zu heiß zum Kochen, behauptete sie; sie gingen in ein Selbstbedienungsrestaurant auf einen Hamburger und dann in ein Kino.

Er nahm an, daß er die ganze Nacht wach liegen würde, weil er an dem Platz am Bach geschlafen hatte, aber er schlief tief und fest und wachte nur früher und leichter auf als sonst, um halb fünf, vor Sonnenaufgang, in der anderen Dämmerung, der ersten, dem Dämmerlicht des Morgens. Als er den Wald erreichte, war die Sonne schon mit dem strahlenden, ungeheuren Glanz eines Sommertags aufgegangen. Er wandte sich von ihr ab, ging in das Land der Dämmerung hinunter, war ruhig und neugierig, wollte das Wasser überqueren und erforschen, dieses Reich jenseits von Vernunft und beantwortbaren Fragen kennenlernen, den Platz, der ihm gehörte, das Land, das ihm gehörte. Er kniete an dem klaren, dunklen Wasser nieder und trank. Er hob den Kopf, um zu sehen, wohin er gehen würde, und über das leuchtende, sich schlängelnde, unaufhörliche Fließen des Bachs hinweg blickte ihm vom anderen Ufer aus eine quadratische Tafel entgegen, die an einem im Ufersand steckenden Pfahl angenagelt war, schwarze Worte auf weißer Grundfläche

BETRETEN VERBOTEN!

2. Kapitel

Vielleicht blieb das Tor jetzt immer geschlossen, für immer geschlossen: fort. Es hatte keinen Sinn, wenn sie immer wieder zu Pincus' Wald und zu der Stelle ging, an der es sich befinden sollte, und das idiotische Tageslicht, das staubige Dickicht, den Abzugskanal, schließlich den Stacheldrahtzaun quer über den ersten Hügelhang sah, kein Pfad hinunter, kein Tor. Als es vor zwei Jahren zum erstenmal zu gewesen war, hatte sie an der Stelle gestanden, an der es sich befinden sollte, und verlangt, daß es sich öffnete, ihm befohlen, vorhanden zu sein. Und war am nächsten und übernächsten Tag wiedergekommen, hatte sich hingehockt und geweint. Dann war sie nach einer Woche wiedergekommen, und das Tor war wieder da, sie war hindurchgegangen, so einfach war es gewesen. Aber sie konnte sich nicht darauf verlassen. Wahrscheinlich war es nicht da. Sie hatte es monatelang nicht mehr versucht; es war unvernünftig, wenn man es immer wieder versuchte. Sie fühlte sich dann wie ein Narr, wie ein unvernünftiges Kind, das Verstecken spielte, ohne einen Spielgefährten zu haben. Aber das Tor war da. Sie schritt hindurch in die Dämmerung.

Sie ging mit zusammengekniffenen Augen mißtrauisch weiter, vorsichtig, als könnte man ihr den Boden unter den Füßen wie einen Teppich wegziehen. Dann sank sie auf alle viere hinunter, küßte den Boden und drückte ihr Gesicht wie ein trinkender Säugling an ihn. »So«, flüsterte sie, »so ...« Sie stand auf, streckte sich bis in die Fingerspitzen dem Himmel entgegen, dann trat sie ans Ufer, kniete nieder, wusch sich geräuschvoll Gesicht, Hände und Arme, trank, antwortete dem lauten, unablässigen Singen des Wassers. »So bist du, so bin ich, so.« Sie setzte sich mit übergeschlagenen Beinen auf den über das Wasser hinausragenden Felsen, bewegte sich nicht, schloß die Augen, um ihre Freude in sich einzuschließen.

Es war so lange her, aber nichts hatte sich verändert, nichts veränderte sich jemals. Hier war immer. Wenn sie wollte, konnte sie alles wieder tun, was sie getan hatte, als sie ein Kind, als sie dreizehn gewesen war, als sie das Tal und den Ort des Anfangs gefunden hatte, bevor sie den Fluß zum erstenmal überquerte; sie konnte die Dinge tun, die sie immer getan hatte, Feuer anbeten, den ewigen Reigen tanzen, so wie damals, als sie die vier Steine unter dem grauen Baum flußaufwärts vergraben hatte. Sie lagen immer noch dort. Hier bewegte sich nichts von der Stelle. Vier zu einem Quadrat angeordnete Steine, schwarz, blaugrau, gelb, weiß, und die Asche des Opfers, das sie verbrannt hatte, der Holzfigur, die sie geschnitzt hatte, in der Mitte. Das alles war einfältig, kindisch gewesen. Was die Menschen in den Kirchen taten, war auch einfältig. Aber es gab Gründe, warum man daran festhielt. Sie würde den endlosen Reigen tanzen, wenn sie Lust dazu hatte; es ging weiter, darauf kam es an, er hörte nie auf. Dies war der Ort, an dem sie tat, wozu sie Lust hatte. Dies war der Ort, an dem sie ihr eigenes Ich fand, sich selbst gehörte. Sie war zu Hause, zu Hause – nein, unterwegs nach Hause, endlich wieder unterwegs, jetzt konnte sie, jetzt würde sie weitergehen, über den dreifachen Fluß und zu den dunklen Bergen, nach Hause.

Sie stand auf, streckte die Arme weit aus und machte die Hände hohl, als trüge sie Glocken oder Schalen mit Flammen oder Wasser, und tanzte auf dem Felsen mit raschen, schwingenden, gleitenden Bewegungen, tanzte zum Ufer, zum Übergang – und blieb unvermittelt stehen.

Ein paar Meter unterhalb des Übergangs lag die Asche eines Feuers in einem Kreis aus Steinen auf dem Sand.

In der Nähe fand sie, halb unter den herunterhängenden Zweigen eines Holunderstrauchs verborgen, Geräte und Pakete, Plastik, Stahl, Papier.

Geräuschlos trat sie einen Schritt vor. Die Asche war noch heiß: sie spürte den Brandgeruch.

Niemand kam her. Niemals. Das war ihr Tal. Der Platz gehörte ihr ganz allein. Das Tor gab es nur für sie, den Weg nur für sie, *nur für sie.* Wer hatte sich versteckt, zugesehen, wie sie tanzte, und darüber gelacht? Sie drehte sich um, suchte, wollte den Feind herausfordern. »Komm, komm doch heraus!«, als ihr vor Schreck der Atem stockte, weil sie den blassen, riesigen Arm sah, der über das Gras nach ihr griff ...

Und erkannte gleichzeitig, was das ungeheuerliche Ding war, ein graubrauner Schlafsack, jemand lag in einem Schlafsack im Gras zwischen den Büschen. Aber der Schock war so groß gewesen, daß sie jetzt in sich zusammensank, sich hinhockte, ihren Körper ein wenig hin- und herwiegte, bis sie wieder Luft bekam und der Rand ihres Gesichtsfeldes nicht mehr weiß war. Dann richtete sie sich vorsichtig wieder auf und blickte den gebüschbestandenen Rand des Flußbettes entlang. Sie konnte nur erkennen, daß sich der Schlafsack nicht bewegte. Wenn sie noch einen Schritt weiterging und auf den weichen Sand trat, hinterließ sie einen Fußabdruck. Sie kehrte zu dem Felsen zurück, stieg von ihm ins Gras und schlug hinter den Holunderbüschen einen Bogen, bis sie den Eindringling deutlich vor sich sah. Ein weißes, schweres, im Schlaf erschlafftes Gesicht, der Kiefer hing herunter, lange, helle Haare, der lange Hügel des Sacks wie ein Müllsack, wie Hundekot auf dem Boden des geliebten Platzes, auf dem Boden, den sie geküßt hatte, der ihr gehörte, in dem Ain-Land.

Sie verharrte genauso regungslos wie der Schläfer. Dann drehte sie sich plötzlich um, ging in ihren Tennisschuhen schnell, leichtfüßig, geräuschlos zum Übergang und hinüber im vertrauten Rhythmus von Block zu Block über das fröhliche Wasser, das andere Ufer hinauf und die Südstraße entlang; sie war ein geübter Wanderer, sie lief oder trottete nicht, sondern sie ging mit schnellen, gleichmäßigen, federnden Schritten, unter denen die Entfernung dahinschwand. Sie blickte geradeaus, konnte lange keinen klaren Gedanken fassen, ihr Geist war von der Nachwirkung des Entsetzens und des Zorns erfüllt, und dann von der trockenen Leere, die sie nur zu gut kannte, ganz gleich, wie man sie bezeichnete, vielleicht am ehesten als Kummer.

Es gab nichts, nichts, wohin sie gehen, nichts, wo sie bleiben konnte. Nicht einmal hier war Raum oder Friede für sie.

Aber der Weg, den sie entlanglief, sagte: *Du gehst nach Hause.* Ihre Haut berührte die Luft des Ain-Landes, ihre Augen blickten in den Wald der Dämmerung. Der Rhythmus des Gehens, hangauf, hangab, die Flüsse, die langen Wellen des Landes stillten den Kummer, füllten schließlich die Leere in ihr. Je weiter sie in die Dämmerung eindrang, desto vollständiger ging sie in ihr auf, bis alle Gedanken an die Welt des Tageslichts verschwunden waren und sogar die Erinnerung an den Eindringling am Ort des Anfangs schwächer wurde, ihr Geist stellte sich auf ihre Umgebung ein, während sie wanderte, und auf das Ziel ihrer Wanderung. Der Wald wurde dunkel, der Weg steil. Es war lange her, seit sie in der Stadt auf dem Berg gewesen war.

Und es war ein weiter Weg. Sie vergaß immer wieder, wie weit, wie anstrengend er war. Damals, als sie den Weg gefunden hatte, pflegte sie die Wanderung mit einer Schlafpause am Dritten Fluß, am Fuß des Berges, zu unterbrechen. Seit sie sechzehn war, hatte sie es fertiggebracht, in einem Zug nach Tembreabrezi zu marschieren, aber es war mühsam, die steilen, dunklen Hänge hinauf, hinunter und weiter, immer war es weiter, als sie es in Erinnerung hatte. Sie hatte wunde Füße, müde Beine und war sehr hungrig, wenn sie endlich die freie Straße und die große Kurve erreichte. Doch darin bestand die Freude, daß sie erschöpft hier anlangte, sich nach Essen, Wärme und Ruhe sehnte, von Herzen darüber froh war, die hellen Fenster in der kalten Fläche des Berghanges und des Himmels zu sehen, den Holzrauch der Feuer zu riechen, den Geruch, der von Urbeginn an flüstert: *Du kommst aus der Wildnis heraus, du kehrst heim.* Und die Stimmen zu hören, die ihren Namen nannten.

»Irena!« rief die kleine Aduvan auf der Straße vor dem Wirtshaus, zuerst erschrocken, dann begann sie zu lächeln und schrie ihren Spielgefährten zu, »Irena tialohadji!« – Irena ist wiedergekommen!

Irene drückte das Kind an sich und schwang es herum, bis es quietschte, und die vier Kleinen quietschten alle mit ihren süßen, zarten Stimmchen, damit sie sie auch an sich drückte und herumschwang, und tanzten um sie herum, bis Palizot herausschaute, um zu sehen, was das für ein Lärm war, sich die Hände an der Schürze abwischte, ruhig heraustrat und sagte: »Komm herein, komm herein, Irena! Du hast einen langen Weg hinter dir, du mußt müde sein.« Sie hatte Irena genauso begrüßt, als diese zum ersten Mal in die Stadt auf dem Berg kam, vierzehn Jahre alt, hungrig, schmutzig, müde, verängstigt. Irena hatte die Sprache damals nicht gekannt, hatte aber verstanden, was Palizot ihr sagen wollte: *Komm herein, Kind, komm heim!*

Das Feuer brannte auf dem großen Herd des Wirtshauses. Der herrliche Duft von Zwiebeln, Kohl und Gewürzen drang in die Räume. Alles war so, wie es gewesen war, wie es sein mußte, doch es gab ein paar Verbesserungen, die sie bewundern sollte: der Fußboden war mit rötlichen Strohmatten statt mit Sand bedeckt, den man auf das blanke Holz gestreut hatte. »Das ist hübsch, es ist auch wärmer«, stellte Irene fest, und Palizot antwortete geschmeichelt, aber sachlich: »Ich weiß noch nicht, wie lange sie halten werden. Komm zum Feuer! Sofir! Irena ist da! Wirst du eine Weile bei uns bleiben, levadja?«

Kind, das Wort bedeutete liebes Kind; sie hängten ›adja‹ auch an Namen an, so daß sie zu Kosenamen wurden. Es tat ihr gut, wenn Palizot sie so nannte. Sie nickte, denn sie hatte schon beschlossen, zwölf Tage hier zu bleiben, eine Nacht auf der anderen Seite des Tors. Sie wollte die Worte für eine Frage zusammensuchen, und sie fielen ihr nicht sofort ein, denn es war Monate her, seit sie die Sprache das letzte Mal gesprochen hatte. »Sag mir, Palizot. Seit ich hier war – ist jemand hierhergekommen, auf der Südstraße?«

»Niemand ist auf irgendeiner Straße gekommen.« Eine merkwürdige Antwort, Palizots Stimme klang ruhig und ernst. Dann kam Sofir aus dem Keller herauf mit Spinnweben in den dichten, schwarzen Haaren, ein Bariton-Mann, dessen Hüften genauso breit waren wie sein Brustkasten, so daß man ihn in Scheiben hätte schneiden können wie einen Baumstamm; er umarmte Irene, schüttelte ihre Hände und dröhnte freudig: »Es ist lange her, Irenadja, lange, aber du bist wiedergekommen!«

Sie gaben ihr ihr Lieblingszimmer, und sie half Sofir, Holz für das Feuer hinaufzutragen. Er machte sofort Feuer, damit der Raum warm wurde, der sich anfühlte, als wäre er lange nicht benützt worden. Es gab außer ihr keine weiteren Gäste im Wirtshaus. An und für sich war das nicht ungewöhnlich, doch sie entdeckte weitere Hinweise darauf, daß nur wenige Reisende und Händler hier nächtigten. Die großen Bierkrüge aus Zinn, die in einer Reihe an der Wand hingen, sahen aus, als wären sie lange nicht mehr heruntergenommen und von lauten Händlern oder von Stoffkäufern aus der Ebene benützt worden. Sie sah nach, wie viele Tiere im Stall standen, doch es gab keine, die Boxen und Krippen waren leer. Trotz Sofirs ausgezeichneter Kochkünste war das Essen derb, und er brachte auch nicht sein feines Weizenbrot auf den Tisch, sondern nur den großen, dunklen Brei aus dem Getreide, das hier auf dem Berg wuchs. Sofir und Palizot sahen aus, als hätten sie Sorgen oder wären verlegen, aber sie sprachen nicht über den Rückgang ihres Geschäfts, und Irene fand, daß sie sie nicht gut danach fragen konnte. Für sie war sie immer noch »das Kind«, wurde begrüßt und verwöhnt, weil sie an ihren Schwierigkeiten und Sorgen keinen Anteil hatte. Deshalb waren es für sie immer Ferien gewesen, wenn sie sich bei den beiden aufhielt; und sie wußte nicht, wie sie diesen Zustand ändern sollte. Wie immer sprachen sie dann über Unwesentliches, denn das einzig Wesentliche war ihre Liebe.

Nach dem Essen kamen ein paar Leute aus der Stadt, die den Abend im Wirtshaus verbringen wollten. Sofir bediente an der Theke im großen Vorderzimmer die Männer. Die Frauen saßen bei Palizot am Kamin im gemütlichen Raum neben der Küche. Sie tranken das ortsübliche Bier und plauderten; die alte Kadit verdrückte ein Gläschen Apfelbrandy. Irene hatte einen sehr kleinen Krug mit Bier vor sich stehen, weil das Getränk stark war, und half Palizot beim Patchwork-Nähen. Sie nähte ungern, aber es machte ihr Vergnügen, mit Palizot zusammenzuarbeiten, sie dachte jenseits des Tors oft voller Sehnsucht daran: die gedämpften Farben der Flicken aus Wollstoff, der Feuerschein und das Lampenlicht, Palizots langes, ernstes, sanftes Gesicht, die leisen Stimmen der Frauen, Kadits prustendes Gelächter, das Poltern und Brummen der Männerstimmen im Schankraum, ihre eigene Schläfrigkeit, die Ruhe im großen Haus über ihr und die Stille auf den Straßen der Stadt und in den Wäldern jenseits der Straßen.

Wenn die Lampen angezündet, die Läden geschlossen und die Vorhänge vorgezogen waren, hatte man immer den Eindruck, daß draußen Nacht herrschte. Sie öffnete die Läden ihres Schlafzimmerfensters erst, wenn sie aus ihrem tiefen Schlaf erwachte und das immer gleichbleibende Zwielicht an die Morgendämmerung eines Wintertags gemahnte. Die Stadtleute sprachen auch so davon, sie sagten Morgen, Mittag, Nacht. Als Irene ihre Sprache gelernt hatte, hatte sie auch die Worte in ihren Sprachschatz aufgenommen, aber sie sprach sie meist mit einer leichten Unsicherheit aus. Welche Bedeutung konnten sie hier haben? Doch sie konnte weder Palizot noch Sofir oder Aduvans Mutter Trijiat fragen, oder die anderen Frauen, die ihr nahestanden; ihre Fragen waren zu unbestimmt; die Frauen lachten und sagten: »Der Morgen kommt vor dem Mittag und der Abend danach, Kind!« Sie amüsierten sich immer über die Schwierigkeiten, die Irene mit ihrer Sprache hatte, und waren bereit, ihr zu helfen, aber nicht, ihre eigenen Überzeugungen in Frage zu stellen. Es gab niemanden in der Stadt auf dem Berg, mit dem man über solche Dinge sprechen konnte, ausgenommen der Meister. Deshalb nahm sie sich immer wieder vor, ihn zu fragen, warum es hier nicht Tag und Nacht gab, warum die Sonne nie aufging und man doch nie Sterne sah, wie das alles sein konnte. Doch sie hatte ihn nie danach gefragt. Wie lauteten in seiner Sprache die Worte für Sonne, für Stern? Und wenn sie fragte, »Warum ist hier nie Tag oder Nacht?« würde es dumm klingen, denn Tag bedeutete wach sein und Nacht schlafen, und sie waren wach und arbeiteten und schliefen genau wie die Menschen auf der anderen Seite. Sie konnte ja erklären »Wo ich herkomme, gibt es ein Feuerrad am Himmel«, aber erstens würde sich das anhören, als würde dies ein Höhlenmensch in einem Hollywoodfilm sagen, und zweitens und vor allem sprach sie nie darüber, wo sie herkam. Von Anfang an, seit dem ersten Mal, als sie durch das Tor gegangen war und das Tal gefunden hatte, den Ersten Fluß überquerte und die Stadt auf dem Berg erreicht hatte, wußte sie, daß man an dem einen Ort nicht von dem anderen sprach. Man erzählte ihnen nicht, woher man kam, wenn sie einen nicht danach fragten. In keinem der beiden Länder stellte jedoch jemand eine solche Frage.

Sie war davon überzeugt, daß der Meister vom Vorhandensein des Tores wußte. Vielleicht wußte er sogar viel mehr; obwohl sie es sich selbst nicht eingestand, nahm sie an, daß er viel mehr wußte als sie und daß er, sobald er dazu bereit war, ihr alles erklären würde. Aber sie wagte nicht, ihn darum zu bitten. Es war noch nicht soweit. Sie wußte auch jetzt noch so wenig von dem Ain-Land, sie kannte nur die Südstraße, die Stadt, die Stadtbewohner, Klatschereien, Sitten, die sie unermüdlich studierte, und ihre Sprache, in der sie sich mühelos verständigen konnte, und die sie doch gelegentlich überhaupt nicht verstand. Außerhalb des milden Herdzentrums herrschten immer Dämmerung und Stille, das Unerklärliche, das Unerforschte. Sie hatte sich damit zufrieden gegeben, daß es so war. Sie wünschte sich, daß sich hier nichts ändern möge. Doch diesmal fühlte sie sogar am ersten Abend, beim ersten Aufenthalt am Herdfeuer, daß der Kreis zerbrochen war. Sie fühlte sich nicht mehr geborgen. Obwohl sie es wollte, obwohl die anderen es wollten, war sie kein Kind mehr.

Nach dem Frühstück besuchte sie Trijiat, dann ging sie mit Aduvan und ihrem kleinen Bruder zu dem Flickschuster am anderen Ende der Stadt und brachte die guten Schuhe ihrer Mutter zum Besohlen hin. Das kleine Mädchen plauderte während des ganzen Weges, und der kleine Junge zirpte wie eine Grille. In ihren Köpfen spukte eine Geister- oder Lügengeschichte herum, die ihnen jemand erzählt hatte, und sie fragten Irene immer wieder, ob sie keine Angst hätte, wenn sie den Berg hinaufginge. Virti lief voraus, versteckte sich in einem Hauseingang, sprang auf sie zu und stieß ein Gebrüll wie eine hysterische Grille aus. Wie es sich gehörte, quietschte Irene entsetzt auf. »Du mußt umfallen«, verlangte Virti, aber sie weigerte sich. Nachdem sie ihren Auftrag ausgeführt hatte, ließ sie die Kinder bei ihrer Großmutter und bog von der Hauptstraße in die steilste der engen Gassen ein, die den Hügel hinaufführten. Sie war so steil, daß sie stellenweise von Stufen unterbrochen war, als kicherte sie oder hätte Schluckauf, und dann stieg sie ernsthaft weiter, bis sie wieder einen Anfall von Stufen hatte. An ihrem Ende befand sich die Mauer, die den Garten des Herrenhauses umgab, der Steinbogen des Tores hob sich schön vom klaren Himmel ab. Bevor Irene das Tor erreichte, wandte sie sich nach rechts, blieb einen Augenblick lang stehen und blickte zum Haus des Meisters hinauf.

Ein Dutzend Giebel und Mansardenfenster zeichneten sich als dunkle, scharfe Winkel vor dem Himmel ab; von den Butzenscheibenfenstern in den gewölbten Nischen befanden sich nicht zwei in gleicher Höhe, so daß man die Stockwerke des Hauses nicht ermitteln konnte, es sei denn aufgrund der drei dicken Querbalken in der Vorderfront. Die Tür war massiv und in zwölf Felder unterteilt. Als Irene den Türklopfer aus Messing hochhob und ihn gegen die polierte Messingscheibe schlug, fiel ihr ein, daß sie auf der anderen Seite oft von dieser Tür geträumt hatte.

Fimol, die Haushälterin, öffnete die schwere Tür und begrüßte die Besucherin; sie hielt sich immer sehr gerade, war von unerschütterlicher Ruhe und trug hochgeschlossene graue Kleider mit langen Ärmeln und langem Rock. Fimol lächelte nie, und Irene hatte ihr immer Achtung entgegengebracht. Irene empfand es beinahe als Treulosigkeit, folgte Fimol und stellte dabei fest, daß ihr Haar weiß und ihre steife Gestalt schmal geworden waren, der Körper einer zarten, alternden Frau. Dieser Gedanke kam ihr wie ein Sakrileg vor. Sie betraten die Halle des Hauses.

Dieser hohe Raum war das Zentrum des Gebäudes. Der langen, eichengetäfelten Wand gegenüber befanden sich zwölf hohe, verbleite Fenster, die auf den in Terrassen angelegten Garten hinausgingen. Die wenigen Möbel waren aus geschnitztem Eichenholz, die rot, orange und braun gefärbten, im Ort gewebten Teppiche verliehen dem Raum sogar dann Wärme, wenn die Kerzen nicht angezündet waren und nur das helle, ständige Zwielicht durch die Fenster hereinfiel. An jeder Schmalseite des Raums befand sich ein großer Kamin mit einer Steineinfassung, und über jedem von ihnen hing hoch über dem Kaminsims ein Porträt: eine steife, melancholische Lady starrte mit runden, schwarzen Augen durch den Raum zu ihrem Lord hinüber, der die Hand seines verkrüppelten rechten Arms in den Rock gesteckt hatte und finster zurückblickte.

Rechts neben dem Kamin an der entfernteren Wand, in der Nähe der zu seinen Amtsräumen führenden Tür, unterhielt sich der Meister mit dem Steinschneider Gahiar. Als Irene mit der Haushälterin den Raum betrat, sah er sie genauso finster an wie sein Vorfahre; dann veränderte sich sein Gesichtsausdruck; er ließ Gahiar stehen und kam mit ausgestreckten Händen durch den langen Raum auf sie zu. »Irena! Du bist gekommen!« sie hatte sich in ihren Tagträumen oft vorgestellt, daß er sie so begrüßen würde, hatte es aber nicht erwartet, und fragte sich, was danach kommen würde.

Der Meister oder Bürgermeister von Tembeabrezi war ein schlanker, dunkelhäutiger Mann mit einer Adlernase und dunklen Augen. Er trug eine schwarze, verschossene, ordentlich geflickte, einfache Hose, eine schwarze Weste und eine schwarze Jacke. Ein strenger, dunkler Mann. Sie liebte ihn, seit sie sein Gesicht zum erstenmal erblickt hatte.

Er führte sie aus der Halle in seine Amtsräume, in deren Kamin ein Feuer brannte und in denen die Vorhänge zugezogen waren, als wollten sie einen grauen Wintertag ausschließen. Er schob ihr einen Stuhl hin; sie trug die würdevolle Kleidung, die Palizot für sie aufbewahrte, einen dunkelroten Rock und eine einfache Bluse, und setzte sich ruhig hin. Er stand neben dem hohen Schreibpult, an dem er im Stehen arbeitete – man sah ihn nur selten irgendwo sitzen –, und wandte ihr seinen forschenden Blick zu. Sie holte tief Luft und faltete die Hände im Schoß.

»Es war eine lange Zeit, Irena.«

»Ich konnte nicht kommen.«

»Der Weg?«

»Ich konnte ihn nicht – finden ...« Ihr fielen nicht die Worte ein, die sie gebraucht hätte. »Den Ort«, sagte sie und dann erinnerte sie sich an die Bezeichnung für den Steinbogen in der Mauer um das Herrenhaus. »Das Tor. Es war geschlossen.«

»Du konntest nicht auf der Straße gehen«, sagte er, ohne die Geduld mit ihrem Gestammel zu verlieren, aber unglaublich aufmerksam.

»Als ich – als ich zur Straße kommen konnte, konnte ich auf ihr gehen. Aber zuerst ...« Sie stockte wieder.

»Du hattest Angst.«

Seine Stimme klang sanft; sie hatte ihn noch nie so sanft erlebt.

»Als ich durch das Tor ging. Es war so lange her. Und dort, am Ort des Anfangs, dort, im Tal, neben dem Fluß, war ...«

Er sprach ein Wort beinahe flüsternd. Es war das Wort, das der kleine Virti gerufen hatte, als er das Monster spielte und sie nicht umfallen wollte, und Aduvan hatte ihn gescholten, Sei still, das sagt man nicht, beide Kinder waren überdreht, den Tränen nahe gewesen. Ein riesiger, blasser, mißgestalteter Arm griff über das Gras ...

»Ein Mann«, sagte sie. »Ein Fremder.«

Der Meister hörte aufmerksam, gespannt zu.

»Ein Fremder wie ich. Nicht wie ich, sondern ...« Sie wußte nicht, wie sie es ausdrücken sollte. Der Meister verstand sie aber offensichtlich und nickte.

»Hast du mit ihm gesprochen?«

»Nein. Er schlief. Ich fand ihn. Ich wollte nicht ... ich hatte Angst ...« Sie blieb wieder stecken. Sie konnte ihre erste Panik nicht erklären. Natürlich würde er begreifen, warum eine Frau, die allein war, Grund hatte, sich vor einem fremden Mann zu fürchten. Doch sie konnte dem Zorn nicht Ausdruck verleihen, den sie jetzt empfand, als sie sich an ihre Angst und an den Fremden, den dicken, schlafenden Mann erinnerte und an den Plastikabfall: das Gefühl von Entweihung und drohender Gefahr. Sie verkrampfte die Hände in ihrem Schoß, suchte wieder nach den Worten, die sie brauchte, und zwang sich zu sprechen: »Wenn er das Tor gefunden hat, werden es vielleicht auch andere finden. Es gibt – es gibt so viele, viele Leute dort ...«

Falls der Meister verstand, was sie mit »dort« meinte, reagierte er nur, indem er die Stirn runzelte.

»Du mußt deine Mauern schützen, Meister«, sagte sie verzweifelt. Sie hätte »Grenzen« sagen wollen, kannte jedoch kein entsprechendes Wort in seiner Sprache und auch kein Wort für Rand oder Zaun, sondern nur das Wort für eine Mauer aus Holz oder Stein.

Er nickte. Doch er sagte: »Es gibt keine Mauern, Irena. Und für uns jetzt auch keine Wege.«

Der Ton seiner Stimme veranlaßte sie zu schweigen. Er wandte sich seinem Schreibpult zu und fuhr mit der gleichen erzwungenen Ruhe fort: »Wir können nicht auf den Straßen gehen. Sie sind versperrt. Du weißt, daß einige für uns seit langer Zeit versperrt sind. Die Südstraße, deine Straße – du weißt, daß wir sie nicht verwenden.« Sie hatte es nicht gewußt und starrte ihn verständnislos an. »Aber wir hatten die Sommerweiden und die Hohe Stufe und alle Ostwege und die Nordstraße. Wir haben sie nicht mehr. Niemand kommt von den Drei Quellen oder von den Dörfern am Fuß der Hügel. Keine Händler oder Kaufleute. Niemand aus den Ebenen. Keine Nachrichten aus der Stadt des Königs. Eine Zeitlang konnten wir auf den Pfaden nach Westen, den Berg hinauf gehen; aber jetzt nicht mehr. Alle Tore von Tembreabrezi sind geschlossen.«

Es gab keine Tore, die man schließen konnte. Nur die Straße, die hinaus zu der Südstraße und der Nordstraße führte, und die Pfade, die im Westen und Osten auf die Berge führten, alle offen, ohne Tor oder Schranken.

»Sagt der König, daß ihr die Straßen nicht benützen dürft?« fragte Irene verzweifelt, weil sie ihn nicht verstand, und erschrak dann darüber, daß sie gewagt hatte, dem Meister Fragen zu stellen. Als sie seine Sprache gelernt hatte, war es nicht so gewesen wie der Spanischunterricht in der Oberschule, *la casa* das Haus, *el rey* der König ... Das Wort *rediai*, von dem sie annahm, daß es König bedeutete, bedeutete nicht unbedingt König oder was sie unter einem König verstand; sie konnte seine Bedeutung nur aus dem Zusammenhang erkennen, und es wurde nicht oft verwendet, außer wenn sie von der Stadt des Königs sprachen. Vielleicht waren es der Spanischunterricht und die Anfangssilbe »re«, die sie darauf gebracht hatten, daß das Wort einen König bezeichnete. Sie konnte nicht sicher sein. Sie hatte Angst, daß sie etwas Dummes, Frevlerisches gesagt hatte. Das dunkle Gesicht des Meisters war von ihr abgewandt. Er hatte die Hände auf dem Pult verkrampft.

Vielleicht hatte er ihre Frage nicht einmal gehört. »Dieser Fremde«, sagte er, wandte sich ihr zu, sah ihr jedoch nicht ins Gesicht; seine Stimme klang sehr leise, aber scharf. Und er zögerte ebenfalls.

»Es könnte – ein Irrtum sein – er verfehlte den Weg ...« Ein Tramp, wollte sie sagen, ein Wanderer, jemand Unbesonnener, der dort im Tal eine Nacht kampierte, ohne etwas zu bemerken, vielleicht hatte der Platz für ihn auch keine Bedeutung, vielleicht war er durch kein Tor gegangen und würde am nächsten Tag wieder weiterziehen, Autos anhalten, um in die Stadt zu gelangen, wahrscheinlich war er schon fort, er gehörte nicht dorthin. Sie wollte all das sagen, schaffte es jedoch nicht. Sie war jetzt davon überzeugt, daß es stimmte. Sie wollte die Wahrheit und sie sah, daß der Meister dazu bereit war, denn er verstand sie und erwog die Möglichkeit mit offensichtlicher Erleichterung. Er war wahrscheinlich nicht vollkommen überzeugt, aber sie hatte ihm vielleicht die Hoffnung gegeben, die er brauchte. Er sah sie endlich direkt an und lächelte. Sein Lächeln war selten, sehr kurz und zärtlich. »Ich wagte nicht zu hoffen, daß du zurückkommen würdest, Irena.« Wenn sie imstande gewesen wäre zu sprechen, hätte sie nur »Ich habe dich immer geliebt« hervorgebracht, aber sie konnte nicht reden, und es war auch nicht notwendig. Er kannte seine Macht. Er war der Meister.

»Wirst du bei uns bleiben?« fragte er.

Meinte er für immer? Sein Ton war verhalten; sie war nicht sicher, was er meinte.

»Solange ich kann. Aber ich muß zurückkehren.«

Er nickte.

»Und wenn ich dann versuche wiederzukommen, wenn das Tor wieder geschlossen ist ...«

»Es wird dir offenstehen, glaube ich.«

Seine Augen waren seltsam, dunkel wie eine Höhle; wenn er sprach, änderte sich dieser verinnerlichte Blick nicht.

»Aber warum?«

»Warum? Wenn man die Antwort kennt, gibt es keine Frage, wenn es keine Antwort gibt, hat es nie eine Frage gegeben.« Es klang wie ein Sprichwort, und seine Stimme war sachlich und ein bißchen spöttisch; so hatte er immer zu ihr gesprochen; es tröstete sie, daß er wieder darauf zurückkam.

»Das ist deine Straße«, erklärte er.

Er wandte sich wieder seinem Pult zu und fügte beinahe gleichgültig hinzu: »Die Süd- und die Nordstraße.«

»Könnte ich nach Norden gehen? Falls etwas nicht in Ordnung ist – könnte ich Hilfe holen – eine Botschaft überbringen?«

»Ich weiß es nicht.« Er hatte ihr nur einen Blick zugeworfen, aber über sein Gesicht war ein Schein von Lob oder Triumph gezuckt, und dieser Eindruck war ihr geblieben, nachdem er sie gemäß den gesetzten Gepflogenheiten des Hauses zu seiner Mutter geführt, sie dort eine kleine Erfrischung zu sich genommen und mit der Dame geplaudert hatte. Sie hatte dann das Haus verlassen, war zurückgegangen und hatte den Tag mit Trijiat verbracht. Zum ersten Mal, dachte sie, wollte er etwas von ihr. Es gab etwas, das sie ihm geben konnte, wenn sie nur herausfand, worum es sich handelte. Sie war der Lösung am nächsten gekommen, als sie davon gesprochen hatte, daß sie nach Norden gehen könne. Er hatte das Gespräch sofort auf andere Themen gelenkt, doch sie hatte die Freude, das Lob in seinen Augen gelesen.

Wenn sie ihn nur besser verstehen könnte! Sie mußte seine halb spöttischen Äußerungen auf ihre Fragen und Antworten ernst nehmen: Er, sie, alle waren den Gesetzen dieses Landes unterworfen, die ebenso absolut wie das Gesetz der Schwerkraft waren, denen man unbedingt gehorchen mußte und die schwer zu erklären waren. Er hatte ihr erzählt, falls sie ihn richtig verstanden hatte, daß keiner der Stadtbewohner die Stadt verlassen könne, weil ihn eine Macht oder ein Gesetz daran hinderte. Doch da sie nach Tembreabrezi gelangen konnte, war es möglich, daß sie auch imstande war, es zu verlassen. Oder vielleicht hatte er gemeint, daß sie nicht aus diesem Land stammte, außerhalb seiner Gesetze stand und ihnen nicht unterworfen war? Hatte er das gemeint? Aber sie würde ihm gehorchen. Er war ihr Gesetz. Wenn sie ihn zufriedenstellen konnte: wenn sie finden konnte, was er haben wollte! Wenn er sie bat, so daß sie geben konnte ...

So lange war sie noch nie in der Stadt auf dem Berg geblieben. In früheren Zeiten waren ihre Besuche häufig, aber stets nur kurz gewesen; jetzt konnte sie eine Woche oder vierzehn Tage hier verbringen (eine Nacht oder ein Wochenende auf der andere Seite des Tors), wenn sie wollte, und jetzt war ihr das Tor meist verschlossen. Sie hatte sich so sehr danach gesehnt, es offen vorzufinden, es zu durchschreiten. Jetzt war sie hier, hatte sich häuslich niedergelassen, wohnte im Wirtshaus, arbeitete wie immer mit Sofir und Palizot, besuchte ihre Freunde, spielte mit deren Kindern. Wie immer holten sie alle an den Tisch, wenn sie aßen, gaben ihr Arbeit, wenn sie arbeiteten, so daß sie sich sofort vollkommen heimisch fühlte. Das hatte früher das Glück ausgemacht und war noch immer ein Vergnügen für sie. Aber es war nicht mehr genug. Jetzt schien ihr, daß sich ein Element der Falschheit, des Scheins eingeschlichen hatte. Der Friede, den sie hier empfand, die Behaglichkeit gehörten ihnen, aber nicht ihr. Sie kam und würde wieder gehen, war kein Teil ihres Lebens. Sie brauchten ihre Hilfe bei ihrer Arbeit nicht. Sie brauchten sie nicht.

Außer wenn sie, wie der Meister angedeutet hatte – hatte er wirklich? –, ihnen helfen konnte – nicht, indem sie hierher kam oder sich hier aufhielt, sondern indem sie weiterging.

Niemand außer ihm hatte bis jetzt darüber gesprochen, daß etwas nicht stimmte, so daß sie zuerst kaum darüber nachgedacht hatte. Als sie dann bemerkte, daß tatsächlich niemand in die Stadt kam und niemand sie verließ, daß sie die Herden nur auf die nahegelegenen Weiden trieben, daß Salz, Weizenmehl knapp waren, daß Trijiat verzweifelt war, als sie ihre gute Nähnadel verlor und sie drei Tage lang suchte ... als sie dies und das und noch etliches bemerkte, wurde ihr klar, daß der Meister die Wahrheit gesprochen hatte: alle Straßen waren verschlossen. Aber warum? Durch wen? Wodurch? Sie versuchte ein oder zwei Mal, mit Trijiat, mit Sofir darüber zu sprechen; sie drückten sich um die Antwort, Sofir mit kindischem Lachen, Trijiat mit einer offensichtlichen Panikreaktion, so daß Irene wußte, sie könne das Thema nicht noch einmal zur Sprache bringen. Es war ein Tabu oder eine so tiefreichende Angst, daß sie überhaupt nicht darüber sprechen konnten. Die Leute redeten nur über die Tagesereignisse und taten so, als wäre alles in Ordnung. Und das war die Falschheit, die sie herausfühlte, das Unbehagen. Sie brauchten Hilfe, wollten es aber nicht zugeben.

Wie wäre es, wenn sie von Tembreabrezi nach Norden, hinunter in die Ebenen ging?

Vor einigen Jahren war sie – an einem langen Sonntag auf der anderen Seite – mit Sofir, dem alten Kaufmann Hobim, seinen Leuten und einer Reihe winziger Esel, die mit Tuchballen beladen waren, zuerst in ein Dorf, das sich eine Tagesreise weiter nördlich jenseits der Bergschulter befand, gezogen, und dann weiter in die Stadt namens Drei Quellen in den nordöstlichen Vorbergen; sie waren zwei Tage dort geblieben, hatten ihre Geschäfte abgewickelt, und waren dann zurückgekehrt, insgesamt eine Sechs-Tage-Reise. Sie erinnerte sich an die Stelle, an der die Straße nach Drei Quellen sich nach Osten wandte und die Nordstraße geradeaus zu einer dunklen Paßhöhe weiterführte. Wie weit war es von dort zu den Ebenen? Wie weit war es über die Ebenen zu der Hauptstadt, von der sie sprachen? Sie hatte keine Ahnung; zweifellos viele Tagesmärsche; aber sie konnte Lebensmittel mitnehmen, und es würde unterwegs sicherlich Dörfer oder Städte geben, sie konnte also die weiten, in der Dämmerung liegenden Ebenen überqueren, zu der Hauptstadt gelangen und um Hilfe für Tembreabrezi bitten. Falls sie Hilfe leisten wollten. Oder durfte auch sie die Straßen nicht benützen? Aber sie hatten nicht das Recht, es ihr zu verbieten. Wenn der Meister es von ihr verlangte, würde sie gehen.

Er rief sie nicht zu sich. Sie wurde ungeduldig und unruhig. Sie konnte nicht verstehen, daß ihre Freunde hier ihrem Tagewerk nachgingen und nie darüber sprachen, daß etwas nicht in Ordnung war, wie Menschen, die Krebs haben und immerzu behaupten, »Mir geht es gut, mir geht es gut«, wie ihre eigene Mutter, die immer sagte, »Alles ist in Ordnung«, sie wollte hier nicht daran denken, es störte sie, daran erinnert zu werden. Warum sprachen sie nicht darüber? Warum unternahmen sie nichts? Worauf warteten sie?

Schließlich ließ ihr der Meister bestellen, sie möge zu einer Versammlung in sein Haus kommen. Sie war schon früher zu solchen Versammlungen eingeladen worden. Geschäfte wurden größtenteils im Wirtshaus, in der Gaststube abgewickelt, aber Beschlüsse, bei denen es um mehr als um den Handel ging, wurden bei gemächlichen, sich in die Länge ziehenden, nachdenklichen Gesprächen in der Halle mit den zwei Kaminen gefaßt. Sowohl Männer als auch Frauen nahmen daran teil, und oft, aber nicht immer, der Lord aus dem Herrenhaus; außerdem kamen gesellschaftlich bedeutende Besucher aus anderen Städten. Dremornet, die Mutter des Meisters, eine weißhaarige, dunkeläugige Dame, saß in einem prunkvollen Kleid in einem samtbezogenen Lehnstuhl unter dem Porträt des Vorfahren mit dem verkrüppelten Arm. Wenn nur wenige Gäste anwesend waren, gruppierten sich die meisten um sie, so daß am anderen Kamin vertrauliche Gespräche geführt werden konnten; wenn mehr Menschen kamen, bildete sich an jedem Ende des Raums eine Gruppe. An diesem Abend hatte sich ein Kreis von leise sprechenden Frauen und etlichen jungen Männern um den Lehnstuhl versammelt, während am anderen Kamin drei oder vier ältere Männer dem Meister berichteten. Natürlich befanden sich an diesem Abend außer Irene keine Fremden dort. Sie blieb in der Gruppe um die Mutter des Meisters, bis er vorbeikam und beiden einen Wink gab. Lord Horn war eingetroffen.

Dremornet raffte ihren Rock zusammen, stand auf und begrüßte den Besucher mit einem formvollendeten Hofknicks. Danach knicksten auch die übrigen Frauen vor ihm. Lord Horn war ein hagerer, strenger, grauer Mann. Er verbeugte sich kurz und steif. Nicht einmal der Anblick der zierlichen alten Dame, die einen wunderbar überheblichen

Hofknicks zustandebrachte, entlockte seinem ausdruckslosen Gesicht ein Lächeln. Seine blonde, in pastellfarbene Seide gekleidete Tochter hielt sich einen Schritt hinter ihm, verneigte sich, lächelte andeutungsweise, und sie schritten weiter. Ihre Funktion bestand Irenes Meinung nach darin, daß sie Verneigungen entgegennahmen und sich verneigten, sie waren Repräsentationsfiguren, Träger leerer Titel. Herr der Stadt war der Meister, Dou Sark. Aber die Leute hier waren altmodisch und hielten an Traditionen fest, deshalb fanden sie, daß sie einen Lord haben mußten.

Der Meister hatte Irene im Vorübergehen wieder angesehen, und sie folgte ihm bald. Am zweiten Kamin standen die Stadtbewohner, die vor sich hingequakt hatten wie ein Teich voller Ochsenfrösche, nun feierlich herum. Lord Horn hörte mit ausdruckslosem Gesicht und offensichtlich auch ohne Interesse dem Meister zu, der ihm etwas erzählte. Die Tochter hatte sich hingesetzt und bezeichnenderweise den einzigen unbequemen Stuhl im ganzen Raum gewählt, ein steifes, hohes, mit Brokat bespanntes Möbel. Sie hielt sich kerzengerade und rührte sich nicht. Zwischen ihrer pastellfarbenen Blässe und Horns stumpfer Kälte leuchtete das Gesicht des Meisters strahlend und dunkel wie Kohlenglut.

»Der Meister berichtet mir«, sagte Lord Horn zu Irene, unterbrach sich und sah zu ihr hinunter, als befände er sich in einigen Meilen Entfernung auf einem Turm mit trüben Fenstern, durch die er nichts deutlich erkennen konnte. »Sark erzählt mir, daß du auf der Südstraße einen weiteren Reisenden getroffen hast.«

»Ich habe einen Mann ganz unten im Tal gesehen, am Ufer des Baches. Ich habe nicht mit ihm gesprochen.«

»Warum?« fragte Lord Horn und legte wieder eine Pause ein, während er langsam und kalt seine Worte sammelte. »Warum hast du nicht mit ihm gesprochen?«

»Er schlief. Er war ... er gehört nicht hierher ...« Sie suchte eifrig, hastig nach Worten und verwendete das erstbeste, das ihr einfiel: »Er war ein Dieb.«

Wieder folgte eine lange, schwer zu ertragende Pause.

Lord Horns graue Augen, die sie an Turmfenster erinnert hatten, ruhten nicht mehr auf ihr, aber er sprach wieder. »Woher wußtest du das?«

»Alles an ihm.« Als ihr die schroffe Abwehr ihrer Stimme bewußt wurde, erfaßte sie der gleiche rachsüchtige Zorn, den sie empfunden hatte, als sie den Eindringling erblickte, und den sie noch immer jedes Mal spürte, wenn sie an ihn dachte. Mit welchem Recht stellte ihr dieser alte Mann Fragen? Lordschaft, zum Teufel mit seiner Lordschaft, das war nur eines von den tausend Wörtern für Tyrann!

»Du glaubst also nicht, daß der Mann ...« – ein langes Schweigen folgte, als fände Horn endgültig keine Worte mehr –, »derjenige sein könnte, der Mann, welcher ...«

»Ich verstehe Sie nicht.«

»Der Mann, auf den wir warten«, schloß Horn.

Erst jetzt bemerkte sie, daß alle Leute am Kamin sie beobachteten und daß ihre Gesichter, die müden, schweren Gesichter von alternden und alten Männern, gespannt und flehend auf sie gerichtet waren – sie flehten um die richtige Antwort, um ein Wort der Hoffnung.

Sie sah den Meister hilfesuchend an, um von ihm zu erfahren, was sie sagen sollte. Sein Gesicht blieb verschlossen. Hatte er beinahe unmerklich den Kopf geschüttelt?

»Der Mann, auf den Sie warten?« wiederholte sie. »Ich verstehe Sie nicht. Worauf warten Sie? Warum warten Sie? Ich kann hingehen.« Sie blickte wieder den Meister an; sein Blick war jetzt auf sie gerichtet, sein Ausdruck zwar noch immer zurückhaltend, aber herzlich; sie hatte offensichtlich in seinem Sinn gesprochen. »Wenn keiner von Ihnen die Straßen benützen kann, dann schicken Sie doch mich. Ich kann eine Botschaft überbringen. Vielleicht kann ich Hilfe holen. Warum müssen Sie auf jemand anderen warten? Ich bin jetzt hier. Ich kann in die Stadt gehen ...«

Sie blickte vom Meister zu Lord Horn und unterbrach sich, als ihr der Gesichtsausdruck des alten Mannes auffiel.

»Es ist ein langer Weg in die Stadt«, bemerkte er mit seiner bedächtigen, ruhigen Stimme. »Die Reise ist länger, als du denkst. Aber dein Mut ist über alles Lob erhaben. Ich danke dir, Irena.«

Sie war verwirrt, er hatte ihr den Wind aus den Segeln genommen, doch dann zog sie der Meister stirnrunzelnd fort, und sie begriff, daß ihr Gespräch mit dem Lord aus dem Herrenhaus zu Ende war.

Als sie zeitig am Morgen vor ihrer Abreise allein in ihrem Zimmer war, öffnete sie die Läden und betrachtete die träumerische Dämmerung über den Dächern und Schornsteinen der Stadt. Die spürte noch die Wärme des Bettes, sie wollte länger schlafen, länger hierbleiben. Wenn sie fortging, würde sich das Tor dann wieder schließen? Wann würde sie in der Lage sein, würde sie jemals in der Lage sein wiederzukommen? Der Grund, warum sie zurückfahren mußte, war bedeutungslos und nicht zwingend: Sie war jetzt eine ganze Nacht fortgewesen, und wenn sie nicht um sieben Uhr früh in ihrer Wohnung war, würde sie zu spät zur Arbeit kommen ... Arbeit, Wohnung, Nacht, Morgen, das alles verlor hier seinen Sinn, es waren Worte ohne Bedeutung. Dennoch, genau wie die Macht oder die Angst die Stadtbewohner daran hinderte, ihre Stadt zu verlassen, mußte sie ihnen gehorchen. So wie die Leute hier nicht fortgehen durften, mußte sie fort.

Wie immer, bevor sie ging, nahmen Palizot und Sofir mit ihr das Frühstück ein, und Sofir hatte ihr ein Päckchen mit Brot und Käse für den langen Rückweg zum Tor zurechtgemacht. Sie waren besorgt und nicht fähig, ihre Besorgnis zu verbergen. Sie hatten Angst um sie.

An der Straßenkrümmung blickte sie noch einmal zurück. Die Fenster der Stadt schimmerten schwach golden im dunklen Bogen des Waldes. Im Norden sah sie oberhalb der Bergschulter einen hellen Stern, den sie im nächsten Augenblick aus den Augen verloren hatte, wie die Spiegelung in einem Regentropfen oder das Glitzern von Glimmer im Sand.

Nachdem sie den Mittleren Fluß durchquert hatte, aß sie Sofirs Brot und Käse und trank das beißend kalte Wasser des Flusses; sie rastete eine Weile und wäre gern eingeschlafen, verzichtete aber darauf, brachte es nicht fertig, sondern ging weiter. Nichts bedrohte sie im Wald, nichts jagte ihr Angst ein, aber sie konnte nicht rasten. Sie mußte weitergehen. Sie behielt ihr schnelles Tempo bei und erreichte schließlich die letzte Anhöhe, den Kamm mit den rotstämmigen Fichten, den langen Hang hinunter zu den Rhododendronbüschen, zwischen ihnen hindurch ins Tal, zum Bachufer, zum Ort des Anfangs, die Lichtung vor dem Tor – und bevor sie das Wasser überquerte, erblickte sie den Ring aus geschwärzten Steinen, den halb von den Farnkräutern verdeckten Plastiksack, den häßlichen Abfall, den der Eindringling auf dem Lagerplatz hinterlassen hatte.

Sie zog sich sofort in den Schutz der Büsche zurück und beobachtete das Lager eine Zeitlang. Sie entdeckte keine Spur von dem Mann selbst. Ihr Herz schlug langsamer, ihr Gesicht wurde heiß und in ihren Ohren summte das Blut. Sie überquerte den Bach, ging zu dem – erkalteten – Feuerkreis und warf die Steine nacheinander ins Wasser. Sie hob den Plastiksack und den Schlafsack auf, wandte sich zum Fluß, dann flüsterte sie »Raus mit dir, verschwinde!«, schleppte das Zeug durch das Tor den Pfad hinauf und ließ es mitten in Pincus' Wald neben dem Weg in ein Brombeergebüsch fallen. Dann lief sie zum Waldrand, holte aus dem Graben ein an einem Pfahl befestigtes Holzschild, auf dem die Worte »JAGEN VERBOTEN« längst verblichen waren. Ihre Augen, jedoch nicht ihr Geist, hatten es wahrgenommen, als sie vor zwölf Tagen (oder Stunden) hier entlanggekommen war. Mit ihm lief sie zur Schwelle zurück. Erst als sie sich auf der anderen Seite befand, dachte sie – und wenn ich nicht hätte durch können? –, aber ohne rückwirkend Angst zu empfinden. Sie war zu zornig, um sich zu fürchten. Sie nahm ein paar Stücke verkohltes Holz von der Feuerstelle, überquerte den Fluß und setzte sich mit dem Schild auf den Knien auf einen Stein. Sorgfältig schrieb sie mit schwarzen Druckbuchstaben auf das rillige, weißgebleichte Holz BETRETEN VERBOTEN.

Sie stellte das Schild oben am Ufer auf, wo es jedem ins Auge fallen mußte, der durch das Tor trat. Der Pfosten ließ sich ohne Schwierigkeiten in den Boden treiben, aber das ganze Ding stand schief, und sie holte einen Stein, um es tiefer in den Boden zu klopfen, als eine Bewegung jenseits des Wassers ihre Aufmerksamkeit erregte. Sie hielt inne und blickte über das schimmernde, dahinfließende Wasser hinweg. Der Mann kam von der Schwelle direkt auf sie zu. Zwischen ihnen befand sich nur der Bach.

Er kniete am anderen Ufer nieder, beugte den Kopf zum Fluß hinunter und trank. Erst jetzt begriff sie, daß er sie nicht gesehen hatte.

Sie war den großen Rhododendronbüschen so nahe, daß sie sich mit einer einzigen fließenden Bewegung ducken und zurückweichen konnte, bis ihre weiße Bluse und das helle Gesicht hinter Blättern und Schatten verborgen waren. Als sie wieder nach dem Mann Ausschau hielt, stand er jenseits des Flusses und starrte – starrte natürlich das Schild, ihr Schild BETRETEN VERBOTEN an! Ihr Herz klopfte wieder wild, und sie öffnete den Mund zu einem geräuschlosen, keuchenden Lachen.

Wenn er stand, war er groß und schwer, wie er im Schlafsack gewirkt hatte. Als er sich bewegte, stapfte er schwerfällig das Ufer hinauf. Er blieb stehen und starrte dorthin, wo sich seine Feuerstelle, sein Rucksack, sein Schlafsack befunden hatten. Er bewegte sich, blieb stehen, starrte. Schließlich drehte er sich langsam um und ging auf das Tor zwischen den Lorbeerbüschen und der Fichte zu. Irene ballte triumphierend die Fäuste. Er blieb wieder stehen, drehte sich um und kam zurück, geradewegs zum Bach hinunter und über ihn hinweg, ungelenk, stolpernd, doch mit einem Schwung, der ihn das Ufer wieder hinauftrug. Er zog den Pfahl aus der Erde, riß das Brett ab, zerbrach es über dem Knie, bekam Kohleflecken auf seinen nassen Händen, warf die Holzstücke weg und sah sich um. »Ihr Schweinehunde!« sagte er dumpf. »Ihr verdammten Schweinehunde!«

»Das gilt auch für Sie«, antwortete Irenes Stimme, und sie schaffte es, sich aufzurichten.

Er drehte sich um und kam auf sie zu. Sie blieb stehen, weil ihre Füße sich weigerten, ihr zu gehorchen. »Verschwinden Sie!« rief sie. »Sofort! Das hier ist Privatbesitz.«

Sein Blick war starr auf sie gerichtet. Er blieb stehen. Er wirkte massig. Das Gesicht war weiß, ausdruckslos, einfältig. Der Mund sprach Worte, die sie nicht verstand.

Er kam wieder auf sie zu. Sie hörte ihre eigene Stimme, hatte aber keine Ahnung, was sie sagte. Sie hielt immer noch den Stein in der Hand, den sie aufgehoben hatte. Wenn er sie berührte, würde sie versuchen, ihn zu töten.

»Das brauchen Sie nicht«, erklärte er mit gepreßter, heiserer Stimme – der Stimme eines Jungen. Er war stehengeblieben. Jetzt wandte er sich ab, ging zurück, überquerte ungeschickt das Wasser, stapfte das Ufer hinauf, über die Lichtung, zur Schwelle.

Sie folgte ihm regungslos mit den Blicken.

Er ging zwischen Fichte und Lorbeer durch, ohne anzuhalten. Es war seltsam; hatte sie nie von dieser Seite aus durch das Tor geblickt? Der Pfad, der so steil und dunkel ins Tageslicht emporführte, sah von hier, jenseits des Wassers, eben und frei aus und unterschied sich nicht von den Wegen im Land der Dämmerung. Sie konnte ihn in dem Zwielicht unter den Bäumen weit überblicken und sah den Mann, der immer noch im diesigen, gleichbleibenden Licht weiterging.

3. Kapitel

Er zerbrach die Tafel, stampfte die Stücke in den Schlamm; sein Hemd und seine Jeans waren triefend naß, weil er in den Bach gefallen war, in seinen Schuhen stand das Wasser. »Ihr Schweinehunde«, sagte er, die ersten Worte, die er an dem Ort der Dämmerung laut sprach, »ihr verdammten Schweinehunde!«

Die hohen Büsche knarrten und bewegten sich. Jemand kam heraus, ein dunkelhaariger Junge, der ihn anstarrte. »Verschwinden Sie!« rief der Junge. »Sofort! Das hier ist Privatbesitz.«

»Gut. Wo ist mein Zeug?« Hugh trat einen Schritt vor. »Es hat mich einen Wochenlohn gekostet. Was haben Sie damit getan?«

»Es liegt drüben im Wald. Bringen Sie es nicht zurück. Kommen Sie nicht wieder! Verschwinden Sie!«

Der Junge trat selbstgerecht, höhnisch, haßerfüllt vor. Hugh zitterte wider Willen. »Gut, Sie hätten nicht ...« Es hatte keinen Sinn. Er drehte sich um, lief das Ufer hinunter, über den Bach, glitt auf den Steinen aus und richtete sich wieder auf. Er ging auf das Tor zu. Er mußte hier raus. Er würde verschwinden und niemals wiederkommen, es war kaputt. Sein Zeug befand sich oben im Wald, sobald er das Tor hinter sich hatte, würde er sein Eigentum an sich nehmen und nie mehr zurückkommen.

Aber er hatte das Tor ja schon hinter sich.

Als er zurückblickte, sah er die Dämmerung hinter sich und das fließende Wasser, das sich an den Felsen brach, und vor sich die Dämmerung und den Weg, der unter den Bäumen weiterführte.

Er hatte sich verirrt. Der Pfad war verschwunden.

Er ging ein paar Schritte weiter, blieb stehen, kehrte um,

ging zwischen den hohen Büschen und der Fichte mit der roten Rinde zum Ort des Anfangs zurück.

Der andere, der Fremde, stand immer noch am jenseitigen Ufer. Kein Junge, sondern eine Frau in Jeans und weißer Bluse, mit schwarzem Haar, weißem, ihm zugewandten Gesicht.

»Ich kann nicht fort«, meldete Hugh, »es gibt keinen Weg mehr.«

Die laute, betörende Stimme des Wassers trennte sie voneinander.

Er fürchtete sich sehr. »Wenn Sie sich hier auskennen, wenn Sie hier leben, dann erklären Sie mir, wie man hier rauskommt.«

Die Frau setzte sich unvermittelt in Bewegung und überquerte den Bach, indem sie leichtfüßig von Stein zu Stein sprang. Neben dem über das Wasser hinausragenden Felsen blieb sie stehen und zeigte auf das Tor. »Dort!«

Er schüttelte den Kopf.

»Dort ist das Tor!«

»Ich weiß.«

»Gehen Sie weiter!«

»Es hat sich verändert.« Er drehte sich um, ging über die Lichtung, zwischen Büschen und Fichte durch und weiter. Der Weg wurde nicht dunkel, führte nicht steil zwischen Büschen und Brombeeren hinauf, vor sich sah er kein Sonnenlicht. Die Bäume standen düster in der windlosen Dämmerung eng beisammen, und außer der Melodie des Baches hinter sich vernahm er kein Geräusch. Schließlich drehte er sich um; die Gestalt am Wasser beobachtete ihn immer noch.

Er kam zurück, und sie ging ihm entgegen.

»Es geht weiter«, flüsterte sie. »Das habe ich noch nie erlebt. Auf dieser Seite war es noch nie geschlossen. – Kommen Sie!« Sie ging rasch und zornig an ihm vorbei auf das Tor zu. Er folgte ihr. Der rauhe, rötliche Stamm der Fichte streifte seine Schulter. Eine Brombeerranke verfing sich auf dem dunklen Weg in seinen Haaren. Er konnte die Fremde kaum vor sich erkennen. Ein Vogel zwitscherte kurz über seinem Kopf. Die Luft roch nach Rauch, Gummi, Benzin, sonnenwarmen Kiefernnadeln. Der Pfad unter seinen Füßen war trocken. »Da ist Ihr Zeug«, sagte die Frau. Sein Rucksack und sein Schlafsack lagen im staubigen Gras neben den Büschen.

Er musterte es, als wolle er sich davon überzeugen, daß alles da war. Er wagte nicht zurückzuschauen. Er hatte Angst, daß sich dann die Dämmerung ausbreiten und ihn einholen würde. Die Frau, das Mädchen, etwa so alt wie er, stand auf dem Pfad, schwarze Haare, schwarze Augen, weißes Gesicht.

»Was für ein Ort ist das?« fragte er. »Wissen Sie es?«

Sie antwortete nicht sofort, und er nahm an, daß sie überhaupt nicht mit ihm reden würde. »Wenn Sie hierher gehörten, würden Sie es wissen«, sagte sie schließlich mit ihrer schroffen, zarten Stimme.

»Ich muß ...« Er brachte die Worte nicht heraus. Warum ließ er zu, daß sie ihn beschimpfte? Sein Gesicht war heiß und spannte, hatte er geweint? Er rieb sich mit der Hand das Kinn und verdeckte seinen Mund, um seine Beschämung zu verbergen.

»Es ist kein Pfadfinderlager«, erklärte sie. »Sie können nicht ihr Mistzeug hierherbringen und hier kampieren und ... das ist kein Nationalpark. Sie wissen überhaupt nichts von dem Gebiet. Sie kennen die Gesetze nicht. Sie sprechen die Sprache nicht, Sie kennen ... Es ist nicht Ihr Ort. Sie gehören nicht hierher. Sie sind hier nicht sicher.«

Er konnte sich nicht in Zorn hineinsteigern, um die Beschämung zu verdrängen, er konnte sich nur anhören, was sie ihm vorwarf, und dann den einzigen Satz wiederholen, der ihm einfiel: »Ich muß wiederkommen.« Seine Stimme war nur noch ein Murmeln. »Ich werde nichts mehr herumliegen lassen.«

Sie bebte vor Wut wie ein Stück Zeitungspapier im Wind, wie ein brennendes Stück Papier in einem lodernden Feuer.

»Ich warne Sie!«

Erst jetzt wurde ihm klar, was sie vorher gesagt hatte. »Es gibt – Leute, die hier leben?«

Nach einer langen Pause bestätigte sie: »Ja.«

Ihre Augen blitzten merkwürdig in dem unruhigen Licht.

»Sie warten auf Sie«, sagte sie mit ihrer wuterstickten, höhnischen Stimme, und dann ging sie plötzlich an ihm vorbei, nicht zurück, wie er erwartet hatte, den Pfad hinunter in das Abend-Land, sondern unvermittelt, energisch, schnell an ihm vorbei in den Morgen. Nach einigen Schritten verschwand sie hinter der lebenden Mauer des Dikkichts, und einen Augenblick später war das leise Geräusch ihrer Schritte verklungen.

Hugh stand verwirrt, verlassen in der warmen, leicht staubigen Luft des Waldes, die ständig von den Schwingungen ferner Maschinen auf dem Boden und in der Luft erschüttert wurde. Ein Sonnenstrahl fiel durch die Blätter, und ein Lichtfleck tanzte auf dem graubraunen Überzug seines Schlafsacks.

Wohin gehe ich jetzt? Ich habe kein Ziel.

Er war müde, von den Gefühlen ausgelaugt – Zorn, Angst, Kummer. Er setzte sich neben dem Pfad hin und legte eine Hand schützend oder zu seiner Beruhigung auf seinen Rucksack. Der trostlose Schmerz des Verlustes verschwand aber nicht und ließ auch nicht nach.

Vielleicht empfindet sie es genauso, dachte er. Als hätte ich es ihr weggenommen.

Aber ich kann nichts dafür. Ich muß dorthin zurück. Ich kann sonst nirgends hin. Sie hat nicht das Recht ... Das war zwar nicht der richtige Ausdruck, aber er wußte nicht, wie er es bezeichnen sollte.

Ich werde wieder hierherkommen. Ich werde mein Zeug nicht liegenlassen. Jedenfalls nicht auf der Lichtung beim Tor. Ich könnte weitergehen – vielleicht bachaufwärts, das Tal hinauf. Sie kann nicht überall auftauchen. Es gibt keinen Grund, warum wir jemals wieder zusammentreffen sollten.

Außer, wenn ich nicht mehr hinauskann.

Dieser Gedanke störte ihn nicht besonders. Das panische

Entsetzen, das ihn überkommen hatte, als das Tor nur weiter in die Dämmerung führte, war bereits tief in sein Unterbewußtsein gesunken, zu tief, um ohne besonderen Grund wieder aufzutauchen. Wenn es wieder so kommt, sagte er sich, kann ich warten und mit ihr durchgehen, sobald sie da ist.

Sie ist wie ich, sie kommt von hier. Aber sie hat behauptet, daß dort Menschen leben.

Doch sein Verstand weigerte sich, sich mit dieser Vorstellung zu befassen. Ich muß sie nicht kennenlernen. Am Bach war jedenfalls nie jemand. Und sie ist jetzt fort. Ich mache kehrt ...

Er schob seine Ausrüstung unter die staubigen, stachligen Ranken am Rande des Dickichts, stand auf, folgte dem Pfad hinunter zur Schwelle und in die Dämmerung zum klaren Wasser, an dem er endlich niederkniete und trank. Das Wasser wusch sein Gesicht und seine Hände, wusch Scham und Angst weg. »Das ist mein Zuhause«, sagte er zu der Erde, den Felsen, den Bäumen, beugte sich über das Wasser, bis seine Lippen es beinahe berührten, und flüsterte: »Ich bin ihr. Ich bin ihr.«

Er langte bei Sams Supermarkt um zehn Uhr ein und sperrte um fünf nach zehn Kasse sieben auf. Donna blickte von Kasse sechs herüber. »Alles in Ordnung, Buck?«

Für Hugh waren zwei Tage und drei Nächte vergangen, seit er am Vortag um eine Stunde früher weggegangen war; er wußte nicht mehr, warum Donna auf die Idee kam, daß nicht alles in Ordnung war. »Klar!« antwortete er.

Sie sah ihn mit einem komischen, zynischen und doch bewundernden Ausdruck an. »Sie waren ja gar nicht krank«, stellte sie fest. »Sie hatten nur etwas Besseres vor.« Sie tippte eine Sechserpackung Cola und ein Paket Käsegebäck für einen zitternden, unrasierten alten Mann ein und bemerkte zu ihm und zu Hugh: »Ist es nicht wunderbar, jung zu sein? Aber ich möchte es nicht noch einmal durchmachen, nicht einmal, wenn man mich dafür bezahlte.«

Er wagte sich nicht weit bachabwärts. Das Tal verengte sich, der Bach wurde tiefer; in dieser Richtung war es dunkler. Von der Lichtung beim Tor bachaufwärts stand weniger Unterholz, und an manchen Stellen hatte der Bach freie, breite, sandige Ufer. Hugh kam zu einem Platz, an dem große Weiden am Wasser standen und ein rötlicher Felsrücken das Bachbett einengte, der sich in Stufen und Platten quer durch den Wasserlauf zog. Oberhalb des weißschäumenden Wassers befand sich ein tiefes, langes Becken. Auf dem Ufer standen Bäume, doch das Becken selbst lag unter freiem Himmel. Der Ort wirkte abgelegen, abgeschlossen; hierher würde niemand kommen.

Er fand ein Versteck für seine Ausrüstung, die Gabelung eines kleinen Baumes, die so dicht von einer kleinblättrigen Kletterpflanze überwuchert war, daß sogar er das Zeug ertasten mußte. Er sammelte einen kleinen Vorrat an Feuerholz, hauptsächlich die Zweige eines abgestorbenen Baumes, und scharrte eine Feuerstelle in den Sand des geschützten Ufers dicht oberhalb der Barriere aus rotem Fels. Er richtete alles für ein Lagerfeuer her. Dann zog er Hemd und Jeans aus und ging geräuschlos, hoch aufgerichtet in das ruhige Bekken. Sofort hinter der Barriere war das Wasser zu tief, als daß er hätte stehen können. Dort schwamm er in stummem, tiefem Entzücken, bis er die Kälte nicht mehr ertragen konnte; er schwamm verkrampft und zitternd ans Ufer und zündete das Feuer an.

In der klaren Dämmerung wirkten die Flammen wunderschön. Er kauerte neben dem Feuer, um die Wärme in seiner Haut, in seinen Knochen zu spüren. Schließlich zog er sich an, kochte sich eine Tasse süßes Schokolade-Kaffee-Mischgetränk, das er im Sonderangebot erstanden hatte, und trank es entspannt. Als das Feuer heruntergebrannt war, bedeckte er alle Spuren mit Sand, zog die Schuhe an und erforschte den Bachlauf weiter.

Er kam jetzt täglich. Sein halbes Leben verbrachte er im Land der Dämmerung. Wenn er hier war, veränderte sich sogar der Rhythmus seines Atems; er atmete tiefer. Wenn er aus dem Schlaf erwachte, der ihn hier überkam, der tiefer als der Traum, dunkel und glatt dahinfließend wie die Strömung des Baches war, blieb er noch eine Weile faul liegen, lauschte dem rauschenden Wasser und den raschelnden Blättern, dachte, ich bleibe hier ... ich bleibe noch eine Zeitlang ... Er tat es nie. Wenn er im Supermarkt oder zu Hause arbeitete, dachte er nicht oft an das Abend-Land. Es war vorhanden, mehr mußte er nicht wissen, während er eine Sechzig-Dollar-Ladung in die Kasse tippte oder seine Mutter nach einem schweren Tag in der Kreditgesellschaft, in der sie arbeitete, beruhigte. Es war vorhanden, und er konnte dorthin zurückkehren, zu der Stille, die den Worten Bedeutung verlieh, zu dem Mittelpunkt, der der Welt Gestalt verlieh.

Das Tor war nie wieder verschlossen gewesen, und er dachte kaum noch an diese Möglichkeit. Es hatte etwas mit dem Mädchen zu tun gehabt. Es war ihretwegen geschehen, weil sie dagegen gewesen war, und deshalb hatte sie es aufheben können, indem sie mit ihm auf die andere Seite durchging. Von Zeit zu Zeit dachte er besorgt und doch mit Bedauern an sie. Wenn sie nicht so voller Haß und Bosheit gewesen wäre, hätten sie vielleicht miteinander sprechen können. Er hatte sich von ihr ins Bockshorn jagen lassen, es war sein Fehler. Sie hätte ihm etwas über dieses Land erzählen können. Anscheinend kannte sie es länger und besser als er. Auch wenn sie nicht selbst hier lebte, kannte sie doch die Einwohner.

Falls es welche gab. Er dachte während der Ruhepause am Weidenplatz viel darüber nach. Sie hatte nur bemerkt: »Sie kennen die Sprache nicht«, und als er gefragt hatte, ob hier Menschen lebten, hatte sie ja gesagt, aber nach einem Zögern, und es hatte falsch oder gezwungen geklungen. Sie hatte versucht, ihn zu erschrecken. Die Vorstellung wirkte bedrohlich. Das Schöne daran war, daß er hier allein war, daß er sich nicht mit anderen Menschen, ihren Bedürfnissen, Ansprüchen, Befehlen auseinandersetzen mußte.

Aber die Menschen, die hier lebten – wie mochten sie aussehen? Was für eine Sprache redeten sie? Hier war kein Laut zu hören. Kein Vogel sang jemals. Es mußte im Wald Tiere geben, doch sie ließen sich nicht erfassen, verhielten sich völlig ruhig. Hier mußte niemand jemand anderen belästigen.

Er wälzte diese Gedanken, wenn er in der Stille unter den Weiden neben dem hellen kleinen Feuer am Wasser saß. Hier konnte sich sein Verstand lange mit einem Gedanken beschäftigen, weil der Gedanke genügend Platz hatte, um sich auszubreiten. Er hatte nie den Eindruck gehabt, daß er besonders dumm war, und hatte in der Schule in den Gegenständen, die ihm lagen, recht gut abgeschnitten, aber er wußte, daß ihn die Leute für beschränkt hielten, weil er nicht schnell dachte. Sein Verstand konnte nicht schnell reagieren, konnte sich nicht beeilen. Hier konnte er alle Überlegungen zu Ende führen, und das machte einen großen Teil der Freiheit aus, die er hier empfand. Der Wechsel zwischen zwei vollkommen verschiedenen Leben, das wiederholte Durchschreiten der Schwelle zwischen Kensington Heights und dem Abend-Land hätte ihn vielleicht verwirrt und ermüdet, wenn er nicht aus der am Bach verbrachten Zeit Kraft geschöpft hätte. Er war still, vollkommen mit Wandern, Schwimmen, Schlafen, Nachdenken, dem Gebrauch seiner Sinne beschäftigt; und diese vollkommene Ruhe vertrieb das Gefühl, daß er im Leben draußen herumgeschubst und angetrieben wurde, daß er nie Zeit hatte, sich zu fragen, was er tat oder wohin er gehen sollte, daß er nie Zeit hatte, Alternativen zu sehen und zwischen mehreren Möglichkeiten zu wählen. Aber wenn er die Ruhe in sich aufnahm, die er hier fand, gelang es ihm auch dort, nachzudenken.

Seit er gesagt hatte, daß seine Mutter krank wäre, seit seine Stimme dieses Wort ausgesprochen hatte, hatte er sich gezwungen, sich diesem Gedanken zu stellen, statt davonzulaufen und sich vor ihm zu verstecken; er versuchte konsequent, sich zu überlegen, wie krank sie war, und worin ihre Krankheit bestand.

Das war schwer. Es bedeutete, daß er umdenken mußte: als wäre sie nicht seine Mutter, sondern irgendeine Frau. Eine kranke Frau.

In seinen letzten Mittelschulen hatte er Jungen kennengelernt, die bis zum bitteren Ende harte Drogen genommen hatten. Und in der letzten Klasse – diese Erinnerung grub er nicht gern aus –, das Mädchen, das manchmal die Englischaufgaben von ihm abschrieb, er konnte sich nicht mehr an ihren Namen erinnern –, er fühlte sich ihr gegenüber immer schuldbewußt, weil sie so demütig war –, Cheryl hieß sie, und eine Woche vor Ferienbeginn hatte sie sich eines Tages in einem Abteil in der Mädchentoilette eingeschlossen und versucht, sich mit dem Kopf voran in einer Kloschüssel hinunterzuspülen. Er hatte die Schreie gehört und im Korridor ein Mädchen gesehen, das entsetzlich schrill lachte, und dann wurde die zusammengekrümmte Cheryl herausgetragen, rosa Wasser tropfte aus ihren Haaren, sie schrie mit zarter, hoher Stimme, und die übrigen Kinder sahen zu, und Leute kamen die Treppe heraufgelaufen, um zuzuschauen. Niemand hatte nachher gewußt, wie er darüber reden sollte, niemand, der die Schreie gehört hatte. Bis jetzt war es das Ärgste, das er je erlebt hatte, aber wenn man in Gemischtwarenhandlungen arbeitete, sah man eine Menge Leute, die mit den Pilzen schimpften, und Verrückte wie den Ladendieb, der versuchte, hinauszukommen, indem er Hugh bestach, oder der Kerl, der Donna mit einem Messer bedrohte, als sie sich weigerte, seinen Scheck ohne Scheckkarte anzunehmen; und Menschen, die Dinge taten, für die sie vielleicht einen Grund hatten, die aber reichlich seltsam wirkten, zum Beispiel, wenn jemand achtundvierzig Flaschen Desinfektionsspray und eine Kanne Toilettewasser kaufte. Aus seiner Sicht war allen diesen Leuten gemeinsam, daß sie aus dem Gleichgewicht geraten, durcheinander waren. Die Maschine machte Lärm, aber die Kraft wurde nicht auf die Räder übertragen. Sie steckten fest. Sie kamen nicht weiter. In den letzten sieben Jahren war seine Mutter dreizehn Mal übersiedelt und hatte in fünf verschiedenen

Staaten gelebt; und je öfter sie umzieht, dachte er, desto weniger kommt sie weiter.

Trotzdem, auch wenn sie so war, wie die Leute mit den Pilzen und den Desinfektionsmitteln, war es mit ihr nicht so arg wie mit den Rauschgiftsüchtigen oder wie mit Cheryl. Sie steckte fest, aber sie war nicht untergegangen. Die Kreditgesellschaft, ein großes Unternehmen mit Filialen im ganzen Land, war zwei Mal bereit gewesen, sie zu versetzen, und gab ihr immer noch Gehaltserhöhungen. Sie beklagte sich viel über die Arbeit, feierte aber keinen Tag krank. Und in diesem Büro hatte sie endlich eine Freundin gefunden, Durbina, und ein ganz neues Interessengebiet, diese Geschichte mit den früheren Leben, in die sie sich sehr vertiefte. War das verrückt? Hugh hatte keine Lust, dieser Frage auf den Grund zu gehen. Was sie ihm erzählte, klang reichlich verdreht. Sie erinnerten sich anscheinend immer daran, daß sie in ihren früheren Leben Fürstinnen oder Hohepriesterinnen gewesen waren; er fragte sich, wer im alten Ägypten bei den Kreditgesellschaften oder in den Supermärkten gearbeitet hatte. Andererseits neigt man zweifellos dazu, sich an die Höhepunkte zu erinnern. Es war verrückt, aber nicht schlimmer als die meisten Interessengebiete mancher Menschen: Baseballergebnisse, Aluminiumlieferungen, antike Medizinfläschchen, Vermehrung der Kernreaktoren, Jesus, Politik, natürliche Ernährung, Geige spielen. Die Menschen taten die seltsamsten Dinge. Die Menschen waren äußerst seltsam. Alle. Man konnte nicht behaupten, daß jemand krank war, weil er sich merkwürdig benahm, denn dann waren alle krank. Krank war jemand, der das Auto im Leerlauf fuhr. Der Ort, von dem seine Mutter nicht loskam, war das Zuhause, je öfter sie es wechselte, desto mehr saß sie fest; sie konnte es nicht ertragen, allein im Haus zu sein, konnte abends nicht in ein leeres Haus zurückkehren, lebte in der Angst, daß sie nachts aufwachen und niemand da sein würde. Und das war mit der Zeit immer schlimmer geworden. Es war jetzt schlimmer als je zuvor – Aber das weiß ich, dachte er. Was habe ich davon, daß ich es weiß? Ich kann nichts daran ändern. Sie hat keinen Menschen außer mir. Man muß jemanden haben, auch wenn keiner von beiden etwas tun kann. Es gibt sonst niemanden. Er

wartete an der Ecke gegenüber der Schule auf Hugh. »Gehen wir zum College-Sportplatz hinunter und sehen nach, was dort los ist«, sagte er, und Hugh, dreizehn Jahre alt, trug das grüne Hemd, das er tags zuvor zum Geburtstag bekommen hatte, und sah, daß die anderen Kinder seinen Dad bemerkten, einen großen, blonden, breitschultrigen Mann, der in seiner ausgebleichten Jeans-Jacke gut aussah. Er war mit dem Ford-Laster hier, und sie fuhren zum College-Sportplatz hinunter und sahen im goldenen Dunst des Aprilnachmittags den Läufern, den Weitspringern, den Stabhochspringern zu. Sie sprachen über die letzte Olympiade, über die Techniken beim Stabhochsprung. Sein Vater boxte ihn sanft gegen die Schulter und sagte: »Du weißt ja, Hughie, ich habe viel Vertrauen zu dir. Weißt du was? Ich kann mich auf dich verlassen. Du bist zuverlässiger als eine Menge Erwachsener, die ich kenne. Bleib so! Deine Mutter muß jemanden haben, auf den sie sich verlassen kann. Sie kann sich auf dich verlassen. Es ist für mich sehr wichtig, daß ich das weiß.« Hugh konnte die große Hand mit den goldenen Härchen nicht küssen; wenn Männer einander berührten, mußte es ein Schlag sein. Er durfte nicht einmal die ausgefranste Manschette der Jeansjacke berühren. Er schwieg in dem plötzlichen Strahlenglanz des Lobs. Als er am nächsten Tag aus der Schule heimkam, saß ihre Nachbarin Joanna mit zusammengepreßten Lippen in der Küche; Hughs Mutter hatte ein Beruhigungsmittel genommen und lag im Bett; sein Vater war mit dem Ford-Lastwagen davongefahren und hatte einen Brief hinterlassen, in dem stand, daß er Arbeit in Kanada gefunden hatte und daß er fand, es wäre jetzt genau der richtige Augenblick, um sich zu trennen.

Hugh bekam den Brief nie zu Gesicht, obwohl Joanna einige Sätze aus ihm wiederholt hatte, wie »der richtige Augenblick, um sich zu trennen«, und er wußte, daß seine Mutter ihn unter ihren Papieren und Fotos in einem Briefordner aufbewahrte.

Er hatte während dieses Schuljahrs lausige Noten bekommen, weil seine Mutter ihn mit allen ihr zur Verfügung stehenden Mitteln zu Hause gehalten hatte, für gewöhnlich, indem sie beim Frühstück einen Weinkrampf bekam. »Ich komme zurück, ich gehe nur in die Schule, ich bin um halb vier wieder hier«, versprach er ihr. Sie weinte und flehte ihn an, bei ihr zu bleiben. Wenn er blieb, wußte er nicht, was er anfangen sollte, und las alte Comic-Hefte; er hatte Angst fortzugehen und Angst, sich am Telefon zu melden, weil es sein konnte, daß sein Lehrer anrief; seine Mutter schien nie darüber froh zu sein, daß er bei ihr war. In diesem Sommer waren sie zum ersten Mal übersiedelt, und sie hatte Arbeit gefunden. An den neuen Orten ging es ihr immer eine Zeitlang besser.

Sobald sie eine Arbeit angenommen hatte, wurde sie tagsüber mit dem Alleinsein fertig, und er schloß die Schule ohne Probleme ab. Es war die Nacht, die Dunkelheit, die sie nicht ertrug, wenn sie in der Finsternis allein war. Solange sie wußte, daß er da war, war alles in Ordnung. Auf wen sonst konnte sie sich verlassen?

Und was besaß er außer seiner Verläßlichkeit? Alles, was er seiner Meinung nach darstellte, oder was an ihm wertvoll war, hatte sein Vater beinahe vollkommen entwertet, indem er sie verließ. Notwendige oder wertvolle Dinge geben die Menschen nicht auf. Aber obwohl er ziemlich genau verstand, wie Cheryl sich gefühlt hatte, wie Scheiße, die man loswerden mußte, hatte er nicht die Absicht, etwas zu unternehmen, so wie Cheryl, weil er in einer Beziehung wertvoll, nützlich, sogar notwendig war: er konnte da sein, wenn seine Mutter jemanden brauchte. Er konnte den Platz seines Vaters einnehmen. Gewissermaßen.

Als er im letzten Schuljahr im Frühjahr auf den Sportplatz hinaus mußte, hatte er sich beim Stabhochsprung am ersten Tag den Knöchel gebrochen. Er war nie ein guter Sportler gewesen. Er wurde groß und kräftig, aber zu schwer, mit weichen Muskeln und zarter Haut.

»He, ich werde mir auch einen schicken roten Trainingsanzug zulegen und die Straße hinauf und hinunter laufen«, erklärte Donna. »Was ist aus Ihrem Reservereifen geworden, Buck?« Er blickte verlegen auf seinen Bauch hinunter, stellte aber fest, daß er vielleicht wirklich besser aussah als früher. Kein Wunder, denn jeden Morgen vor der Arbeit unternahm er einen raschen, langen Spaziergang, dann kamen zehn oder zwölf Stunden, in denen er wanderte und schwamm und nicht sehr viel zu sich nahm. Genügend Lebensmittel in das Abend-Land zu schaffen, war ein Problem, das er hauptsächlich dadurch löste, daß er dort hungrig blieb.

Seine ersten Expeditionen talaufwärts waren nur kurze Versuche gewesen. Er hatte Angst, sich zu verirren. Er kaufte einen Kompaß und entdeckte dann, daß er nicht wußte, wie man ihn verwendet. Die Nadel zitterte und drehte sich bei jedem Schritt, und obwohl sie die meiste Zeit anzuzeigen schien, daß jenseits des Baches Norden war (falls das blaue Ende der Nadel nach Norden zeigte), brauchte er zusätzliche Hinweise, wenn er zu der Lichtung beim Tor zurückfinden wollte, sobald er tiefer zwischen die bachaufwärts liegenden Hügel vordrang. Es gab keine Sterne und keine Sonne, nach denen er sich orientieren konnte. Was bedeutete Norden hier schon? Die Bäume standen so dicht, daß er nie sehr lange geradeaus gehen konnte, und er fand keinen freien Aussichtspunkt, keine Möglichkeit, einen Überblick über die Gegend zu bekommen. Also erforschte er die Pfade und Dickichte, Mulden, Lichtungen, Nebentäler, Quellen, Buchten des Waldes zu beiden Seiten des Bachs oberhalb des Weidenplatzes. Er erkundete dieses Stück Wildnis. Er hatte eine Menge zu lernen. Er wußte nichts über Wildnis, Weidmannskunst, Pflanzen. Bäume mit Zapfen waren Fichten. Bäume mit herunterhängenden, dünnen Zweigen waren Weiden. Er kannte Eichen, auf dem Spielplatz einer seiner Schulen hatte es eine riesige Eiche gegeben, aber keiner der Bäume in diesem Wald sah ihr ähnlich. Er kaufte ein Buch über häufig vorkommende Bäume, und es gelang ihm, einige zu identifizieren: Eschen, Ahorn, Erlen, Fichten. Alles, was er hier sah und was ihm in die Quere kam, interessierte und beschäftigte ihn. Er dachte auch darüber nach, was er nicht wußte und was er noch nicht gesehen hatte. Wie weit reichte die Wildnis, der Wald? Nahmen sie überhaupt ein Ende? Er war jetzt dem Bachlauf mehrere Meilen gefolgt und sah keine Veränderung, nicht die geringste Spur von Menschen. Sogar die Vögel und Tiere waren beinahe unsichtbar; er folgte den undeutlichen Wechseln des Rotwilds, sah jedoch nie einen Hirsch, fand manchmal ein verlassenes Vogelnest auf dem Boden, hörte aber in der stets gleichbleibenden Jahreszeit, in dem stets gleichbleibenden Wetter nie den Schrei eines Tiers oder den Gesang eines Vogels.

Der Bach, sein Gefährte und Führer: was war mit ihm? Er mußte in einen Fluß münden oder weiter unten selbst zu einem Fluß werden, und ob er groß oder klein war, er mußte sich schließlich ins Meer ergießen.

Hughs Atem stockte. Er starrte ausdruckslos ins Feuer, weil er sich im Geist mit dieser Vorstellung auseinandersetzte: das Meer, das sich jenseits der Küsten des Abends erstreckte. Die Dunkelheit, in die dieses lebende Wasser floß. Weiße Brecher in der erlöschenden Dämmerung und hinter ihnen die Tiefe, die Nacht. Die Nacht und alle Sterne.

Diese Vision war ungeheuer und dunkel, der Gedanke an die Sterne entsetzlich; als sie erloschen und er wieder die vertrauten Felsen, Sandbänke, Bäume, Laubkronen seines Campingplatzes bewußt wahrnahm, schien daher alles klein und zerbrechlich wie Spielzeug, und der flache, helle Himmel war sehr seltsam.

Er bezeichnete das Land oft im Geist als Abend-Land, wegen der ewigen Dämmerung, aber jetzt fand er, daß der Name nicht paßte. Der Abend ist die Zeit der Veränderung, die Schwelle zur Nacht.

Der sanfte Wind, der das Tal mit dem Bach entlangstrich, kräuselte die Oberfläche des Beckens. Die Vision kehrte wieder: die breite, dämmrige Stufe, das Land hinter der Schwelle, und der silberne Bach, der es durchströmte, in die Dunkelheit hinunterfloß – in welchen Höhen, welchen östlichen Bergen eines unvorstellbaren Tages entsprang er?

Hugh fühlte wieder verwirrt in der Dämmerung, daß ihm einen Augenblick lang bewußt gewesen war, warum er das Wasser für heilig hielt.

»Ich sollte weitergehen«, flüsterte er. Gelegentlich sprach er halblaut vor sich hin; ein Wort oder einen Satz während eines gesamten Aufenthalts.

Er war im Begriff gewesen, sich zu rasieren, und setzte seine Tätigkeit jetzt fort. Was hier wie ein Tag und eine Nacht war, entsprach in der Tageslicht-Welt nicht einmal einer Stunde, aber sein Bart richtete sich nach seiner eigenen Zeit, nicht nach der Uhr. Es hätte sein Leben vereinfacht, wenn er ihn hätte wachsen lassen – obwohl er sich mit achtzehn deswegen Gedanken gemacht hatte, war sein Bart jetzt dicht, kräftig und wuchs rasch, so daß seine Mutter ihn ununterbrochen ermahnte, er müsse sich rasieren –, aber die Angestellten in Sams Supermarkt durften keinen Bart tragen. Er hatte nur mit Mühe durchsetzen können, daß er seine Haare so lang tragen durfte, wie es ihm gefiel – bis auf den Kragen hinunter. Deshalb war der letzte Punkt des Rituals am Weidenplatz, bevor er packte und seine Ausrüstung versteckte, daß er sich rasierte. Manchmal machte er dazu Wasser heiß, aber wenn sein Feuer ausgegangen war, verwendete er kaltes Wasser, biß die Zähne zusammen und schabte drauflos; sogar dabei war die Berührung mit dem Wasser angenehm.

Samstag abend erzählte er seiner Mutter, daß er den ganzen Sonntagvormittag über eine lange Wanderung »auf dem Land« unternehmen würde. Sie beschwerte sich wieder über den Lärm, den er verursachte, wenn er zeitig aufstand, war aber an seinen Plänen nicht weiter interessiert. Er brach um fünf Uhr früh mit einem Paket unter dem Arm auf, das teure Trocken-Nahrungsmittel enthielt, die er in seinem Rucksack ins Tal hinüberschaffen wollte. Er hatte die Absicht, eine Weile im Land der Dämmerung zu bleiben und über den Bereich, den er kannte, hinaus vorzudringen.

Er hatte immer nur einen einzigen Pfad gefunden, der wie ein gebahnter Weg aussah: er führte aus dem Ort des Anfangs hinaus geradewegs vom Tor fort. Hugh sprang bei der Furt von Stein zu Stein, ging an den dunklen Büschen vorbei, aus denen das Mädchen vor langer Zeit, vor Wochen, herausgetreten war, und stieg den Hang hinauf, der aus dem Tal des Baches hinausführte. Der Pfad wand sich bergauf, folgte aber der senkrecht zum Bach verlaufenden Achse, und Hugh hoffte, daß sich daran nichts ändern würde. Er hatte festgestellt, daß er, auch wenn er gelegentlich im Wald die Orientierung verlor, nur stehenbleiben und warten mußte; dann wußte er plötzlich, in welcher Richtung sich das Tor befand – hinter ihm, links, jenseits des Hügels, was immer –, und dieses Wissen hatte ihn noch nie getrogen. Er hatte jetzt nur einen einfachen Plan: er wollte vom Tor aus immer geradeaus weitergehen, soweit es möglich war, und erst umkehren, wenn er genug hatte.

Auf dem Kamm des Höhenzuges wirkte die Luft heller. Auf dem gegenüberliegenden Hang standen nur hohe, vereinzelte Bäume, der Boden zwischen ihnen war frei von Unterholz. Der Pfad verlief schmal, aber deutlich erkennbar, geradeaus hinunter. Als Hugh ihm über den Kamm folgte, verlor er zum ersten Mal das Rauschen des Baches, die Stimme, die seinen Schlaf behütete.

Er ging gleichmäßig und verbissen lange weiter und war über die Ausdauer seines Körpers stolz und froh. Der Pfad wurde weder deutlicher noch undeutlicher. Andere Pfade zweigten von ihm ab, sehr wahrscheinlich Rotwildwechsel, aber er war nie im Zweifel, welches der Hauptweg war. Hugh wußte, daß er nur kehrt machen mußte, und der Pfad würde ihn geradewegs zum Ort des Anfangs zurückführen. Das Gefühl dafür, wo sich das Tor befand, wurde beinahe stärker, je weiter er sich von ihm entfernte, als gehorche die psychische Schwerkraft des Tores Gesetzen, die im Gegensatz zu denen der physikalischen Schwerkraft standen.

Nachdem Hugh einen Bach überquert hatte, der etwas schmäler war als der Bach beim Tor, setzte er sich in der Nähe des lärmenden Wassers hin und aß eine Kleinigkeit; als er weiterging, war er guter Dinge und entschlossen, auf sein Glück zu vertrauen.

Die Bodenfalten des Gebiets verliefen ausnahmslos quer zu seinem Weg. Die Täler waren düster; in ihrer Tiefe murmelte immer die Stimme einer Quelle oder eines Bachs. Die Hänge waren nicht schwer zu ersteigen, aber sie wurden höher, je weiter er kam, der Aufstieg war immer länger als der Abstieg, als wäre das ganze Land geneigt. Als er einen dritten großen Bach erreichte, unterbrach er seine Wanderung, um zu schwimmen; dann beschloß er, sein Tagwerk zu beenden. Der Ausdruck gefiel ihm. Er konnte nach Belieben jede Zeitspanne als Tagwerk bezeichnen; oder auch als Nacht, und sie durchschlafen. Nie zuvor hatte er die Zeit erfahren (so dachte er, als er am Bachufer neben den verkohlten Resten seines Lagerfeuers saß). Das hatten die Uhren für ihn besorgt. Die Uhren legten auf der anderen Seite alles fest; Arbeitszeit, Verkehrsampeln, Flugpläne, Rendezvous von Liebenden, Gipfeltreffen, Weltkriege, all das wurde durch Uhren gesteuert, dennoch stand die Uhrzeit zu der Nicht-Uhrzeit in der gleichen Beziehung wie ein Balken oder ein Zahnstocher zu einer Fichte. Hier hatte es keinen Sinn zu fragen, »Wie spät ist es?«, weil es hier keine Antwort darauf gab, keine Sonne verkündete »Mittag« und keine Uhr »sieben-Uhr-achtunddreißig-Minuten-und-vierzig-Sekunden.« Man mußte die Frage selbst beantworten, und die Antwort lautete »Jetzt«.

Er schlief traumlos und erwachte langsam, so entspannt, daß er zuerst die Hand kaum heben konnte.

Von diesem dritten Bach an wurde die Gegend rauher. Es ging immerzu bergauf, und die winzigen Bäche jagten jetzt neben oder quer über den Pfad talabwärts. Der Pfad selbst war deutlich zu erkennen. Wer immer ihn angelegt hatte, wann immer er angelegt worden war, es gab keinen Abfall, keine Anzeichen dafür, daß kürzlich jemand vorbeigekommen war, doch der Weg war unübersehbar, stieg leicht und stetig bergan, schlängelte sich auf den Hängen hin und her, behielt aber immer die gleiche allgemeine Richtung bei. Das Ziel des Weges war Hughs einziger Antrieb; er ließ sich von ihm leiten. Der Wald war dichter geworden, massive Fichtendickichte, in denen Dämmerung schwer lastete. Man hörte kein Geräusch außer dem Sausen des Windes in den Fichten, ein ungeheurer, stiller Lärm. Hugh überquerte die kaum wahrnehmbaren Wechsel von Kaninchen oder Mäusen oder anderen scheuen Geschöpfen des Waldes, einmal sah er einen winzigen, zerbrochenen Schädel neben dem Pfad, doch er erblickte kein lebendes Wesen. Es war, als wollte jedes Lebewesen für sich sein. Das Gefühl dieser Einsamkeit überkam ihn, als er die langen, düsteren Hänge in der unwandelbaren Stille hinaufstieg. Er sah sich selbst, sehr klein, wie er allein durch die Wildnis von nirgendwo nach nirgendwohin ging. Er konnte ewig so weitergehen. Denn die Zeit jenseits der Uhren ist immer jetzt, und der Weg zur Ewigkeit ist jetzt.

Der Hunger zerriß die Trance, in der er dahinwanderte. Er legte eine Rast ein und aß; als er wieder aufbrach, fühlte er sich weniger träumerisch, wacher. Der Weg wurde jetzt gelegentlich so steil, daß er sich vorbeugte und mit beiden Händen aufstützte, um sich auszuruhen, und er fühlte, wie der Berg gegen seine Hände drückte, er spürte die Masse, die Tiefe, die Stärke der Erde, deren körnige Haut mit Felsen und Wurzeln übersät war. Lange Zeit war der Weg von der Tor-Achse leicht nach links abgewichen, jetzt kehrte er wieder auf die Achse zurück und wurde flach. Hugh konnte sich aufrichten und frei ausschreiten, und er empfand den müheloseren Rhythmus als Erleichterung. Die kräftigen, hohen, dunklen Fichten drängten sich zusammen, zwischen ihnen war es dunkel, aber als er nach vorn blickte, sah er den deutlich erkennbaren, breiten Pfad, der hier beinahe zu einer Straße wurde. Und in der trockenen Luft lag wieder der schwache Geruch von Holzrauch.

Jetzt ging er gleichmäßig, wach, aufmerksam.

Die Straße beschrieb eine lange, ansteigende Kurve. Der Hang rechts von ihr wurde steiler und fiel so jäh ab, daß die Bäume unterhalb der Straße nicht mehr die Sicht versperrten. Zum erstenmal konnte er in diesem Land weit sehen. Er stellte fest, daß er sich auf der Flanke eines Berges befand. Rechts von ihm zeichnete sich oberhalb der Baumwipfel der Ausläufer eines entfernteren Berges dunkel gegen den hellen Himmel ab. Hugh ging langsamer und ein wenig benommen weiter, er hatte das Gefühl, daß er zwischen den langgestreckten dunklen Tälern und den weiten Abgründen des Himmels schwebte. Er blickte die Straße entlang, als sie wieder eine Biegung vollführte, und an den Berghang schmiegten sich die Dächer und Schornsteine einer Stadt, das Leuchten eines hellen Fensters in der kalten Dämmerung. Hier war ein Zuhause, er ging darauf zu und eine Straße zwischen den erleuchteten Fenstern hinunter, hörte eine Kinderstimme Worte rufen, die er nicht verstand.

4. Kapitel

Im Tageslicht wirkte er nicht so groß, und er war jünger, als sie angenommen hatte, so alt wie sie oder jünger, ein schwerfälliger Junge mit weißem Gesicht, der die Schultern hängen ließ. Er war dumm, verstand nicht, was sie sagte. »Ich muß zurückkommen«, erklärte er, als bitte er sie um Erlaubnis, als könne oder wolle sie es ihm erlauben. »Ich versuche, Sie zu warnen«, sagte sie, aber er verstand sie nicht, und sie hielt es nicht mehr aus. Sie war von der Stadt auf dem Berg bis zum Tor gegangen, der Zorn und das Entsetzen des Zusammentreffens mit ihm und der Marsch hatten sie erschöpft, sie mußte weiter, nach Hause, mußte Ordnung machen, essen, zur Arbeit gehen – Patsi würde wissen wollen, wo sie die Nacht verbracht hatte –, es war hellichter Tag, Mittwoch, sie hatte ihrer Mutter versprochen, Kleider in die Reinigung zu bringen. Er stand vor ihr, die Holzkohle, mit der sie die Tafel beschriftet hatte, hatte Schmutzstreifen auf seinem Gesicht hinterlassen, er war der verächtliche Feind, sie mußte ihn stehenlassen und gehen, obwohl sie nicht wußte, ob ihr der Weg offenstehen würde, wenn sie zurückkam.

Es war früher, als sie gedacht hatte. Sie erreichte die Wohnung kurz nach sechs. Rick und Patsi sprachen seit ein paar Tagen nicht miteinander, und sie wurde in ihr rachsüchtiges Schweigen einbezogen, so daß niemand Fragen darüber stellte, wo sie die Nacht verbracht hatte. Als sie am Abend von der Arbeit heimkam, deutete Patsi weiterhin ihre nächtliche Abwesenheit als Beweis ihrer Untreue und übersah sie hochmütig; Rick machte nur eine Anspielung, weil sie seinen Standpunkt unterstrich – »Scheiße, warum sollte jemand *hier* schlafen wollen?«

Sie war vergangenen Herbst gern zu Rick und Patsi gezogen. Sie waren großzügig, ohne zu übertreiben, und hatten es gern, wenn die Wohnung so sauber war, daß man in ihr leben konnte, aber wieder nicht so sauber, daß man die Wände hochging. Daß sie ein Drittel der Miete bezahlte, war für die beiden wichtig, weil Rick nicht arbeitete. Es war ein gutes System gewesen, und wäre es noch immer, doch Rick und Patsi gingen auseinander, deshalb konnte kein System, das auf ihnen als Paar beruhte, gut sein. Das Schlimmste dabei war, daß Rick Irene jetzt gegen Patsi ausspielen wollte, und weil sie über Nacht weggeblieben war und keine Erklärung dafür abgegeben hatte, nahm er daraufhin an, daß sie leicht zu haben war. Sie hätte nur behaupten müssen, daß sie die Nacht bei ihrer Mutter verbracht hatte, aber sie wollte sich nicht zu einer Lüge erniedrigen; er verdiente nicht mehr die Auszeichnung einer Lüge. Er versuchte immer wieder, in ihr Zimmer zu kommen und mit ihr zu sprechen. Donnerstag abend ließ er nicht locker, es wäre ernst, behauptete er, sie müßten über die Zukunft sprechen, es war ihm nicht möglich, mit Patsi ernsthaft zu reden, aber jemand mußte es tun. Ich nicht, dachte Irene. Rick, ein dünner, fünfundzwanzig Jahre alter Mann mit rötlichen, lockigen Haaren, der aussah wie ein schäbig gewordener Teddybär, lümmelte hartnäckig zwischen Irene und der Tür ihres Zimmers. Er trug nur eine Jeans, deren durchgescheuerte Knie komisch klafften. Seine Zehen waren sehr lang und dünn. »Ich habe keine Lust, über irgend etwas zu sprechen«, stellte Irene fest, aber er gab nicht auf, erzählte ihr, daß man nicht immer schweigen konnte und daß er Irene verschiedenes über sich und Patsi erklären müßte, das sie unbedingt erfahren sollte.

»Nicht heute abend«, widersprach Irene, knallte eine Küchenschublade zu, schoß an ihm vorbei in ihr Zimmer und versperrte die Tür. Er lungerte noch eine Weile fluchend in der Küche herum, dann schlug er die Wohnungstür hinter sich zu. Im anderen Schlafzimmer schlug Patsi nichts zu, sondern schwieg, wie es jemandem zustand, dem Unrecht widerfahren war.

Irene saß auf dem Bettrand, ließ die Schultern hängen, hatte die Hände zwischen die Knie geklemmt und dachte, so geht es nicht weiter! Mit Monatsende ist es aus. Wohin dann?

Sie hatte Glück gehabt, weil sie hier in der Nähe ihrer Mutter wohnte und nur ein Drittel zur Miete beisteuerte. Sie war imstande gewesen, den Wagen abzuzahlen, den sie für ihre Arbeit bei Mott und Zerming brauchte, hatte die Bremsen in Ordnung bringen lassen und zwei neue Reifen gekauft. Sie konnte es sich leisten, eine höhere Miete zu bezahlen, aber nicht so viel, wie eine Bleibe hier draußen kosten würde. Das einzig Richtige wäre, in die Innenstadt zu übersiedeln und die anderthalbfache Miete in Kauf zu nehmen, aber dann würde sich ihre Mutter Sorgen machen, weil dort die Möglichkeit bestand, daß Irene vergewaltigt oder überfallen wurde; und sie würde eine halbe Stunde oder vierzig Minuten brauchen, um herauszukommen und würde sich ihrerseits um ihre Mutter sorgen. Wenn ihre Mutter sie nur anrufen wollte, sobald Victor betrunken war. Aber sie rief bestimmt nicht an.

Irene stand auf, verließ die Wohnung, zog die Tür leise hinter sich zu und ging zu ihrer Mutter hinüber.

Es war eine heiße, ruhige Nacht. Eine Menge Leute waren unterwegs. Auf der Chelsea Gardens Avenue dröhnten die Motoren der vorbeirasenden, schleichenden, Rennen austragenden, ziellos herumfahrenden Autos. Auf der Farm hatte Victor einen Scheinwerfer installiert, so daß er im Vorhof an seinem Auto herumbasteln konnte. Es gab keinen vernünftigen Grund, warum er bei Nacht arbeitete, er hatte den ganzen Tag zur Verfügung und verstand außerdem kaum etwas von Autoreparaturen; Irene hatte in einer Autowerkstätte gearbeitet und kannte sich mit Motoren wesentlich besser aus als er; aber er stand gern im Scheinwerferlicht. Er hielt in einer Hand einen Schraubenschlüssel, in der anderen eine Bierdose und schrie die Jungen an: »Verdammt noch mal, laßt das Werkzeug in Ruhe, ihr kleinen Dreckskerle!« Zwei oder drei seiner Söhne, Irenes

Halbbrüder, rannten durch den Lichtkegel und die Dunkelheit im Hof an ihr vorbei. Sie beachteten sie nicht, doch die Hunde bemerkten sie, die drei kleinen Hunde sprangen hysterisch kläffend um ihre Knöchel herum, und der verrückte Doberman, den Victor an der Kette hielt, erstickte sein schreckliches Gebell selbst, indem er wie besessen an der Kette zerrte. Irenes Mutter befand sich mit Treese, der Vierjährigen, in der höhlenartigen Küche. Treese saß am Tisch und aß Cornflakes mit Schokoladegeschmack aus der Pakkung, während ihre Mutter langsam herumging, das Geschirr vom Abendessen einsammelte und zur Spüle trug. Es war neun Uhr. »Hallo, Irene, mein Liebling«, rief Mrs. Hanson mit müdem, glücklichem Lächeln, und die beiden umarmten einander.

Mary Hanson war neununddreißig Jahre alt und hatte drei Fehlgeburten und sechs Entbindungen hinter sich. Irene und Michael waren die Kinder ihres ersten Mannes Nick Panis, der drei Monate nach Michaels Geburt an Leukämie gestorben war. Nicks Tante hatte die junge Witwe und ihre Kinder bei sich aufgenommen. Die Tante besaß das Farmhaus und einen Anteil an der Baumschule auf der anderen Straßenseite, in der sie arbeitete. Als sie in Pension ging und mit ihren Ersparnissen in einen Wohnwagen in Florida übersiedelte, schenkte sie das Farmhaus und ihren halben Morgen Mary. Kurz danach zog Victor Hanson ein, heiratete Mary und zeugte Wayne, Dalton, David, Treese und die Fehlgeburten. Victor hatte seine eigenen Ansichten über viele Bereiche des Lebens, auch über Sex, und erläuterte sie gern den Leuten: »Wenn der Mann das fruchtbare Material nicht loswird – Sie verstehen, was ich meine: die fruchtbaren Zellen –, dann stauen sie sich und entzünden die Prostata. Dieses Material muß regelmäßig herausgeholt werden, sonst erzeugt es Gift, wie alles, was nicht regelmäßig ausgeputzt wird. Genau wie bei sauberen Gedärmen, oder wenn man sich schneuzt, denn wenn man sich nicht schneuzt, kann man Schwierigkeiten mit den Stirnhöhlen bekommen.« Victor war ein großer, gut gewachsener, gut aussehender Mann, der sich viel mit seinem Körper, dessen Funktionen und dessen Aussehen beschäftigte, seine zentralen Anliegen, so daß für ihn der Rest der Welt und die übrigen Menschen nur unwesentliche Widerspiegelungen seines eigenen Ichs waren: die Ichbezogenheit des Invaliden oder des Athleten, obwohl er keins von beiden war, denn er war gesund und inaktiv. Er war bei einer aluminiumverarbeitenden Firma angestellt gewesen, verlor jedoch seinen Posten nach einiger Zeit. Manchmal arbeitete er für einen Freund, der Gebrauchtwagen verkaufte. Manchmal zog er mit Freunden los, die Don und Fred oder Dwight und Roy hießen, eine TV-Reparaturwerkstätte betrieben oder mit Autobestandteilen handelten, dann kam er mit Geld zurück – immer Bargeld. Von Zeit zu Zeit lagerten eine Menge Fahrräder im alten Traktorschuppen, den er mit einem Vorhängeschloß versperrte. Die kleinen Jungen waren verrückt nach den Fahrrädern, gute Zehngangschaltungen, fabrikneu, aber Dalton flog quer durchs Zimmer, als er einmal die Fahrräder erwähnte, die Victor aus Gefälligkeit für seinen Freund Dwight aufbewahrte.

Michael entdeckte mit vierzehn, daß sein Stiefvater ein kleiner Pusher war, und daß er seine Ware, hauptsächlich Heroin, in Marys Kommode aufbewahrte. Er beriet mit Irene, ob sie ihn anzeigen sollten. Schließlich spülten sie das Zeug die Toilette hinunter und erzählten niemandem etwas davon. Wie konnten sie mit Polizisten sprechen, wenn sie nicht einmal mit ihrer Mutter reden konnten? Sie hatten keine Ahnung, was ihre Mutter wußte und was nicht; das Wort »wissen« war in dieser Situation kaum anwendbar. Eines stand fest: sie verhielt sich loyal. Victor war ihr Mann. Was er tat, war richtig.

Michael war ihr erstgeborener Sohn, und was er tat, war ebenfalls richtig. Doch das akzeptierte er nicht. Er fand es unmoralisch. Wenn sie seinem toten Vater treu geblieben wäre, dann hätte dies ihrer Loyalität Michael gegenüber Wert verliehen; aber sie hatte wieder geheiratet ... Mit siebzehn zog Michael aus, weil er bei einer Baufirma am anderen Ende der Stadt Arbeit gefunden hatte. Irene hatte ihn in den zwei Jahren seither nur zweimal gesehen.

Der Altersunterschied zwischen ihr und Michael betrug nicht ganz zwei Jahre, und als Kinder waren sie einander im Wesen sehr ähnlich gewesen und hatten sich gemeinsam ihre eigene Welt geschaffen. Als Michael elf wurde, begann er, sich von ihr zu lösen, was sie für richtig und unvermeidlich hielt und was deshalb einen Verlust, aber keinen schweren Kummer bedeutete; doch als er in die Pubertät kam, lehnte er sie vollkommen ab. Er verbrachte seine Zeit mit einer männlichen Clique, übernahm ihre verächtliche Haltung und Ausdrucksweise allem Weiblichen gegenüber und wendete sie uneingeschränkt auf Irene an. Sie konnte dieses Verhalten nur als Verrat empfinden, und zur gleichen Zeit wurde ihr Stiefvater wirklich zudringlich, lauerte ihr auf, wenn sie zur Toilette im ersten Stock ging, drückte sich an sie, wenn er in der Küche an ihr vorbeikam, betrat ihr Schlafzimmer ohne anzuklopfen, versuchte, ihr unter den Rock zu greifen. Einmal stellte er sie hinter dem Traktorschuppen, und sie versuchte, die Situation ins Spaßhafte zu ziehen und zu lachen, weil sie nicht glauben konnte, daß er es ernst meinte, bis er plötzlich wie eine Matratze schwer, erstickend und brutal auf ihr lag. Sie entkam ihm mit ein wenig Glück und einem verstauchten Handgelenk.

Von da an wußte sie, daß sie sich nie mit ihm allein im Haus aufhalten und nie den Hinterhof betreten durfte. Es war scheußlich, daß sie sich die ganze Zeit über deshalb Sorgen machen mußte. Sie hätte es gern Michael erzählt, damit er sie unterstützte, ihr ein wenig half. Aber jetzt konnte sie es ihm nicht mehr sagen. Er würde sie verachten, weil sie zuließ, daß Victor ihr nachstellte, ihn dazu herausforderte. Er verachtete sie ohnehin schon, weil sie eine Frau, daher ein Gegenstand der Begierde und deshalb unrein war.

Solange Michael zu Hause wohnte, wäre er ihr zu Hilfe gekommen, wenn sie geschrien hätte. Aber wenn sie jetzt schrie, würde ihre Mutter es erfahren, und das wollte sie verhindern. Marys Dasein beruhte auf ihrer Liebe und Treue, auf ihrer Familie, sie waren ihr Lebensinhalt. Wenn man diese Bindung zerstörte, zerstörte man Mary. Wenn sie wählen mußte, dazu gezwungen wurde, würde sie sich wahrscheinlich vor ihre Tochter und gegen ihren Mann stellen: und damit würde man Victor den erwünschten Vorwand liefern, sie zu bestrafen. Als Michael auszog, hätte Irene eigentlich nichts anderes tun können, als seinem Beispiel folgen. Aber sie konnte sich nicht wie Michael einfach aus dem Staub machen, auf Wiedersehen, war nett, dich kennengelernt zu haben. Ihre Mutter brauchte jemanden, auf den sie sich verlassen konnte. Sie hatte in den letzten fünf Jahren vier Schwangerschaften durchgemacht, von denen drei mit einer Fehlgeburt geendet hatten. Sie nahm jetzt die Pille, aber Victor wußte es nicht, weil er glaubte, daß die Empfängnisverhütung »das fruchtbare Material in den Drüsen aufstaut« und ihr die Verwendung eines Verhütungsmittels untersagte. Wahrscheinlich hätte sie die Pille nicht genommen, wenn Irene sie nicht ermutigt und ein Geheimnis unter Frauen daraus gemacht hätte. Sie litt an Kreislaufstörungen; sie hatte Zahnfleischschwund und brauchte dringend eine Zahnbehandlung, die sie in der Zahnklinik billig bekommen konnte, aber nur, wenn jemand bereit war, sie jeden Samstag hinzufahren. Victor stieß sie herum, wenn er betrunken war, bis jetzt war es nie zu einem gefährlichen Angriff gekommen, obwohl er ihr einmal die Schulter ausgerenkt hatte. Die meiste Zeit waren nur die Kinder bei ihr, und wenn sie ernstlich verletzt oder krank wurde, würde wahrscheinlich niemand etwas unternehmen.

Wenn sie mit ihrer Tochter sprach, ersetzte sie Aufrichtigkeit durch Zärtlichkeit: »Liebling, warum reißt du dich nicht von dieser alten Bruchbude los? Du solltest dir ein Zimmer in der Stadt in der Nähe deines Arbeitsplatzes nehmen und mit netten jungen Leuten zusammenkommen. Früher war es hier angenehmer, aber die Vorstädte heutzutage, Wohnmaschinen, Gesindel.«

Irene verteidigte ihr Übereinkommen mit Patsi und Rick.

»Willst du behaupten, daß Patsi Sobotny deine Freundin ist?«

Mary mißbilligte aufs schärfste, daß Patsi mit Rick zusammenlebte, ohne mit ihm verheiratet zu sein. Einmal hatte Irene sie gereizt angeschrien: »Was ist deiner Meinung nach denn an einer Ehe so großartig?« Mary hatte den Angriff wehrlos hingenommen. Sie hatte eine Minute lang durch die Küche zum dunklen Fenster hinausgestarrt und geantwortet: »Ich weiß es nicht, Irena. Ich bin altmodisch, ich denke so, wie die Menschen früher gedacht haben, das weiß ich. Aber weißt du, ich denke an deinen Vater. Es war – mit ihm, weißt du, der Sex, das war schön, weißt du, ich kann es nicht erklären, aber er war nur ein Teil. Es war das Ganze. Alles andere, dein ganzes Leben, die Welt, ist ein Teil davon, so wie es ein Teil von dir ist, wenn man so als Mann und Frau zusammenlebt. Ich weiß nicht, wie ich es ausdrücken soll. Wenn man erst einmal weiß, wie es ist, wenn es so ist, wenn man es einmal gefühlt hat, ist es das Allerwichtigste.«

Irene schwieg, weil sie im Gesicht ihrer Mutter einen Abglanz dieser alles einbeziehenden Herrlichkeit sah; sie erkannte aber auch die furchtbare Tatsache, daß diese Herrlichkeit im Alter von zweiundzwanzig Jahren auftauchen und dann verschwinden kann, und danach kann man noch zwanzig, dreißig, fünfzig Jahre leben, arbeiten, heiraten, Kinder bekommen und so weiter, ohne daß man einen besonderen Grund dafür hat, ohne Verlangen.

Ich bin die Tochter eines Gespenstes, dachte Irene.

Als sie an diesem Abend ihrer Mutter half, die Küche sauberzumachen, erzählte sie ihr, daß Patsi und Rick im Begriff waren, auseinanderzugehen. »Dann werft doch diesen Nichtsnutz Rick hinaus und sucht ein nettes Mädchen, das ihr in die Wohnung nehmt.« Mary stand sofort auf Seite der Frauen.

»Ich glaube nicht, daß Patsi damit einverstanden wäre. Ich habe auch keine sehr große Lust, weiterhin bei ihr zu wohnen.«

»Sie ist besser als gar nichts. Du bist zuviel allein, du hast nie ein bißchen Vergnügen, Kleines. Du wanderst ganz allein auf dem Land herum! Du solltest tanzen gehen, nicht wandern. Oder tritt wenigstens einem Wanderklub bei, in dem es ein paar nette junge Leute gibt.«

»Nette junge Leute sind eine fixe Idee von dir, Mama.«

»Jemand muß ja die Ideen haben«, stellte Mary mit ruhiger Selbstzufriedenheit fest. Sie trat hinter Irene, die an der Spüle stand, streichelte sanft ihr Haar und zerzauste es zu einer dichten, wirren Mähne. »Du hast schreckliche Haare. Griechische Haare, genau wie ich. Du solltest in die Stadt ziehen. Diese Gegend ist eine Mülldeponie.«

»Du lebst doch auch hier.«

»Für mich ist es in Ordnung. Für dich nicht.«

Die drei Jungen stürzten in die Küche und brachten Treese sofort zum Weinen, weil sie ihr den Karton mit den Cornflakes wegnahmen und sich den Mund vollstopften. Wenn sie als Gruppe auftraten, waren sie so verheerend, daß man überrascht war, wenn man jeden der drei für sich allein erlebte: dann waren sie schüchterne kleine Jungen mit heiserer, kleinlauter Stimme. Mary hatte keine Ahnung, was sie außerhalb des Hauses trieben, und so verwilderten sie; in der Wohnung setzte sich jedoch Marys Sinn für Anstand gegen ihr sinn- und richtungsloses Leben durch, und sie gehorchten ihr. Sie schickte sie sofort zum Fernsehapparat und wandte sich dann wieder ihrer ältesten Tochter zu. Sie lächelte, das zögernde, glückliche Lächeln, das ihre schlechten Zähne und das eitrige Zahnfleisch entblößte. Dann erzählte sie ihr die gute Neuigkeit, die zu gut war, als daß man sofort mit ihr herausplatzen konnte, die sie aber nicht mehr für sich behalten mochte: »Michael hat angerufen.«

»Was hat er denn erzählt?«

»Nur, wie es ihm geht, und er hat sich nach allen hier erkundigt, auch nach dir. Er hat einen Wagen.«

»Warum besucht er uns dann nicht?«

»Er arbeitet sehr schwer«, erklärte die Mutter, wandte sich ab und schloß die Türen des Geschirrschranks.

Er arbeitet also schwer, dachte Irene, er könnte seine Mutter doch einmal im Jahr besuchen. Aber wenn der Angeber anruft, ist das schon eine ungeheure Gnade. Und die Mutter des Angebers sagt noch danke schön dafür ...

Ich halte es nicht mehr aus, wirklich nicht. Jetzt habe ich Mama wieder verletzt, weil ich gefragt habe, warum er uns nicht besucht. Alle Menschen, die ich kenne, verletzen einander. Die ganze Zeit über. Ich muß raus. Ich kann nicht mehr hierherkommen. Das nächste Mal, wenn Victor versucht, mich abzuknutschen, oder mich nur anrührt, oder Mutter wie Dreck behandelt, gehe ich in die Luft, ich kann es nicht mehr hinunterschlucken, dadurch wird es nur noch schlimmer und tut ihr noch mehr weh, ich kann nichts tun, und ich halte es nicht mehr aus. Liebe! Wozu ist Liebe gut? Ich liebe sie. Ich liebe Michael, genau wie sie. Na und? Gebe Gott, daß ich mich nie verliebe, nie liebe, nie jemanden liebe! Liebe ist nur ein anderer Ausdruck dafür, wie man jemanden noch mehr verletzen kann. Ich will raus! Nichts wie raus!

Als sie an diesem Abend ihre Mutter verließ, nahm sie nicht die Straße nach Chelsea Gardens hinunter, sondern wandte sich vom Haus nach links, ging die Schotterstraße entlang, bis sie den Lichtkreis von Victors Scheinwerfer verlassen hatte, dann marschierte sie nach links, quer über die Felder. Es war unangenehm, in der Dunkelheit zu gehen, denn der Boden unter dem verfilzten Gras war hart und uneben, und sie hatte keine Taschenlampe bei sich, um nicht die Aufmerksamkeit einer Rocker-Gang oder der Gruppe von Halbidioten in der Vorstadt zu erregen, die sich manchmal bei der Fabrik herumtrieben. Diese dumme Angst verdarb ihr die Freude an einsamen Spaziergängen, seit ihre Schulfreundin Doris in einem Rohbau in Chelsea Gardens von einer Gang vergewaltigt worden war, die dumme Angst, die für nichts anderes Raum ließ, außer für die süße Einsamkeit des Ain-Landes.

Doch im Wald führte der Pfad nicht zwischen den Lorbeersträuchern und der Fichte in den klaren, ewigen Abend. Es war warm und dunkel; nah und fern zirpten Grillen laut und zärtlich; hinter ihrem Gesang hörte man ein schweres, unaufhörliches, vibrierendes Geräusch, vielleicht die Autos auf der Autobahn oder das Geräusch der ganzen Stadt, deren Widerschein auf dem verhangenen Himmel ihr ermöglichte, sogar durch den Wald zu gehen. Doch sie vernahm nicht das Geräusch von fließendem Wasser. Sie ging hinter der Stelle, an der sich die Schwelle befinden mußte, ein paar Schritte weiter, dann machte sie kehrt. Es gab keinen Weg.

Sie erinnerte sich jetzt daran, wie sie dem schwerfälligen Fremden zugesehen hatte, als er durch das Tor schritt, wie er weitergegangen und die Dämmerung wie eine Welle vor ihm hergeflossen war. Es hatte ihr Angst eingejagt; sie dachte nicht gern an dieses Zusammentreffen. Es war seine Schuld gewesen. Es war ihm zugestoßen, nicht ihr. Sie konnte jederzeit zurück. Sie hatte ihn zurückgeführt. Nur von dieser Seite aus konnte sie nicht immer hinüber.

Und er? Hielt er sich jetzt dort auf, wo sie nicht hinkonnte?

Eigensinnig kehrte sie am nächsten Tag nach Arbeitsschluß in Pincus' Wald zurück, und eine Woche, zwei Wochen lang alle zwei bis drei Tage, als wäre es ein Wettbewerb, den sie durch Willenskraft gewinnen konnte, indem sie sich weigerte, aufzugeben. Gegen Ende der zweiten Woche gewöhnte sie sich daran, jeden Nachmittag zuerst auf den Parkplatz der Farbfabrik zu fahren, den Wagen dort stehen zu lassen und über die Felder in den Wald zu gehen. Sie stellte fest, daß sie einen Pfad in dem trockenen Augustgras ausgetreten hatte, und änderte daraufhin ihren Weg, ging jedes Mal anders, um anderen – dem anderen – keinen Hinweis zu hinterlassen. Aber es gab nichts zu verbergen. Der Wald; Brombeerdickichte; ein Pfad; ein Abzugskanal; nach einiger Zeit ein Stacheldrahtzaun, der zwischen den Bäumen am Fuß eines Hügels entlang verlief. Ein paar Spatzen tschilpten, das leise Dröhnen der Autoreifen auf der Autobahn, und das Geräusch der Stadt wie der Atem eines dreißig Meilen langen Tieres, das so groß ist, daß man es nicht hören kann. Die heiße Spätnachmittagssonne und die milde blaue Luft. Meist blieb sie eine Minute lang an der Stelle stehen, an der sich die Schwelle befinden sollte, dann machte sie kehrt, stapfte über die Felder zu ihrem Wagen zurück, fuhr in die Wohnung, ein paar Blocks westlich der Chelsea Gardens Avenue.

Patsi und Rick hatten eine hektische sexuelle Versöhnung eingelegt, das letzte Aufflackern. Als sie an einem Samstagabend von einem Besuch bei ihrer Mutter zurückkehrte, kam sie zu dem bisher größten Streit zurecht, den die beiden je ausgetragen hatten. Sie konnte sich nicht heraushalten. Sie gehörte zur Familie. Als Patsi Rick vorwarf, er schlafe mit Irene, mußte sie ihn und sich verteidigen; als Rick Patsi beschuldigte, daß sie das Geld nicht gerecht teilte, mußte Irene für Patsi Partei ergreifen, die sich dann gegen sie wandte, weil sie angeblich alle herumkommandierte. Nachdem die Streiterei stundenlang so weitergegangen war, begriff Irene, daß sie nur eines tun konnte, daß sie es schon vor Stunden hätte tun sollen, nämlich packen, bezahlen und verschwinden.

Patsi und Rick waren verärgert, aber zu verblüfft, um zu reagieren. Patsi teilte betont gerecht die Himbeermarmelade, die sie letzten Monat eingekocht hatten, und bestand darauf, daß Irene genau die Hälfte der Gläser mitnahm; sie weinte, die Tränen flossen ihr langsam über die Wangen, aber sie sagte nicht auf Wiedersehen. Rick half Irene, ihr Zeug zum Wagen zu bringen, und sagte immer wieder: »Ach Scheiße, so eine Scheiße!« Es war Sonntag acht Uhr früh, als Irene endlich aus dem Haus war. Ihr Wagen war mit ihren irdischen Besitztümern in zwei Pappkartons und einem Koffer ohne Griff beladen, und sie fuhr über die Chelsea Gardens Avenue und den Chelsea Gardens Place zur Farm. Die drei kleinen Hunde begannen zu kläffen, und der Doberman bellte heiser, als sie in der Stille des Sonntagmorgens das Geräusch des Autos hörten. Das von ausgeschlachteten Autokarosserien umgebene Farmhaus sah bis auf die Hunde tot aus. Sie wendete auf dem Hof, fuhr auf der Schotterstraße nach rechts bis zum Parkplatz bei der Farbfabrik und parkte dort. Sie schloß den Wagen ab und machte sich auf den Weg über die unkrautbewachsenen Felder, die schon in der Hitze dunsteten, die sich zur Glut steigern würde. Wenn der Weg versperrt ist, werde ich warten, beschloß sie. Ich setze mich hin und warte, bis er offen ist. Es ist mir gleich, und wenn es einen Monat dauert ... Die endlose Nacht, in der sie gestritten, debattiert, erklärt, be- und entschuldigt hatte, hatte sie zermürbt. Sie hatte nicht gefrühstückt, obwohl sie zwischen vier und fünf Uhr früh eine Schachtel Salzgebäck gegessen und ein Glas Milch getrunken hatte, während Rick Patsi erklärte, daß sie Machtkämpfe austrug, und sie ihm versicherte, er sei ein männlicher Chauvinist ... Ich lege mich vor dem Tor schlafen, wache ab und zu auf und sehe nach, ob es offen ist, sagte sich Irene. Offen, offen, offen, das Wort rüttelte ihr Gehirn durcheinander, wie ihre Schritte ihren Körper durchrüttelten. Heißes Tageslicht blendete ihre Augen. Offen, Augen. Offen, Tor. Hier ist der Wald, hier ist der Weg in den Wald. Hier ist der Graben, hier ist der Efeu. Hier ist das große Dickicht, hier ist der Pfad hinunter ins Tal, die Fichte mit dem roten Stamm, das Tor, das offene Tor, der Weg in mein Land, mein eigenes Land, die Heimat meiner Seele.

Sie trat in die Dämmerung. Sie trank aus dem Bach, überquerte ihn dann und ging ein Stück talaufwärts zu einem Schlupfwinkel zwischen zwei großen Holunderbüschen, in dem sie vor Jahren öfter geschlafen hatte. Sie legte sich hin, stöhnte leise schluchzend auf, weil sie müde war und noch ganz aufgewühlt, weil ihr Wunsch in Erfüllung gegangen war; und schlief.

Der Schlaf im Ain-Land war so tief, daß es keine Träume gab. Ich bin der Traum, dachte sie schläfrig, der Traum, das bin ich. Was war das? – und sie war hellwach, setzte sich auf, ihr Herz klopfte wild, denn es war ein Geräusch gewesen, das sie geweckt hatte, ein hoher, kollernder Schrei weit hinten im Wald – hatte etwas Lärm gemacht?

Nichts außer dem Geräusch des fließenden Wassers und dem Seufzen des Windes hoch oben in den Baumwipfeln. Der Himmel war ruhig. Im Wald rührte sich nichts.

Nach einer Weile stand sie vorsichtig auf, sah sich nach Anzeichen einer Veränderung, einer Gefahr um. Er ist schuld, dachte sie, dieser Fettwanst, diese Schnecke. Er hat alles verändert. Es ist nicht mehr so wie früher. Sie war froh, daß sie einen Grund für ihr Unbehagen gefunden hatte, noch dazu einen hassenswerten Grund. Doch als sie sich umsah, um Spuren des Eindringlings zu entdecken, seine Feuerstelle, seinen Packen, fand sie nichts, und war dennoch nicht erleichtert. Ihr Herz klopfte weiterhin wild, ihr Atem ging stoßweise. Wovor habe ich Angst? fragte sie sich empört. Ausgerechnet hier? Es ist genauso wie immer, der sichere Ort. Ich muß geträumt haben, einen Alptraum. Ich will nach Tembreabrezi gehen. Wenn ich nur schon dort wäre, im Haus, im Wirtshaus. Ich bin hungrig. Das ist wahrscheinlich der Grund, ich bin hungrig.

Sie trank wieder, lang und viel, um ihren Magen zu füllen, brach Minzestengel ab, die sie kauen wollte, während sie unterwegs war, und machte sich auf den Weg in die Stadt auf dem Berg. Sie ging leichtfüßig wie immer, leichter und schneller denn je, denn der Hunger trieb sie vorwärts, die Angst trieb sie vorwärts, und sie konnte es sich nicht leisten, stehenzubleiben und darüber nachzudenken, denn dann wurde beides unerträglich. Solange sie ging, mußte sie nicht denken, und der Dämmerwald floß wie das Wasser der Bäche an ihr vorbei; so leicht, so schnell ging sie, daß nichts ihre Schritte hören, nichts sie bemerken, nichts sich ihr in den Weg stellen und sie mit weißen, runzligen Armen aufhalten würde.

In den Fenstern des Wirtshauses standen Kerzen, als würde sie bereits erwartet. Niemand befand sich auf der Straße. Es mußte spät sein, Zeit zum Abendessen oder noch später. Als sie an das Abendessen dachte, an Suppe, Brot,

Stew, Porridge, irgend etwas Eßbares, wurde ihr schwindlig; und als Sofir ihr die Tür öffnete und die Wärme, das Licht, der Essensgeruch, seine tiefe Stimme sie einhüllten, fiel es ihr schwer, sich auf den Beinen zu halten. »O Sofir«, sagte sie, »ich bin so hungrig.«

Als Palizot Irenes Stimme hörte, kam sie heraus, und obwohl sie sonst große Gesten vermied, küßte sie Irene und drückte sie einen Augenblick an sich.

»Wir haben Angst um dich gehabt«, erklärte Sofir. Er führte sie zum Feuer und setzte sie dort auf einen Stuhl. Es war wirklich spät: die Besucher des Wirtshauses waren schon alle nach Hause gegangen, das Feuer war heruntergebrannt. Sofir und Palizot waren eifrig damit beschäftigt, ihr Wasser zum Waschen, etwas zum Essen zu bringen und sprachen dabei unaufhörlich. »Du weißt ja, daß er gekommen ist«, meinte Palizot, und Irene fragte: »Wer ist gekommen?«

Die beiden vertrauten, geliebten Gesichter wandten sich ihr im frohlockenden Licht des Feuers zu; Palizot sah Sofir lächelnd an und überließ es ihm, für sie beide zu antworten. »Er«, erklärte Sofir, »er ist jetzt da. Jetzt wird alles besser werden!« Er war von so inniger Freude erfüllt und so sicher, daß sie diese Freude teilte, daß sie kein Wort herausbrachte. »Gib acht, es ist heiß!« Palizot brachte ihr einen vollen Teller, und bei dem Anblick wurde alles andere unwichtig. Irene ließ sich von Glückseligkeit, Essen, Ruhe, Feuerschein, Freundschaft einhüllen und aß; dann hatte Sofir ihr Zimmer zurechtgemacht, das Zimmer mit dem Blick über den dunklen Abhang und das Waldgebiet bis zum Gebirgszug im Osten.

Sofir war außer Haus und Palizot war beschäftigt, also frühstückte Irene allein. Es gab kein opulentes Frühstück: ein wenig dünne Milch, ein Stück Käse und ein so harter, kleiner Brotlaib, daß Irene an das herrliche Brot denken mußte, das Sofir früher gebacken hatte, und kaum das Herz hatte, eine Scheibe von dem armseligen, verschrumpelten Ding abzuschneiden. Offensichtlich hatten die

Händler in der Königsstadt keinen Weizen auf den Berg geschickt.

Als sie erwacht war, war ihr erster Gedanke gewesen, daß Sofir und Palizot am vergangenen Abend mit »er«, »er ist gekommen«, den König gemeint hatten. Als sie die Benommenheit etwas abgeschüttelt hatte, hatte sie angenommen, daß die beiden nicht den König selbst, sondern einen Boten des Königs gemeint hatten, jemanden, der die Macht besaß, die Straßen zu öffnen. Jetzt war sie hellwach und wußte, daß sie etwas anderes gemeint hatten.

»Du wirst zum Haus des Meisters hinaufgehen«, sagte Palizot, die einen Armvoll Kleidungsstücke von der Wäscheleine abgenommen hatte und in die Küche kam. »Ich habe dein rotes Kleid ein bißchen aufgebügelt, es wird immer so verdrückt, wenn es in der Lade liegt. Hast du saubere Strümpfe? Schau her, wie gefallen dir diese?«

»Ich nehme an, daß er auch dort ist«, sagte Irene. Da »er« nicht im Wirtshaus wohnte, mußte man ihn aufgefordert haben, im Haus des Meisters Quartier zu nehmen, ein Vorzug, der ihr nie zuteil geworden war. Ihr Kummer war groß, auch wenn seine Ursache unbedeutend war; sie war fest entschlossen, ihn sich nicht anmerken zu lassen, und war so sehr in diese Gedanken vertieft, daß sie einen Augenblick lang Palizots Antwort nicht erfaßte: »Er? O nein, er ist im Herrenhaus. Aber der Meister hat uns vor langer Zeit gebeten, dir auszurichten, daß du sobald wie möglich zu ihm kommen sollst, wenn du wieder hier bist.«

Das war Balsam. »Er« konnte so lange im Herrenhaus bleiben, wie er Lust hatte.

»Sie sind schön.« Irene bewunderte die zart gestreiften Strümpfe, die obenauf auf den Kleidern lagen. »Hast du sie jetzt erst gestrickt?«

»Aus der guten Wolle von vier alten Paaren, die ich aufgetrennt habe.« Palizot strahlte wie ein Kunsthandwerker. »Trage sie heute, Levadja. Sie sind für dich bestimmt.«

Irene trat in den schönen Strümpfen und dem roten Kleid in die Dämmerung der Straße hinaus und stieg die Schluckauf-Treppe zum Haus des Meisters empor. Die Gänse im Stall an der Südmauer, große Tiere, deren weiße Hälse und Körper undeutlich schimmerten, bewegten sich und zischten; eine schlug einen Augenblick lang mit den Flügeln. Irene hatte immer ein wenig Angst vor den Gänsen gehabt. Sie klopfte an die Tür mit den zwölf Feldern, Fimol öffnete ruhig wie immer und führte sie durch die Halle, zwischen dem traurigen Blick der Vorfahrin und dem verdüsterten Gesicht des einarmigen Vorfahren hindurch, an die Tür zum Arbeitszimmer. »Irena ist da«, meldete Fimol mit ihrer klaren, gedämpften Stimme. Er stand am Schreibpult, drehte sich um und hielt ihr die Hände voll unverhohlener Freude entgegen. »Irena! Irenadja! Willkommen! Wir haben uns nach dir gesehnt!«

Ich habe mich nach euch gesehnt, wollte sie sagen, aber es gelang ihr nicht. In Anwesenheit des Meisters gehorchte ihr ihre Zunge nie. Sie gehorchte ihm.

»Komm, setz dich!« Sein Lächeln ließ ihn jünger erscheinen. Seine Stimme klang freundlich. »Erzähl mir, wie war es, als du hierher kamst? War der Weg frei? War es schwierig für dich?« Er sah ihr jetzt direkt in die Augen. »Ich habe befürchtet, daß du nicht kommen kannst.« Er sprach wieder leiser und schneller und blickte weg.

»Das Tor war verschlossen – bis gestern abend. Ich wollte – ich versuchte zu kommen.«

Er nickte ernsthaft und freundlich.

Sie suchte nach den richtigen Worten. »Ich sah nichts, als der Weg sich öffnete, nichts war verändert. Aber ich fühlte – Es gab ein Geräusch, vielleicht habe ich es nicht gehört. Es war etwas da, das ich nicht sah ...«

Während sie jetzt in dem ruhigen Raum sprach, überfiel sie in einer einzigen, lange, kalten Welle neuerlich das Entsetzen, das sie tags zuvor verdrängt hatte, als sie durch den Wald am Berghang ging. Sie krümmte sich schaudernd im Stuhl zusammen. Ihre Stimme wurde schrill und trocken. »Ich habe nie zuvor im Wald Angst gehabt!«

Sie blickte in das dunkle Gesicht des Meisters empor, um

sich an seiner Stärke aufzurichten. Er schwieg eine Weile, dann sagte er, noch immer gedämpft: »Du bist dennoch gekommen.«

»Jemand anderer – sagte Sofir – jemand anderer ist gekommen, ein Mann …«

Der Meister nickte. Er verbarg etwas oder kämpfte mit einem starken Gefühl. Schließlich sprach er ein Wort oder einen Namen, den Irene nicht kannte, *hiuradja,* und sah sie wieder gespannt und fragend an.

»Ist er von Norden – von der Hauptstadt gekommen?« fragte sie, obwohl sie die Antwort bereits kannte.

»Von Süden. Wie du. Auf der Südstraße. So wie du zuerst gekommen bist, ohne das Land oder die Sprache zu kennen.«

Die Neugierde, der Wunsch, die ganze Wahrheit zu erfahren, waren stärker als Enttäuschung oder Groll. »Ist er …« Sie kannte das Wort für blond nicht, sie waren alle dunkelhaarig. »Hat er Strohhaar und ist er fett?«

Der Meister nickte kurz.

»Wir sollen ins Herrenhaus zu ihm kommen«, erklärte er, und etwas in seiner Stimme fiel Irene auf, eine Andeutung von Ironie, Zorn – Unwille? »Komm!«

»Jetzt?«

»Sobald wie möglich, hat Lord Horn angeordnet.« Wieder der Anflug von Geschäftsmäßigkeit oder Sarkasmus; aber er warf ihr keinen vielsagenden Blick zu, sondern führte sie undurchschaubar wie immer aus seinem Haus über die Straße zu dem hohen, zierlichen, offenstehenden Tor des Herrenhauses. Er sprach kein Wort, während sie zwischen den Rasenflächen und Gehölzen hindurchgingen. Rechts von ihnen erstreckte sich der dunkel bewaldete Berghang, der den Blick auf die steilen Felsen des fernen Gipfels freigab. Vor ihnen erhob sich das große Haus aus gelbbraunen Steinen, in denen noch Wärme verweilte, wie das Licht des Sonnenuntergangs, das Abendrot.

Ein alter Mann ließ sie ein und führte sie durch kalte, spärlich möblierte, vornehme Räume in den ersten Stock hinauf in eine Galerie mit unzähligen Fenstern. Die Fenster gingen nach Osten, auf den großen Hang und auf die fernen Gipfel hinaus, die sich deutlich vom Himmel abhoben. Am anderen Ende der Galerie brannte im Marmorkamin ein Feuer, und dort standen Lord Horn, seine Tochter und der Fremde.

Natürlich war er es, das teigige Gesicht, die schweren Hände.

Sie warf dem Mann neben ihr einen Blick zu: das dunkle, harte, vornehme Profil, beherrscht, selbstsicher, kraftvoll. Der Meister sprach nicht, machte keine Bewegung, aber sie wußte um seinen Haß genauso deutlich wie um den ihren.

Lord Horn kam ihnen steif und zögernd entgegen und begrüßte sie. Seine Tochter lächelte nichtssagend. Sie war blond, das hatte Irene vergessen; sie waren also doch nicht alle dunkelhaarig. Die Haare des Mädchens waren bleich und weich wie Schafwolle.

»Irena, unsere Freundin«, stellte Lord Horn vor. »Unser Gast, unser Landsmann, glaube ich. Er heißt Hiuradjas.«

Sie merkte, daß er sie erkannte – es kam ihm langsam zum Bewußtsein, er war bestürzt, dann überrascht, dann schöpfte er Hoffnung, wie eine »Spätzündung« in einem Fernseh-Lustspiel. Er trat schwerfällig, aber eifrig vor und stammelte auf Englisch: »He, ich ... oh ... es tut mir leid – ich verstehe ihre Sprache nicht, genau wie Sie gesagt haben.«

Sie trat einen Schritt zurück, um den Abstand deutlich zu machen.

»Lord Horn«, sagte sie, »wenn ich hier bin, benütze ich die Sprache dieses Landes.« Der Eindringling und das Mädchen mit dem blassen Madonnengesicht starrten sie an, und der Meister horchte auf wie ein Habicht, wie sie an seiner Kopfhaltung erkannte; aber Horn sagte nichts, sondern sah nur, bedächtig wie immer, den Meister an. Es folgte eine seltsame, schwer zu ertragende Stille.

»Er beherrscht unsere Sprache nicht«, erklärte der alte Mann. »Willst du uns helfen, miteinander zu sprechen?«

Der Meister rührte sich nicht. Der Ernst des alten Lords beeindruckte Irene. Sie wandte sich unwillig und unfreundlich dem Eindringling zu, sah ihn jedoch nicht an, sondern blickte auf den gewachsten Boden vor seinen Schuhen – breite, lange, schmutzige Tennisschuhe. »Ich soll dolmetschen. Sprechen Sie weiter!«

»Ich weiß, daß Sie meine Anwesenheit hier als Störung empfinden«, sagte die Stimme des jungen Mannes. »Wahrscheinlich gehöre ich nicht hierher. Ich weiß es nicht. Ich heiße Hugh Rogers. Falls Sie meine Worte übersetzen, dann erklären Sie ihnen, daß ich ihnen dankbar bin. Sie sind sehr freundlich zu mir gewesen.«

Seine Stimme verklang mit einem seltsam krächzenden Geräusch.

»Er behauptet, daß er aus Versehen hierher gekommen ist.« Sie wandte sich an Lord Horn, blickte aber nicht auf. »Er möchte Ihnen für Ihre Freundlichkeit danken.« Sie sprach unbeteiligt, eine Übersetzungsmaschine.

»Er ist uns willkommen, dreifach willkommen.«

»Er sagt, daß Sie willkommen sind«, übersetzte sie ausdruckslos ins Englische.

»Wer ist er? Ich kenne nicht einmal ihre Namen. Sie sind Rayna?«

Das brachte sie einen Augenblick aus der Fassung. Er hätte sie Ey-rin nennen müssen (die englische Aussprache von Irene). Nur ihre Mutter und die Leute in der Stadt auf dem Berg nannten sie Irena. Aber er hatte ihren Namen natürlich von ihnen gehört. Jedenfalls ging es ihn nichts an. »Das ist Aur Horn – Lord Horn. Das ist Dou Sark, Meister Sark, der Meister von Tembreabrezi. Das ist Horns Tochter. Ich kenne ihren Namen nicht.«

»Allia.« Das Mädchen wandte sich völlig unerwartet mit einem gezierten Lächeln an Hugh Rogers statt an Irene. Er sah es vollkommen verständnislos an, dann wandte er sich wieder Irene zu.

»Sie halten mich für eine Person, die ich nicht bin.«

Sie half ihm nicht weiter.

»Können Sie ihnen erklären, daß ich nicht hierher gehöre, daß ich von außerhalb – Sie wissen ja – komme, und daß alles ein Irrtum ist.«

»Ich kann es übersetzen. Dadurch wird sich aber nichts ändern.«

Ihre Verachtung hatte ihn endlich verletzt. Er richtete sich auf und runzelte die Stirn. »Hören Sie, als ich herkam, benahmen sie sich so, als hätten sie mich erwartet, als würden sie mich kennen. Aber ich kenne sie nicht, und ich kann ihnen nicht begreiflich machen, daß sie mich mit jemandem verwechseln, der ich nicht bin.«

»Sie wissen nicht, wer Sie hier sind.«

»Sie wissen es nicht, ich weiß es«, antwortete er unerwartet sicher.

»Es geht um die Art und Weise, wie Sie hergekommen sind.«

»Ich bin nicht *gekommen,* ich war plötzlich hier, ich wußte nicht, daß hier eine Stadt existiert, ich folgte nur einem Pfad.«

»Keiner von ihnen kann diesen Weg benützen, niemand in dieser Stadt. Nur Leute, die aus ... die durch das Tor kommen, können ihm folgen.«

Er begriff nicht. »Können Sie ihnen nicht einfach erklären, daß ich bestimmt nicht derjenige bin, den sie erwarten?«

Sie wandte sich an Lord Horn. »Er bittet mich, Ihnen mitzuteilen, daß er nicht der Mann ist, den Sie erwarten.«

»Wir halten ihn für niemand anderen als ihn selbst«, erwiderte der alte Mann ruhig. Die Worte, die er verwendete, hatten doppelte oder geheime Bedeutungen. Sie übersetzte sie zögernd ins Englische: »Lord Horn sagt, daß Sie derjenige sind, der Sie zu sein behaupten, das genügt ihnen.«

»Anscheinend bin ich derjenige, als den *sie* mich sehen.«

»Was stört Sie daran?«

»Ich muß bald zurück. Wissen sie das nicht?«

»Niemand wird Sie zurückhalten.«

»Sie haben mich damals – am Tor – gewarnt. Wovor? Sind sie gefährlich? Sind sie gefährdet?«

»Ja.«

»Sind sie jetzt gefährlich oder gefährdet? Was für eine Gefahr?«

»Beides. Warum sollte ich es Ihnen erklären? Schulde ich Ihnen etwas? Sie haben selbst festgestellt, daß Sie nicht hierhergehören. Sie sind die Gefahr, Sie sind das störende Element, alles begann damit, daß Sie herkamen. Ich gehöre hierher, das ist meine Stadt. Sie nehmen anscheinend an, daß ich Ihnen alles überlassen werde, weil Sie ein Mann sind und Ihnen alles gehört. Sie irren sich.«

»Irena«, fragte der Meister neben ihr, »was ist los? Was hat er gesagt?«

»Nichts! Er ist ein Dummkopf. Er gehört nicht hierher, er sollte nicht hier sein. Sie müssen ihn fortschicken und ihm verbieten, zurückzukommen.«

»Was heißt das?« fragte Lord Horn langsam wie immer. »Kennst du diesen Mann nicht, Irena?«

»Nein. Ich kenne ihn nicht, und ich will ihn nicht kennen.«

Allia erklärte ihrem Vater mit ihrer hellen, gleichmäßigen Stimme: »Irena spricht aus Angst um uns.«

Lord Horn blickte seine Tochter, Sark Irene an. Seine Augen, die beinahe farblosen Augen eines alten Mannes, bohrten sich in die ihren.

»Wir nennen dich Freundin«, sagte er.

»Ich bin eure Freundin«, behauptete sie heftig.

»Du bist es. Er auch. Über diese Straße, deine Straße, Irena, kommt kein Übel. Du kamst, um unsere Worte zu erklären, er, um unserer Sache zu dienen; es ist so, wie es sein soll. Die eine und der andere, der andere und die eine. Zwei gehen gemeinsam diese Straße.«

Sie schwieg verunsichert.

»Ich gehe allein«, flüsterte sie.

Dann traten ihr die dummen Tränen in die Augen, sie mußte ihnen den Rücken zuwenden, bis sie ihre Selbstbeherrschung wiedergefunden und sich Nase und Augen mit dem Taschentuch abgewischt hatte, was Palizot vorsorglich in die Tasche ihres Kleides gesteckt hatte. Es fiel ihr schwer, sich umzudrehen und sich ihnen zu stellen. Ihr Gesicht brannte.

»Ich werde versuchen zu tun, was Sie von mir verlangen. Was soll ich ihm sagen?«

»Was du für richtig hältst«, antwortete Lord Horn leise und ruhig. »Du sprichst für uns.«

Zu ihrer Verblüffung trat er einen Schritt zurück, ließ Allia und den grimmig aussehenden Sark vorgehen, nickte ihr und Hugh Rogers steif zu und folgte den beiden aus dem Zimmer. Irene stand dem Fremden allein gegenüber.

Er setzte sich auf einen Stuhl, der zu schmal für ihn war, stand unbeholfen auf und trat an die hohen Fenster.

»Es tut mir leid«, sagte er.

Das Licht im Osten war kalt. Sie ging zu dem Kamin hinüber. Der Weinkrampf hatte sie erschöpft und abgestumpft. Sie mußte ihr Versprechen halten.

»Wenn ich richtig verstanden habe, soll ich Ihnen folgendes mitteilen. Hier stimmt etwas nicht, es gibt einen Grund, aus dem sie die Stadt nicht verlassen können. Niemand kann die Straßen benützen. Nur wir, die von Süden kommen. Sie haben vor etwas Angst, und es scheint immer schlimmer zu werden. Sie glauben, daß sich durch Ihre Ankunft etwas ändern wird.«

»Was soll sich ändern?«

»Die Angst.«

»Welche Angst? Hier habe ich keine Angst.« Er wandte sich vom Fenster ab. »Ich verstehe hier überhaupt nichts, die Sprache, warum es nie Nacht wird oder nie die Sonne scheint, aber es hat mich nie erschreckt. Wovor sollte man sich hier fürchten?«

»Das weiß ich nicht. Ich beherrsche die Sprache nicht gut genug. Sie wollen nicht darüber sprechen, oder aber ich verstehe sie nicht. Sie behaupten einfach, daß sie die Stadt nicht verlassen können und daß niemand von der Ebene hierherkommen kann.«

»Die Ebene«, wiederholte er.

»Im Norden, jenseits der Berge. Die Straße führt über die Ebene und schließlich zu einer Stadt.«

Sie blickte ihn an und bemerkte die großen graublauen oder blauen Augen in dem ernsten, weißen, sehnsüchtigen Gesicht. Er hatte sich ihr zugewandt, aber er sah sie nicht, er blickte im Geist über die Ebene der Dämmerung.

»Waren Sie schon einmal dort?«

Sie schüttelte den Kopf.

»Wo liegt das Meer?«

»Ich weiß es nicht. Ich kenne das Wort für Meer nicht.«

»Die Bäche fließen alle nach Westen«, flüsterte er. Er sah sie an; sein Ausdruck war ängstlich und verwirrt, wie ein Stier, die gerunzelte Stirn, das gelockte Haar, das stumpfe Gesicht, die besorgten Augen. Vor langer Zeit hatte sie ein Bild auf einem Bucheinband gesehen, ein Mann mit einem Stierkopf, der in einem winzigen Raum stand. Sie hatte es oft vor dem Einschlafen in der Dunkelheit vor sich gesehen, der Körper des Mannes und der schreckliche, schwere Kopf.

»Wissen Sie, wo wir uns befinden?« fragte er, und sie antwortete: »Nein.«

Nach einer Weile sprach er weiter. »Ich muß bald fort. Ich bin besorgt, denn ich möchte nicht zu spät zurückkommen. Das nächste Wochenende kann ich über Nacht bleiben, es ist das lange Wochenende. Wenn sie wollen, daß ich etwas unternehme, kann ich es versuchen. – Über Nacht nach der Uhrzeit, meine ich. Glauben Sie – glauben Sie, daß eine Stunde Uhrzeit ungefähr wie ein Tag hier ist, ich meine einen Tag und eine Nacht, wenn ...«

»Wenn es Tag oder Nacht gäbe«, bestätigte sie. Es war sehr seltsam, daß sie mit jemandem über diese Dinge sprach, daß sie ihn darüber reden hörte. »Wie sind Sie beim ersten Mal durch das Tor gekommen?« fragte sie aus reiner Neugierde, und begriff im selben Augenblick durch die Frage, daß ihr Zorn verraucht war, daß sie sich mit seiner Anwesenheit abgefunden und daß er sie verstanden hatte.

»Ich war ...« Er blinzelte. Seine Stimme krächzte leise, wie schon einmal. »Ich bin davongelaufen. Vor ... ich weiß nicht. Wissen Sie, ich stecke in einer Sackgasse. Ich tue nicht, was ich gern möchte.«

»Was möchten Sie gern tun?«

»Nichts. Wichtiges.« Er sprach es wie zwei getrennte Worte aus. »Ich möchte einfach auf die Schule gehen, aber ich schaffe es nicht.«

»Was für eine Schule?«

»Bibliotheken. Es ist aber nicht so wichtig.«

»Oh doch, wenn es Ihr Lebensziel ist. Was tun Sie jetzt?«

»Kassierer in einem Supermarkt.«

»Ach so.«

»Die Bezahlung ist gut. Es ist okay, wissen Sie. Wie sind Sie hierhergekommen?«

»Ich bin auch davongelaufen.«

Doch ihre Kehle wurde trocken. Sie konnte nicht darüber reden, über Doris' Vergewaltigung und die Schwierigkeiten zu Hause, und all das, es war schon so lange her, und es hatte keinen Sinn, darüber zu sprechen. Sie hatte sich freigemacht und hierher gefunden. All das war hier ohne Bedeutung. Hier gab es Frieden und Stille, nichts veränderte sich, es blieb immer gleich. Hier stellte man keine Fragen. Man kam heim. Das konnte er nicht verstehen, er war ein Fremder. Sie konnte ihm nicht gestehen, daß sie hierherkam, weil sich ihre Liebe hier befand. Ihre Liebe, ihr Meister. Niemand würde es je erfahren, niemand konnte es je verstehen, den zentralen Punkt und das Geheimnis ihres Lebens, die Stille. In seinem Alter, in seiner Überlegenheit, in seiner Fremdartigkeit, sogar in seiner Härte, in allem, was sie trennte, in der Entfernung, die zwischen ihnen lag, war Platz für Verlangen ohne Schrecken, war Platz und Zeit für Liebe ohne Folgen, ohne Strafen oder Schmerz. Der einzige Preis dafür war Schweigen.

Sie schwieg.

Der Fremde, der sich wuchtig vom Fenster abhob, hatte sich halb umgedreht und blickte hinaus.

»Es wäre schön, wenn ich hier bleiben könnte«, murmelte er.

Dann wandte er sich entschlossen vom Fenster ab und ging zu seinen Gastgebern, um sich zu verabschieden. Sie übersetzte seine Versicherung, daß er wiederkommen würde, Lord Horn akzeptierte, ohne zu fragen, sowohl den Abschied als auch sein Versprechen, und dann verließ sie das Herrenhaus. Als sie zwischen den Rasenflächen zum Eisentor ging, dachte sie an den Heimweg, auf den sie sich bald machen mußte. Sie betrachtete den dunklen Berghang, das ferne Grau der Felsen. Die Stille des Berges lastete schwer, wie ein Deckel, der ein Geräusch erstickt, ein Geräusch, das immer vorhanden ist. Sie preßte fröstelnd die Arme an den Körper und setzte ihren Weg fort. Warum mußte sie eigentlich zurückkehren? Er mußte es tun, aber das traf nicht auf sie zu. Warum sollte sie den langen Marsch durch den Wald zum Tor auf sich nehmen, warum blieb sie nicht hier im Ain-Land?

Sie hatte sich diese Frage gestellt, während sie im hohen, stillen Schlafzimmer im Wirtshaus im Bett lag: warum bleibe ich nicht hier, gehe nie mehr zurück? – Aber sie hatte sich nie vorstellen können,was sie anfangen würde, wenn sie blieb, wie sie sich in das Leben der Stadt einfügen konnte, das ohne sie in sich abgeschlossen war. Sie kam, brauchte Hilfe, war bereit zu helfen, lernte von den Frauen spinnen und Wolle krempeln, führte die Kinder zur Langen Wiese hinauf, begleitete die Händler zu den Drei Quellen hinunter, brachte die Leute durch die Fehler, die sie beim Sprechen machte, zum Lachen, und dann kehrte sie wieder zurück. Das hier war nicht ihr Zuhause; sie hatte es zwar immer so genannt, aber sie besaß kein Zuhause; sie wohnte im Wirtshaus, es gab weder hier noch sonstwo einen Raum, der ihr gehörte.

Sie blieb mit geballten Fäusten unter dem eisernen Tor stehen.

»Irena.«

Sie drehte sich um; er lächelte ihr zu.

»Komm in mein Haus!«

Sie folgte ihm wortlos.

In der Halle mit den beiden Kaminen blieb sie stehen, und er drehte sich zu ihr um.

»Lassen Sie mich nach Norden gehen«, bat sie. »In die Hauptstadt. Lord Horn will mich nicht hinschicken. Er wird den Mann schicken. Lassen Sie mich gehen!«

Während sie sprach, sah sie die langen Straßen über die dämmrige Ebene, die schimmernden Türme, die Tore, die schönen grauen Straßen, die zum Palast hinaufführten. Sie glaubte es nicht, aber sie sah sie.

»Mit mir«, antwortete der Meister. »Du wirst mit mir gehen.«

Sie starrte ihn vollkommen verblüfft an.

»Der Mann verläßt uns heute abend. Morgen: erwarte mich am Morgen bei Gahiars Hof.«

»Sie können – wir können zusammen gehen?«

Er nickte kurz. Sein Gesicht war grimmig entschlossen, aber das ungläubige Glücksgefühl in ihr sang: Oh, mein Meister, meine Liebe, zusammen! – jedoch schweigend; immer schweigend.

Sark ging ein paar Schritte weiter. »Ich werde Lord sein«, erklärte er sehr leise, mit hoher, scharfer Stimme. »Nicht er, nicht sie, sondern ich.« Er sah Irene mit einem merkwürdigen Lächeln an. »Hast du keine Angst?« fragte er spöttisch wie immer.

Sie schüttelte den Kopf.

Sie frühstückte zeitig und verließ dann das Wirtshaus; wo die Südstraße in die Gasse mündete, wandte sie sich nach links, kam am Laden von Venno, dem Zimmermann, und an der Hütte der alten Geba vorbei. Sie ging schnell, ihre festen Schuhe stießen den Rock beiseite, so daß die gestreiften Strümpfe darunter aufblitzten. Sie hatte die Hände zu Fäusten geballt und die Lippen zusammengepreßt. Der ungepflasterte Weg führte an dem verlassenen Hof des Steinschneiders vorbei. Hier wartete sie, zuerst ungeduldig, ging zwischen den Zedern und den rohbehauenen Steinblöcken umher, dann versank sie in stumpfes Warten, so daß sie keine Erleichterung empfand und auch nicht viel Verständnis zeigte, als er endlich kam. Ihre Gefühle schienen unabhängig von ihrem Verstand und ihren Sinnen zu funktionieren. Sie beobachtete, wie er näherkam, ein geschmeidiger, schlanker, dunkler Mann mit einem dunklen, schönen Gesicht, und sie hatte den Eindruck, daß sie ihn noch nie gesehen hatte und ihn nicht kannte. Er ging schnell, ein wenig steif, und blieb nicht stehen, als er am Hof des Steinschneiders vorbeikam. Er sah sie kaum an. »Komm mit!« forderte er sie auf. Sie trat zu ihm auf die Straße hinaus. Er sah genauso aus wie immer, nur trug er jetzt einen Dufflecoat und ein Messer oder einen Dolch in einer Scheide, die an einem losen Gürtel hing, wie bei den Händlern, wenn sie den Berg hinunterzogen, aber er war verändert; er sah genauso aus wie immer, aber sie kannte ihn nicht.

Die Straße beschrieb eine leichte Kurve. Jetzt kehrten sie der Stadt und der Schwelle weit hinten den Rücken zu. Der Pfad führte in einen Hohlweg mit hohen, rötlichen Böschungen hinunter.

»Komm mit!« wiederholte er. Sie war nur langsamer geworden, um auf gleicher Höhe mit ihm zu bleiben.

Sie ging ein Stück weiter.

»Meister«, sagte sie und drehte sich um. Er war stehengeblieben und starrte sie an. Seine Augen und sein Gesicht sahen sehr seltsam aus. Er ging weiter und kam direkt auf sie zu, als wäre er blind. Sie bekam Angst vor ihm.

»Warte hier!« befahl er; seine Stimme war leise, und sie sah, daß sein Kinn zitterte. »Warte! Ich ...« Er war wieder stehengeblieben. Er sah sich um, schüttelte den Kopf, blickte die Böschung des Hohlwegs hinauf und an ihr vorbei auf die Straße. Er machte noch einen Schritt, dann versuchte er mit einem pfeifenden, wimmernden Schrei kehrtzumachen, seine Beine gaben nach; er stolperte auf Hände und Knie und stürzte dann schwankend und torkelnd die Straße wieder hinauf. Sie waren nur knapp hundert Meter über den Hof des Steinschneiders hinausgekommen. Dort holte sie ihn ein. »Meister«, sagte sie, »es ist schon gut ...«

Sie versuchte, ihn am Arm zu ergreifen. Er stieß sie mit der blinden Kraft der Panik von sich, so daß sie zur anderen Straßenseite flog, und lief, immer noch schreiend, auf die Stadt zu.

Sie rappelte sich auf, um sie drehte sich alles, und ihr Unterarm war aufgeschunden. Sie klopfte den Staub von ihrem Rock und blieb eine Zeitlang benommen stehen. Dann ging sie langsam auf einen nahen, roh behauenen Granitblock zu, setzte sich darauf, preßte die Arme auf den Bauch und ließ den Kopf hängen. Ihr war ein wenig übel, und sie mußte urinieren; schließlich kroch sie zu dem Graben unter den alten Zedern hinüber und hockte sich dort hin. Oben, neben Gebas Hütte, meckerten die beiden mageren Ziegen leise. Sie kehrte zu dem Stein zurück und starrte auf ihn hinunter, auf die Meißelspuren und das Muster im Felsen.

Ich hatte keine Angst, sagte sie sich, aber sie wußte nicht, ob es Wahrheit oder Lüge war: seine Angst hatte sie zu sehr beherrscht und aufgefressen.

Er wird mir nie verzeihen, daß ich ihn so gesehen habe, dachte sie, wußte, daß es stimmte, und konnte das Wissen nicht ertragen.

Sie verließ den Hof des Steinschneiders und ging langsam an Gebas Hütte und Vennos Laden vorbei.

Ich könnte gehen, ich könnte in die Hauptstadt gehen, wenn er nicht wäre, sagte sie sich rachsüchtig, zornig; aber sie wußte, daß das nicht stimmte. Sie würde weder mit ihm noch ohne ihn in die Hauptstadt gelangen. Alle Voraussetzungen waren falsch, lauter Lügen, Prahlerei und dumme Tagträume. Es gab keinen Weg.

Sie blieb nur noch diesen einen Tag und diese eine Nacht. Sie hatte jetzt keine große Lust mehr zu bleiben. Hier war alles verdorben. Und sie hatte auf der anderen Seite nichts erledigt. Sie würde sich eine Unterkunft suchen und was damit zusammenhing, und dann würde sie wieder hierher zurückkehren; vielleicht; wenn sie Lust dazu hatte. Sie war niemandem Rechenschaft schuldig. Sie würde tun, was sie wollte.

Ihr Herz klopfte heftig, als sie sich auf der Südstraße auf den Weg machte, aber es war die Angst vor der Angst, sonst nichts; sie ging zügig weiter.

Sie sah nicht zurück. Man blickt nicht über die Schulter zurück. Sie hatte das schon vor langer Zeit gelernt, als sie ein Kind war, das sich vor der Dunkelheit fürchtete, das nachts durch die unheimlichen Reihen der Baumschule lief. Wenn du zurückschaust, kriegt es dich. In den Straßen der Innenstadt, Schritte hinter dir, und es ist noch weit bis zur nächsten Kreuzung. Man geht weiter und man dreht sich nicht um. Der Weg bergab war steil, und der Wald sehr dicht; es war ihr nie so deutlich zu Bewußtsein gekommen, wie eng die Bäume beisammenstanden und wie verflochten die Zweige waren. Sie versuchte, kein Geräusch zu machen, und dann versuchte sie, Geräusche nicht zu vermeiden, denn das bedeutete Angst. Endlich hörte sie vor sich Wasser murmeln, der Dritte Fluß, der Bach am Fuß des Berges. Das Geräusch des fließenden Wassers war schön, die einzige Musik im Ain-Land. Denn man sah kaum Vögel, und sie sangen nie, und die Menschen in Tembreabrezi sangen auch nie, nicht einmal die Kinder. Der Wind flüsterte oder toste einsam in den Wipfeln, doch nur das Wasser sang laut, denn es stieg aus Orten empor, die tiefer reichen als die Angst. Sie kam zu dem Bach, der bei der Furt breit und seicht war, unter den alten, moosbewachsenen, schiefen Hollunderbüschen leuchtete und blitzte, fröhlich mit jedem Felsen kämpfte, der sich ihm in den Weg stellte. Sie überquerte ihn, dann drehte sie sich um, kniete nieder und trank. Zwischen ihr und dem Berg floß jetzt Wasser, und ihr Herz war leichter.

Sie bewegte sich in der vertrauten Halb-Trance des gleichmäßigen Gehens, der Körper war wachsam und der Geist war mit Gedanken beschäftigt, die so lang und langsam sind, daß man sie nicht in Worte fassen kann, denn es gibt weder Worte noch Sätze, die lang genug sind, als ihr

Körper sie vorsichtig aber unversehens zum Stillstand brachte, und erst als sie unbeweglich stehend lauschte, fragte ihr Geist, Was war das?

Die Lärmquelle lag vor ihr. Was sie fürchtete, befand sich hinter ihr – aber dort! Die weiße Masse an der Kurve, dort vorn, dort! – Sie hob den Ast, den sie auf dem Berg als Wanderstab aufgehoben hatte – so hatte sie ihn bei sich bezeichnet –, schwang ihn in zornigem Entsetzen und schlug zu. Der Schlag zielte genau auf sein Gesicht, aber er hatte den Arm gehoben, als er durch das Gebüsch brach, und fing den Schlag mit ihm ab. Er blieb stehen, hatte den Kopf leicht nach hinten geneigt, sein Mund stand offen, und er atmete keuchend. Seine Augen waren die Augen des Stiers mit dem Körper eines Mannes in dem engen Raum. Ihre Hand, die sich um den zerbrochenen Ast krampfte, war taub. Sie wich auf dem Weg einen Schritt zurück, noch einen, ließ ihn dabei nicht aus den Augen.

Sein Mund klappte zu, öffnete sich wieder. »Ich kann nicht«, sagte er dumpf und keuchend und schüttelte den Kopf. »Ich kann nicht hinaus.«

Dann setzte er sich, ließ sich schwer und zitternd auf den dicht mit Unkraut bestandenen Wegrand sinken. Er ließ den Kopf hängen und hatte die Arme auf die Knie gestützt, die schwere, einfache Stellung völliger Erschöpfung. Jetzt setzte bei ihr die Nachwirkung des Schocks ein; ihre Knie zitterten. Sie setzte sich mit untergeschlagenen Beinen in einiger Entfernung von ihm auf den Boden, legte den zerbrochenen Stock weg und rieb sich die verkrampfte rechte Hand.

»Sie haben sich verirrt?«

Er nickte. Seine Brust hob und senkte sich. »Hinter dem Tor.«

»Sie haben die Stadt vor zwei Tagen verlassen.«

»Der Weg führte weiter.«

»Sie blieben auf ihm? Nach dem – wo das Tor hätte sein sollen?«

»Ich dachte mir, daß er irgendwohin führen müsse.«

»Sie sind verrückt«, murmelte sie verächtlich und bewunderte seinen eigensinnigen Mut.

»Ich war dumm«, erklärte er mit seiner heiseren, belegten Stimme. »Ich machte schließlich kehrt. Aber ich nahm an, daß ich mich verirrt hatte.« Er rieb sich mechanisch den Arm, mit dem er den Schlag abgefangen hatte. Sie hatte im Gebüsch das Weiß seines Hemdes gesehen. Aus der Nähe war es nicht sehr weiß, sondern voller Schmutz- und Schweißfleicken.

Sie öffnete ihre Gürteltasche, nahm das Brot heraus, das Sofir ihr mitgegeben hatte – sie hatte am Dritten Fluß den ganzen Käse, aber nur die Hälfte des harten, dunklen Brotes gegessen – und reichte es ihm über den Weg hinweg.

Er blickte auf; nahm es zögernd entgegen; und aß es, wie sie noch nie jemanden Brot essen gesehen hatte: er hielt es mit beiden Händen und beugte den Kopf zu ihm, als würde er trinken oder beten. Es war sehr bald verschwunden. Dann hob er den Kopf und dankte ihr.

»Kommen Sie!« forderte sie ihn auf, und er stand sofort auf. In ihrem Herzen taumelte und schwankte das Mitleid, das blinde Mitgefühl des Körpers für den Verwundeten, als sie sah, wie er ihr schwerfällig gehorchte und wie weiß und müde sein Gesicht war. »Gehen wir!« Sie sprach, als wäre er ein Kind und ging ihm voran, den Pfad hinunter.

Nach dem Mittleren Fluß fragte sie ihn, ob er rasten wolle; er war spät dran, meinte er; sie gingen weiter.

Sie eilten den letzten Hang hinunter, über das geliebte Wasser, an den Ort des Anfangs. Sie blieb nicht stehen, denn seine Angst trieb sie weiter. Sie führte ihn quer über die Lichtung, zwischen der hohen Fichte und den Lorbeerbüschen, über die Schwelle.

Oben auf dem Pfad, in der Hitze und dem Licht des hellen Tages, verklang das Geräusch eines Düsenjets im Osten, und von irgendwo jenseits des Hügels kam der Gestank von brennendem Gummi; sie blieb stehen und wartete, bis er sie eingeholt hatte. »Okay?« fragte sie mit leisem Triumph.

»Okay«, antwortete er. Er war grau und verrunzelt wie

ein Fünfzigjähriger, ein Landstreicher mit einem Zweitage-Bart, ein Betrunkener oder ein Rauschgiftsüchtiger, ging gebeugt und zitterte.

»O Mann«, stellte sie beeindruckt fest, »Sie sehen schrecklich aus.«

»Ich brauche etwas zum Essen.«

Da sie so weit miteinander gegangen waren, gingen sie auch miteinander weiter.

»Kommen Sie jede Woche?« fragte sie.

»Jeden Morgen.«

Sie dachte eine Weile darüber nach.

»Sie können immer hinein? Das Tor ist immer da?«

Er nickte.

Nach einer Weile bemerkte sie: »Ich kann immer hinaus.«

Sie verließen Pincus' Wald. Das Licht über dem weiten Weideland war so hell, daß sie stehenblieben. Eine Smogschicht lag durchscheinend braun über der Stadt im Westen. Die Sonne brannte grell, blendend durch den Dunst, die Luft war vom Smog verschleiert und loderte vor Licht. Jeder Grashalm warf einen Schatten. Das durchdringende Zirpen einer Grille schwoll an und erstarb, und ein Vogel rief einmal schrill im Wald hinter ihnen. Ihre Augen brannten, ihre Gesichter waren schon schweißbedeckt.

»Hören Sie«, sagte er, »wegen Ihres Schilds. Es tut mir leid. Aber ich kann nicht fortbleiben.«

»Schon gut. Ich verstehe Sie.«

Sie zog die Schultern hoch und blickte über die Felder zur fernen Autobahn. Die Metallschlange aus dahinsausenden Autos glitzerte und warf das Sonnenlicht zurück. »Es gehört mir nicht. Meist komme ich überhaupt nicht mehr hinein.«

Sie machten sich auf den Weg über die Felder.

»Ich komme für gewöhnlich gegen halb sechs Uhr morgens hierher«, erklärte er.

Sie schwieg.

»Aber ich schaffe es vor der Arbeit nicht bis zur Stadt auf dem Berg und zurück.« Er dachte laut, langsam. »Nächstes

Wochenende. Tag der Arbeit.* Ich habe Sonntag und Montag frei. Dann kann ich kommen. Sie – haben mich doch gebeten, wiederzukommen.«

»Das stimmt.«

»Okay. Ich könnte dann kommen und länger bleiben.« Seine Stimme verlor sich wieder in einem Murmeln, dann meinte er unvermittelt: »Wenn Sie also wollen.«

Nach fünfzehn oder zwanzig Schritten fügte er hinzu, »Sie haben mir geholfen, hinauszukommen.«

Irene räusperte sich. »Okay. Wann?«

»Paßt Ihnen sechs Uhr früh? Sonntag.«

»Fein.«

Als sie die Böschung zur Schotterstraße hinaufstiegen, wandte er sich nach rechts.

»Mein Wagen steht dort drüben.«

»Okay. Also auf Wiedersehen.«

»He!«

Er schlurfte weiter.

»He, Hugh!«

Er drehte sich um.

»Soll ich Sie mitnehmen? Sie haben gesagt, daß Sie spät dran sind. Wo wohnen Sie überhaupt?«

»Kensington Heights.«

»Okay.«

Als sie zur Farbfabrik kamen, meinte sie: »Es ist ein weiter Weg von dort bis hierher. Haben Sie keinen Wagen?«

»Die Miete für die Scheißwohnung ist zu teuer«, erklärte er mit plötzlicher unüberhörbarer Heftigkeit.

»Mein Stiefvater würde Ihnen für fünfzig Dollar einen Wagen verkaufen.«

»Wirklich?«

»Er würde die ganze Woche für Sie laufen.«

Er verstand nicht den ohnehin schwachen Scherz. Er war zu benommen vor Müdigkeit. Im Wagen sank er auf dem Todessitz zusammen. Er war größer als alle, die bisher mit

---

* In Amerika der erste Montag im September. – *Anm. d. Ubers.*

ihr mitgefahren waren, er füllte das Auto aus. Er roch nach getrocknetem Schweiß, ranzigem Angstschweiß. Die Härchen auf seinen großen weißen Handrücken schimmerten goldfarben. Seine Schenkel waren dick. Sie sprach während des Fahrens nicht mit ihm, ließ sich nur von ihm den Weg beschreiben. Sie ließ ihn bei dem Apartmenthaus aussteigen, das er ihr zeigte, und fuhr erleichtert weiter, weil sie den mächtigen Körper und seine Gegenwart los war. Sie hatte ihm nicht erzählt, wo sie wohnte, obwohl sie an der Farm vorbeigefahren waren. Wohnte sie dort? Im Augenblick wohnte sie eigentlich nirgends. Wahrscheinlich hatten sich Rick und Patsi inzwischen wieder versöhnt, aber hol sie der Teufel! Ihre Mutter hatte bestimmt nichts dagegen, wenn sie ihre Tochter wieder eine Weile bei sich hatte, und alles würde okay sein, wenn sie sich Vic vom Leib halten konnte, so daß es zu keinen Schwierigkeiten kam. Sie konnte bei Treese schlafen, das würde ihn abschrecken. Oder vielleicht auch nicht. Aber sie hatte jedenfalls keine Wahl, bis sie eine eigene Wohnung gefunden hatte. Vielleicht in der Innenstadt. Brauchte ihre Mutter sie in ihrer Nähe, oder klammerte sie sich an ihre Mutter? Sie mußte es versuchen. Wenn es nur jemanden gäbe, der mit ihr gemeinsam eine Wohnung in der Innenstadt mieten würde. Bei einer Verkehrsampel griff sie nach hinten, holte den Wecker heraus, der auf ihrem Zeug im Karton auf dem Rücksitz lag, und las die Zeit ab. Es war zwei Uhr fünfzehn. Sie konnte nach Hause fahren, ihr Zeug abladen, sich waschen, etwas essen und sich dann auf Wohnungssuche begeben. Vielleicht fand sie etwas, das sie sich allein leisten konnte. In den Sonntagszeitungen gab es zahlreiche Anzeigen, und sie hatte noch genügend Zeit, um sich etwas anzusehen. Wenn sie Glück hatte, fand sie sogar ein Zimmer, in das sie heute einziehen konnte, so daß sie vielleicht überhaupt nicht auf der Farm schlafen mußte.

5. Kapitel

Es war, als wäre er blind gewesen; sie war auf ihn zugekommen, und seine Augen waren klar geworden, und er hatte sie gesehen. Indem er sie sah, sah er zum ersten Mal die Welt; es gibt keine andere Art zu sehen. Jede Handlung und jeder Gegenstand hatten jetzt eine Bedeutung, denn als sie ihn berührte, hatte ihn diese Berührung die Sprache des Lebens gelehrt. Nichts hatte sich verändert, aber jetzt bekam alles einen Sinn. Drei Äpfel um neunundzwanzig und der Dosenpudding im Sonderangebot um neunundachtzig für die erste Sechserpackung, schön, aber das waren Zahlen und Worte, und jetzt verstand er die Gleichungen, die Grammatik: die Schönheit der Welt. Die Gesichter, die er nie zuvor gesehen hatte, weil er Angst gehabt hatte, die Schönheit der Welt zu betrachten. Die Menschen stellten sich an seiner Kasse unruhig, aber geduldig an, sie waren vom Hunger abhängig, ihrem eigenen Hunger, dem ihrer Kinder. Sterbliche Geschöpfe müssen essen, also stellten sie sich hier an und schoben die Drahtkörbe vor sich her. Also würden sie auch sterben. Sie waren sehr zerbrechlich. Sie waren böse und gehässig, wenn sie müde waren und nicht genügend Geld besaßen, um das zu kaufen, was sie wollten, oder gar, was sie brauchten; er spürte ihre Wut, aber sie machte ihn nicht mehr zornig oder ängstlich, denn alle Dinge enthielten jetzt die Vorstellung von ihr und waren dadurch verklärt. Das Gesicht eines kleinen Jungen, den eine müde Mutter an der Kasse vorbeitrug, die Würde und Geduld des kleinen Gesichts und die unbewußte Grazie des schwer tragenden Arms der Mutter ließen ihn beinahe laut aufschreien, als hätte er sich geschnitten oder sich die Hand verbrannt. Die Dinge verursachten Schmerzen. Er war betäubt gewesen. Die Narkose war abgeklungen, er lebte, empfand Schmerz. Doch innerhalb des Schmerzes, der Grund für den Schmerz war die Freude. Hinter jedem Wort, das er sprach oder hörte, in allem, was er sah und tat, lag ihr Name, und um ihren Namen wie ein Heiligenschein, eine schimmernde Rüstung aus Licht, die unerschütterliche Freude.

Er musterte jede blonde Frau, die in den Supermarkt trat. Keine hatte Haare wie sie, weich und hell, fein gekräuselt wie Wolle, doch er betrachtete sie voller Zärtlichkeit und Zuneigung, weil sie ihr wenigstens dadurch ähnelten, daß sie blond waren. Aber es konnte hier keine Frau wie sie geben. Keine Frau hier konnte ihre Sprache sprechen. Ihre Stimme war hell und leise. Er hatte drei Tage in der Stadt auf dem Berg verbracht, und am letzten Tag hatte sie ein grünes Kleid getragen, ein weiches, anliegendes Kleid, das zu ihrem gerundeten, schlanken Körper paßte. Ihre Gelenke und ihr Hals waren zart und sehr weiß. Hier waren alle Frauen schön, aber keine war wie sie. Das war auch nicht möglich, denn sie befand sich einsam in dem anderen Land, in dem die Seele zu sich findet.

In Büchern behaupten Männer, daß sie bereit sind, für eine bestimmte Frau zu sterben. Er hatte immer gefunden, daß es poetisch klang, aber keinen Sinn ergab, und daß sie diese Worte nur aus Gewohnheit sagten. Jetzt wußte er, daß diese Behauptung voll und ganz zutraf. Er empfand die Sehnsucht, das Bedürfnis, der Geliebten so viel zu geben, daß nichts mehr übrigblieb, alles, alles zu geben. Sie zu beschützen und zu behüten, ihr zu dienen, für sie zu sterben – der Gedanke war von unerträglicher Süße; als er ihm durch den Kopf ging, hielt er den Atem an, als wäre ein Messer in seine Brust gedrungen.

»Sie sind doch nicht womöglich ein Anhänger von diesem Swami Maha-Jiji, oder wie der Kerl heißt, geworden, Buck?«

Er lachte.

»Sie schielen genauso wie diese haarigen Krishnas«, meinte Donna.

Sie neckte ihn freundschaftlich, und er konnte ihr nicht

lang widerstehen. Er erzählte ihr so viel von dem Wunder, wie ihm möglich war. »Ich habe dieses Mädchen kennengelernt«, erklärte er. »Das habe ich sofort gewußt!« stellte Donna entzückt und befriedigt fest. Aber natürlich wollte sie mehr erfahren, und er bedauerte, daß er überhaupt etwas gesagt hatte. Das war falsch gewesen. Er konnte hier überhaupt nicht über das Land der Dämmerung sprechen. Es gab keine Möglichkeit, etwas darüber zu sagen. »Ich habe dieses Mädchen kennengelernt« stimmte nicht. In Wirklichkeit hatte er eine Prinzessin gesehen, liebte sie, würde sein Leben für sie opfern. Wie konnte Donna so etwas verstehen?

Sie war gutherzig. Sie begriff anscheinend, daß er unglücklich war, weil er überhaupt etwas erzählt hatte, und hörte auf, ihn zu necken oder auch nur weitere Fragen zu stellen. Doch wenn sie ihn ansah, glitzerten ihre Augen, und sie zwinkerte ihm fröhlich und vielsagend zu. Er wollte es nicht sehen. Donna war in Ordnung, Donna war sehr nett, aber wie konnte jemand wie sie verstehen, was ihm widerfahren war? – die Fremdartigkeit, das Geheimnis, die tragische Angst; die schöne, von Gefahren bedrohte Frau, die er still liebte, in stiller Verehrung, in der Stille der gleichbleibenden Dämmerung im Wald jener Welt.

Die Welt hier mit dem Wechsel von Tag und Nacht war während dieser Woche sehr seltsam. Er hatte angenommen, daß es ihm schwerfallen würde zu warten, bis er in die Stadt auf dem Berg zurückkehren konnte, weil er ungeduldig war, doch es kam ganz anders. In Wirklichkeit genoß und kostete er die Tage aus, in denen er – bei der Arbeit, auf dem Weg nach Hause, zu Hause – sich dem Gedanken an seine Prinzessin hingeben konnte, in denen ihr Name seinen Geist erfüllte, statt daß er unbeholfen und sprachlos vor ihr stand, nicht fähig war, zu ihr zu reden und nur erraten konnte, was sie sagte.

An den Morgen dieser Woche ging er nicht zum Bach. Er hatte Angst, daß das Tor verschlossen sein könnte. Er hatte kein Vertrauen zu sich. Warum war er so dumm gewesen, war über die Schwelle getreten, die gar nicht da war, war weitergegangen, obwohl er wußte, daß der Weg nirgendwohin führte? Als er gemerkt hatte, daß das Tor geschlossen war, hätte er sofort in die Stadt auf dem Berg zurückkehren und das Mädchen bitten sollen, ihm zu helfen; dann hätte er sich den Alptraum erspart, die endlose Wanderung, bei der er sich einredete, daß er nur immer geradeaus gehen müsse, um »richtig herauszukommen«, und die Panik, als er annahm, daß er sich verirrt hatte, das Entsetzen, den Hunger. Das alles war dumm und unnötig gewesen, hatte ihn so erschöpft, daß er die ganze Woche über die Arbeit als lang und schwer empfand und hatte ihm auch das Vertrauen zu sich selbst und zu dem Ort geraubt.

»Hier habe ich keine Angst«, hatte er dem Mädchen gesagt (in Allias Haus, in dem langen Raum, dessen Fenster voll schimmernder Dämmerung waren), aber das stimmte jetzt nicht mehr. Er hatte nun eine Ahnung von dem Risiko, das er vielleicht einging, wenn er dorthin zurückkehrte. Er wußte auch, daß er nur eine schwache Ahnung von dem Risiko hatte. Dort lauerte eine Gefahr; und er konnte sich nicht darauf verlassen, daß er vernünftig handeln würde. In Anbetracht dieser Tatsache und der Unzuverlässigkeit des Tores standen seine Chancen zurückzukommen bestenfalls pari. Er betrachtete dies als Teil des Gleichgewichts der beiden Orte und akzeptierte es. Er sehnte sich nach der Chance, wollte den Dienst erweisen. Trotzdem, solange er sich hier in der gewöhnlichen Welt mit ihrer üblichen scheinbaren Wahlfreiheit aufhielt und mit nichts Überlebensgroßem fertigwerden mußte, wollte er das Tageslicht genießen.

Seiner Mutter gegenüber empfand er Gewissensbisse und bekümmerte Geduld, weil er sie möglicherweise verriet; ihre schonungslose schlechte Laune schwächte dieses Gefühl jedoch ab. Sie verzieh nichts. Daß er am Sonntag nachmittag ein paar Stunden später heimgekommen war, als er versprochen hatte, hatte ihm den bitteren Vorwurf eingetragen, daß er unzuverlässig sei. Das verstand er, er verstand aber nicht, daß seine unübersehbare Erschöpfung (die er nicht sehr überzeugend damit erklärt hatte, daß »er sich beim Abschneiden des Weges verirrt hatte«) bei ihr nur Feindseligkeit und Verachtung hervorrief. »Du hast dich im Wald verirrt? Warum warst du im Wald? Wenn du nicht auf dich achtgeben kannst, ist es dumm, dumm, dumm, sich auf so etwas einzulassen! Leute wie du sollten in einer Turnhalle trainieren. Du hast nicht das Zeug zu einem Pfadfinder. Was willst du beweisen?« Und so weiter: anscheinend machte sie einem unbezähmbaren Ärger Luft, und er kam auf die Idee, daß sie nicht so sehr der Zustand ärgerte, in dem er zurückgekommen war, sondern die Tatsache, daß er überhaupt zurückgekommen war. Aber das ergab keinen Sinn.

In letzter Zeit hatte sie jede Woche an drei bis vier Abenden Séancen mit Durbina veranstaltet und war manchmal bis um Mitternacht ausgeblieben. Weitere Spiritisten hatten sich ihnen angeschlossen. Es hatte sich herausgestellt, daß Mrs. Rogers mediale Begabung besaß: sie konnte automatisch schreiben, ohne in Trance zu verfallen. Dank dieser Fähigkeit unterhielten sie sich jetzt – oder korrespondierten – lebhaft mit einer von Durbinas früheren Inkarnationen, einer Isispriesterin. Auf dem Kaffeetisch im Wohnzimmer der Rogers türmten sich Bücher über das alte Ägypten, die sich seine Mutter von Durbina ausgeliehen oder – obwohl sie teuer waren – gekauft hatte. Wenn die Isispriesterin eine Behauptung in einem der Bücher widerlegte oder die falsche Übersetzung eines Hieroglyphen richtigstellte, triumphierte Mrs. Rogers. Wenn sie nach Hause kam, erzählte sie manchmal aufgeregt von den Ereignissen während der Séance; aber sobald Hugh versuchte, darauf einzugehen, verflog ihre Hochstimmung. »Natürlich, so etwas interessiert dich nicht«, stellte sie dann fest, ganz gleich, was er gesagt oder gefragt hatte. Er sah, daß sie unter diesen Menschen, die ihr spiritistisches Talent bewunderten und schätzten, glücklich war, daß sie bei ihnen aufblühte. Aber sie konnte ihre Ausgeglichenheit und ihr Glücksgefühl nicht mit nach Hause nehmen. Ihre neuen Interessen verstärkten eher ihre

Unzufriedenheit und ihr Mißtrauen. Nichts, was Hugh tat, war ihr recht. Wenn sie die Wäsche wusch, beschwerte sie sich bitter über einzelne Socken, Hemden mit schmutzigen Kragen und Grasflecken, T-Shirts, die mit der verkehrten Seite nach außen dalagen; aber wenn er das Waschen besorgte, wiederholte sie den ganzen Vorgang noch einmal, weil er es nicht richtig gemacht hatte. Wenn er etwas aus dem Supermarkt heimbrachte, weil es ein Sonderangebot oder ein günstiger Kauf war, behauptete sie, daß es »altes Zeugs« sei und ließ es im Kühlschrank verschimmeln, bis er es wegwarf. Wenn sie sich beide gleichzeitig in der Wohnung aufhielten, zeigte sie ihm deutlich, daß er ihr immer im Weg war, blieb jedoch bei ihrer Forderung, er müsse immer da sein, wenn sie heimkam. Wenn sie jeden zweiten Tag abends fort war, wenn sie etwas gegen seine Anwesenheit hatte, aber auf ihr bestand, wie sollten sie dann miteinander auskommen, wenn er zurückkam? Doch die Tatsache blieb bestehen: er würde gehen. Neben dieser Tatsache verloren die unerfüllbaren Forderungen seiner Mutter endlich an Bedeutung. Ihre Heftigkeit und Ungeduld schmerzten ihn, aber nicht sehr; sein Wille war nicht auf sie gerichtet. Keine Messerschneide konnte ihn verletzen, wenn er an Allia dachte.

Es ist heiß, sagte er sich, jedermann wird bei so heißem Wetter mürrisch.

Er bewegte sich meist schweigend durch die langen Tage dieser Woche. Nachts schlief er nicht tief, sondern träumte viel und wachte oft auf; er stand mehr als einmal am frühen Morgen auf, trat ans Fenster und blickte zu den Sternen empor oder betrachtete den ersten Schimmer der Morgenröte.

Donna, die am Samstag frei hatte, fragte ihn am Freitag, was er über das lange Wochenende unternehmen würde, und er gab ihr die Antwort, die er sich zurechtgelegt hatte: »Mit ein paar Bekannten eine Wanderung machen.« Donna sah ihn kurz von der Seite an; anscheinend hatte er dadurch, daß er eine Frau liebte, die Anerkennung der gesamten durch Donna vertretenen Frauenwelt erworben – das heißt, war es überhaupt Anerkennung? Doch dann sah sie ihm in die Augen, und ihr Gesichtsausdruck veränderte sich. Sie legte ihm die Hand auf den Arm. »Lassen Sie nicht zu, daß Ihnen etwas zustößt, Buck!«

»Was sollte mir denn zustoßen, wenn ich wandere?«

»Ich weiß es nicht«, meinte sie, als wäre sie über sich selbst erstaunt, und ging lachend darüber hinweg.

Aber ihr Ausdruck, ihre Worte, die Berührung ihrer fleischigen, harten Hand mit den rotlackierten Fingernägeln waren im Notfall ein Talisman, die Gewißheit, daß es einen Menschen gab, der sich, wenn auch fruchtlos, Sorgen um ihn machte, der intuitiv erfaßt hatte, daß Hugh sich in Schwierigkeiten befand oder ein Risiko einging.

Falls die spiritistischen Fähigkeiten seiner Mutter ihr zur gleichen Erkenntnis verhalfen, so machte sie ihm einen Vorwurf daraus, empfand es als Beweis für seinen Verrat und verzieh es ihm nicht.

Freitag abend erzählte er ihr, daß er Sonntag die ganze Nacht ausbleiben würde. Davor hatte er sich die ganze Woche über gefürchtet. Er murmelte die Erklärung, die er sich zurechtgelegt hatte, daß er mit ein paar Freunden im Nationalpark nördlich der Stadt eine Wanderung unternehmen wolle, daß er Sonntag früh den ersten Autobus nehmen, Sonntag nacht im Park schlafen und Montag nachmittag zurückkommen werde. Sie erwiderte kein Wort. Sie wandte, während er sprach, den Blick nicht vom Fernsehapparat ab, so daß er nicht sicher sein konnte, ob sie ihm überhaupt zuhörte. Obwohl ihm die glühende Last des Schuldbewußtseins das Atmen erschwerte, sagte er alles, was er sich vorgenommen hatte, und schwieg danach, bat nicht, gestattete sich nicht zu bitten, um Bestätigung, um Erlaubnis, um Anerkennung, nach der er sich sehnte, sich immer gesehnt hatte, die er nie erhalten hatte und nie erhalten würde. Aber er gestattete sich auch keinen Zorn, und als eine Weile später ihr Fernsehprogramm zu Ende war und sie aufstand, um den Apparat abzuschalten, fragte er sie so unbefangen wie es ihm möglich war, wie die Séance am vergangenen Abend verlaufen war. Sie antwortete ihm nicht. Sie griff nach einem Buch über Echnaton, setzte sich mit ihm hin und sah Hugh weder an noch sprach sie zu ihm. Er versuchte sich einzureden, daß ihr Schweigen leichter zu ertragen war als eine ihrer Tiraden; doch als er im gleichen Zimmer saß wie sie und versuchte, das *Time*-Magazin zu lesen, stellte er fest, daß er zu zittern begann, als friere er. Er stand auf und ging in sein Zimmer. Sie reagierte auch auf sein »Gute Nacht« nicht.

Normalerweise blieb sie Samstag vormittag im Bett, aber an diesem Tag stand sie vor ihm auf und fuhr mit dem Wagen weg. Er ging wie immer zur Arbeit. Es war ein schwerer Tag, weil zwei Feiertage bevorstanden. Als er heimkam, war sie nicht zu Hause. Er aß allein. Sie kam um halb elf zurück; in ihrem bedruckten Baumwollkleid wirkte sie hager, hart, etwas aufgelöst. Sie antwortete auf seinen Gruß nicht, sondern ging direkt durch den Korridor zu ihrem Schlafzimmer.

»Mutter«, sagte er, und die Macht des Gefühls lag in seiner Stimme, so daß sie stehenblieb, obwohl sie sich nicht zu ihm umdrehte. Die Stille stand zwischen ihnen wie etwas Gegenständliches.

»Es hat keinen Zweck, wenn du mich so nennst«, erklärte sie deutlich und hart, ging in ihr Zimmer und schloß die Tür hinter sich.

Wen kann ich so nennen? fragte er sich. Er hatte das Gefühl, daß ihm etwas weggenommen, aus seinem Körper entfernt wurde; er drückte die Arme gegen die Rippen, um sich zu schützen. Es gibt keinen Menschen, bei dem es einen Zweck hat, wenn ich ihn Vater nenne, dachte er, und jetzt gibt es auch keinen Menschen mehr, bei dem es einen Zweck hat, daß ich ihn Mutter nenne. Wie komisch, ich wurde ohne Eltern geboren. Es hat keinen Zweck; sie hat recht. Und alles übrige, das Land der Dämmerung, die Stadt, Allia, das alles ist auch nicht wirklich, ein Kindermärchen. Aber ich bin kein Kind. Kinder haben einen Vater und eine Mutter. Ich bin keines, ich habe keine Eltern. Ich habe nichts und ich bin nichts. Hier im Korridor begriff er, daß dies die Wahrheit war. In diesem Augenblick erinnerte er sich physisch, mit seinem Körper, nicht mit seinem Verstand, an die Berührung von Donnas Hand auf seinem Arm, an die Farbe ihres Nagellacks, den Klang ihrer Stimme: »Lassen Sie nicht zu, daß Ihnen etwas zustößt, Buck!« Er wandte sich von der Tür seiner Mutter ab, ging in die Küche und sein Zimmer zurück, um alles bereitzulegen, was er am nächsten Morgen brauchen würde: die Kleidung, die er tragen würde, und ein Paket mit Brot, Wurst und Früchten für den langen Marsch zum Berg.

Er war um drei und dann wieder um vier wach. Er wäre aufgestanden und hätte sich auf den Weg gemacht, aber es hatte keinen Sinn, wenn er zeitig aufbrach, weil er dem Mädchen gesagt hatte, sie solle ihn um sechs am Tor erwarten. Er drehte sich auf die andere Seite und versuchte zu schlafen. Das Dämmerlicht des Tagesanbruchs, eine schattenlose, gedämpfte Helligkeit, war wie das Licht des anderen Landes. Sein Wecker tickte neben dem Kopfende des Bettes. Er betrachtete das weißliche Ziffernblatt, die Zeiger, die beide nach unten zeigten. Dort gab es keine Uhren. Dort gab es keine Stunden. Es war nicht der fließende Strom der Zeit, der die Uhrzeiger bewegte; ihr Uhrwerk bewegte sie. Wenn die Menschen sahen, wie sie sich bewegten, sagten sie: »Die Zeit geht vorbei« – vorbei, aber die Uhren, die sie gemacht hatten, hielten sie zum Narren. Wir bewegen uns durch die Zeit, dachte Hugh. Wir gehen. Wir folgen den Bächen, den Flüssen; manchmal überqueren wir vielleicht den Bach … Er blieb bis fünf halbträumend im Bett. Als der abgestellte Wecker knackste, stand er auf und spürte die Kühle des Bodens an seinen Fußsohlen. Binnen zwei Minuten war er angezogen und hatte das Haus verlassen.

Er war vor sechs am Tor. Das Mädchen wartete auf ihn.

Er wußte noch immer nicht genau, wie sie hieß. Wenn die Menschen der Dämmerung ihren Namen aussprachen, klang er wie Rayna oder Dana; sie hatte ihn korrigiert, als er Rayna gesagt hatte, aber er hatte die Richtigstellung nicht verstanden. »Das Mädchen« nannte er sie in seinen Gedanken, und das Wort hatte eine Aura von Dunkelheit und Zorn an sich und das Geräusch des fließenden Baches. Sie stand im bläulichen, staubflimmernden warmen Licht des frühen Morgens neben dem Brombeerdickicht unter dem schütteren Laubwerk des Waldes am Tor. Sie blickte auf, als sie ihn kommen hörte. Ihr gelbliches Gesicht wurde nicht freundlicher, aber sie streckte die Hand mit der rotgefleckten Handfläche nach oben aus und bot ihm Brombeeren an. »Sie werden reif«, erklärte sie und ließ sie in seine Hand fallen. Sie waren infolge der langen Augusthitze klein und süß.

»Haben Sie versucht, das Tor zu durchschreiten?« fragte er.

Sie pflückte noch ein paar Beeren, folgte ihm auf den Pfad ins Tal hinab und bot sie ihm an. »Es war geschlossen.« Sie ging voran und blickte den wie ein Tunnel steil hinunterführenden Pfad entlang.

»Jetzt ist es da.«

»Dann also los!« sagte Hugh, der ihr gefolgt war. Aber er blieb auf der Schwelle zwischen den Ländern stehen und drehte sich um, was er nie zuvor getan hatte, um zum Tageslicht zurückzuschauen: die staubigen Blätter, das sonnenverwaschene Blau zwischen den Blättern, ein kleiner brauner Vogel, der von einem Ast zum anderen flatterte. Dann wandte er sich um und folgte dem Mädchen in die Dämmerung.

Nachdem er niedergekniet war, um dem Ritual gemäß vom Wasser des Baches zu trinken, sah er, daß das Mädchen das gleiche getan hatte. Sie kniete auf dem hinausragenden Felsen und blickte auf das fließende Wasser hinunter, ohne eine konventionelle Gebets- oder Ehrfurchtsstellung einzunehmen; doch er erkannte an der Haltung ihres Körpers, daß das Wasser ihr heilig war, genau wie ihm. Dann sah sie sich um und stand auf. Sie überquerten den Bach und wanderten gemeinsam in das Land der Dämmerung hinein. Sie ging schweigend voraus. Der Wald war vollkommen still, sobald sie die Stimme des Wassers verloren hatten. Kein Windhauch bewegte die Blätter.

Nach der kurzen, halb durchwachten Nacht war Hugh benommen und begnügte sich damit, wortlos, gedankenlos durch den Wald zu marschieren und sich dem gleichmäßigen Tempo des Mädchens anzupassen. Alle Gedanken und alle Gefühle waren in der Schwebe. Er ging. Er fühlte wieder, daß er endlos so weitergehen, mühelos unter den regungslosen Bäumen ausschreiten und die kühle Luft des Waldes auf dem Gesicht spüren konnte. Er überließ sich ohne Angst diesem Bild. Als er über das Tor hinausgegangen war, als er sich verirrt hatte, hatte ihn die Vorstellung entsetzt, daß er in der Dämmerung unter den Bäumen weitergehen konnte, ohne daß es eine Veränderung oder ein Ende gab; aber jetzt, da er der Achse folgte, da er den richtigen Weg eingeschlagen hatte, war er beruhigt. Und am anderen Ende der endlosen Reise sah er wie einen Stern Allia.

Das Mädchen war stehengeblieben und wartete auf dem Pfad auf ihn, ein kleiner, kräftiger Körper, Jeans und blaukariertes Hemd, rundes, finster entschlossenes Gesicht. »Ich bin hungrig, wollen Sie rasten und etwas essen?«

»Ist es schon soweit?« fragte er gleichgültig.

»Wir sind beinahe am Dritten Fluß.«

»Okay.«

»Haben Sie etwas mit?«

Er konnte sich nicht konzentrieren. Erst nachdem sie in der Nähe des Pfades einen Rastplatz neben einem Bächlein gefunden hatte, das parallel zu ihrem Weg floß, reagierte er auf ihre Frage und bot ihr von seinem Brot und Fleisch an. Sie hatte harte Brötchen, Käse, hartgekochte Eier und eine Tüte mit kleinen Tomaten mitgenommen, die unterwegs ziemlich gelitten hatten; dennoch wirkten sie an diesem düsteren Ort, an dem alle Farben gedämpft waren und keine Blumen blühten, infolge ihrer unschuldigen, leuchtend roten Farbe verführerisch. Er legte seine Vorräte neben die ihren; nachdem er eine Tomate von ihrer Seite genommen hatte, nahm sie eine Wurstscheibe von der seinen; danach teilten sie ihre Vorräte zwanglos. Er aß viel mehr als sie, weil er feststellte, daß er sehr hungrig war, doch weil er schneller aß, beendeten sie ihre Mahlzeit mehr oder weniger gleichzeitig.

»Hat die Stadt auf dem Berg einen Namen?« fragte er. Er war endlich wach, aber sehr entspannt, und machte sich über das letzte Wurstbrot her.

Sie sagte ein paar Worte oder ein langes Wort in der Sprache des Landes. »Es bedeutet einfach Stadt auf dem Berg. So nenne ich sie, wenn ich auf Englisch denke.«

»Wahrscheinlich habe ich sie genauso genannt. Wie nennen Sie ... Sie haben den Ort einmal irgendwie bezeichnet. Den ganzen Ort.« Er zeigte mit seinem Sandwich auf alle Bäume, auf die gesamte Dämmerung, auf die Bäche hinter und vor ihnen.

»Ich nenne es das Ain-Land.« Ihre Augen blitzten ihn argwöhnisch und herausfordernd an.

»Stammt die Bezeichnung aus ihrer Sprache?«

»Nein.« Sie fügte widerwillig hinzu: »Sie stammt aus einem Lied.«

»Was für ein Lied?«

»Einmal war ein Volksliedsänger bei einer Veranstaltung in der Schule und hat es gesungen, es ist mir im Ohr geblieben, ich habe nicht einmal die Hälfte verstanden, es ist schottisch oder so was Ähnliches. Ich weiß auch nicht, was ›Ain‹ bedeutet, wahrscheinlich habe ich gedacht, daß es ›eigen‹ heißt, mein eigenes Land.« Ihre Stimme war rauh vor Befangenheit.

»Singen Sie es«, verlangte Hugh sehr leise.

»Ich kann nicht einmal den halben Text«, protestierte sie, dann wandte sie das Gesicht ab, beugte den Kopf und sang,

»Wenn die Blume erblüht
An des Baches Rand,
Singt die Lerche mich heim
In mein eigenes Land.«

Ihre Stimme war wie die eines Kindes, wie die eines Vogels, frisch, rein und süß. Die Stimme und die sehnsüchtige Melodie jagten Hugh einen Schauder über den Rücken, seine Augen verschleierten sich, und er zitterte vor Entsetzen oder Entzücken. Das Mädchen hatte zu ihm aufgeblickt, ihre Augen waren dunkel geworden. Er sah, daß er die Hand nach ihr ausgestreckt hatte, damit sie aufhörte zu singen, aber er wollte gar nicht, daß sie aufhörte, er hatte noch nie ein so süßes Lied gehört.

»Es war nicht – es ist nicht richtig, wenn man hier singt«, flüsterte sie. Sie sah sich um, dann blickte sie ihn wieder an. Ich habe es noch nie getan. Ich habe nie daran gedacht. Ich tanze hier manchmal. Aber ich habe nie gesungen – ich wußte ...«

»Es ist schon in Ordnung«, beschwichtigte sie Hugh mechanisch. »Es wird schon in Ordnung sein.«

Sie bewegten sich beide nicht, lauschten dem leisen Murmeln des Baches und der ungeheuren Stille des Waldes, lauschten, als warteten sie auf eine Antwort.

»Es tut mir leid, es war dumm von mir«, murmelte sie schließlich.

»Es ist schon okay. Vielleicht sollten wir weitergehen.«

Sie nickte.

Er nahm sich noch eine Tomate als Wegzehrung, während sie die Reste einpackten. Sie ging wieder voran, was er richtig fand, weil sie den Weg besser kannte als er. Er folgte ihr auf den richtigen Weg zurück, den sie als Südstraße bezeichnete. Hinter ihnen, vor ihnen, links und rechts war es still, und das tiefe, klare Licht des Abends veränderte sich nie.

Als sie den letzten der drei Bäche überquert hatten und den ersten steilen Anstieg in Angriff nahmen, stellte er fest, daß er das Mädchen einholte, statt immer den gleichen Abstand hinter ihr beizubehalten. Ihr schnelles Tempo war entweder langsamer oder ungleichmäßiger geworden.

Auf dem Kamm eines Hügels, von dem aus man hinter einer Gruppe von jungen blassen Birken die Masse des Berges sah, der sich wie eine Dunkelheit vor ihnen und über sie erhob, blieb sie stehen. Hugh war mit ein paar Schritten an ihrer Seite und stellte fest: »Ich könnte eine Atempause vertragen«, denn es war ein steiles Wegstück gewesen, und er nahm an, daß sie müde war und es nicht zugeben wollte.

Sie wandte ihm ihr erschöpftes, fast einem Totenkopf gleichendes Gesicht zu.

»Fühlen Sie es nicht?« Er konnte ihre Stimme kaum hören.

»Was soll ich fühlen?«

Sein Herz begann ängstlich zu klopfen.

Sie schüttelte den Kopf und zeigte flüchtig und schnell auf die dunkle Wand des Berges.

»Vor uns ist etwas ...«

»Ja«, hauchte sie.

»Und versperrt uns den Weg?«

»Ich weiß es nicht.« Ihre Zähne klapperten, während sie sprach. Sie war zusammengekrümmt wie eine alte Frau.

»Hören Sie, ich will in die Stadt«, sagte Hugh laut. Sein Zorn richtete sich nicht gegen das Mädchen, sondern gegen ihre Angst. »Lassen Sie mich vorausgehen!«

»Wir können nicht weiter.«

»Ich muß weiter.«

Sie schüttelte verzweifelt den Kopf.

Hugh, der entschlossen war, sich nicht von ihrer grundlosen Panik anstecken zu lassen, legte ihr die Hand sanft auf den Arm und begann »Wir können es schaffen ...«, aber sie entzog sich seiner Berührung, als wäre seine Hand ein rotglühendes Eisen, und ihr schmales Gesicht wurde dunkel vor Zorn. »Rühren Sie mich nicht an!«

»Schon gut.« In seiner Stimme lag Verachtung. »Ich tu's schon nicht. Beruhigen Sie sich! Wir müssen weiter. Sie warten auf uns. Ich habe versprochen, daß ich komme. Also los!«

Er ging voran. Sein Stolz verbot ihm zurückzuschauen, um nachzusehen, ob sie ihm folgte; aber er horchte während des langen Abstiegs auf das leise Geräusch ihrer Schritte.

Als der Weg wieder anstieg, sah er sich nach ihr um. Er wußte, wie es war, wenn man hier Angst bekam. Sie hielt sich ziemlich dicht hinter ihm und zögerte weder noch blieb sie zurück. Ihr Gesicht unter dem wirren schwarzen Haar war verschlossen wie eine Faust. In den hohen Bäumen erzeugte der Wind ein Geräusch wie das Meer, wenn man es aus der Ferne hört, das Meer, das weit, weit, weit im Westen lag, links, in Richtung der Dunkelheit. Zwischen der Nacht und dem Tag folgten sie dem langen Weg. Er führte sie immer weiter, und wenn das Mädchen nicht hinter ihm gegangen wäre, hätte er haltgemacht. Der Berghang nahm kein Ende, und Hugh wurde müde. Er war noch nie in seinem Leben so erschöpft gewesen, eine Schwäche im ganzen Körper, eine Schwäche, die angenehm gewesen wäre, wenn er sich setzen, sich hinlegen, eine Pause machen, sich ausruhen hätte können. Es war schwer weiterzugehen, und es wäre so viel leichter gewesen, bergab zu stolpern.

»Hugh!«

Er drehte sich um und sah sich eine Zeitlang verwirrt um, bevor er sie entdeckte. Sie befand sich nicht hinter ihm, sondern oberhalb von ihm auf dem Hang zwischen dunklen Fichten. Es war ein dunkler Ort, der Himmel war von verflochtenen Zweigen und Felswänden verdeckt.

»Hier hinüber«, flüsterte sie.

Er erkannte erst jetzt, daß sie auf dem Weg stand. Er war aufs Geratewohl zwischen die Bäume abgebogen – bergab.

Die wenigen Schritte steil zum Weg hinauf waren Schwerarbeit.

»Ich bin müde«, sagte er unsicher.

»Ich weiß«, flüsterte sie. Sie sah aus, als hätte sie geweint, ihr Gesicht war gedunsen und fleckig. »Bleiben Sie auf dem Weg.«

»Okay. Gehen wir!«

Am Ende des Hangs wurde der Weg unter den Fichten eben, aber er war nicht leichter, denn die Müdigkeit, die Schwere, das Bedürfnis, sich hinzulegen, nahm zu. Sie ging jetzt neben ihm; der Weg bot genügend Platz dafür. Wann war er so breit, zur Straße, geworden? Sie steigerte das Tempo. Er versuchte, mit ihr mitzuhalten. Das war nicht fair. Er hatte sie nicht gedrängt, als sie von sich aus nicht weitergehen konnte.

»Dort ...«

Der Schimmer im weiten, kalten Abend: Feuerschein, Lampenlicht. Angst und Müdigkeit waren nur noch Schatten, die dieser gelbe Schimmer warf, Schatten, die hinter ihnen auf die Straße fielen.

Sie erreichten die Stadt. Zwischen den ersten Häusern machten sie halt.

Das Mädchen stand neben ihm, hob das müde, gedunsene Gesicht herausfordernd zu ihm. »Ich gehe ins Wirtshaus.«

Er versuchte, die stumpfe Müdigkeit abzuschütteln. Jetzt hatte er den Ort erreicht, nach dem seine Seele verlangt hatte, und jetzt fühlte er sich schwer, ungeschickt, fehl am Platz. Er brachte nicht den Mut auf, sich in dem großen Haus zu melden, und wußte nicht, wo er sonst bleiben sollte. »Ich werde sie begleiten«, meinte er.

»Man erwartet Sie im Herrenhaus.«

»Im was?«

»Im Herrenhaus. So heißt doch das Haus, in dem ein Lord wohnt? Lord Horns Haus. In dem Sie letztes Mal waren.«

Ihr Ton klang schneidend und höhnisch. Warum wandte sie sich nach dem schweren Weg, den sie gemeinsam zurückgelegt hatten, gegen ihn? Sie war unzuverlässig, man konnte sich nicht auf sie verlassen. Sie freute sich, wenn er sich lächerlich machte. Den Wunsch konnte er ihr leicht erfüllen.

»Auf Wiedersehen«, sagte er und wandte sich der ersten Seitenstraße zu, die den Hügel hinaufführte.

»Eine Straße weiter unten. Die mit den Stufen.« Das Mädchen ging zu dem mächtigen Wirtshaus mit dem spitzen Giebel und den Bogenfenstern hinüber, das wie eine Galeone aussah.

Er folgte ihr, ging am Wirtshaus vorbei, bog nach links in

die vielstufige Straße ein. Die Luft roch nach Holzrauch wie im Herbst; eine Kinderstimme rief in der Ferne, wo sich die Stadt unter ihm in blasse Viehweiden auflöste. Aus dem Hof mit dem niedrigen Zaun vor dem obersten Haus an der Straße kam ein merkwürdiges Geräusch: Gänse zischten, begriff Hugh, als er die großen, weißgefiederten Vögel sah, die ihn musterten. In der Stadt gab es Vögel und Tiere und auch Stimmen, und dennoch sang hier keine Stimme. Die Gänse zischten und bewegten sich. Obwohl er dort angelangt war, wo er hinwollte, war er müde, ihm war kalt, eine Kälte, die nicht von Wind und Wetter kam, sondern von innen, aus dem Knochenmark und der dunklen Grube der Eingeweide, eine hohle, erstarrende Kälte.

Er durchschritt das eiserne Tor, ging zwischen den Rasenflächen hindurch und kam zu dem hohen Haus, dessen Dach sich dunkel vom Abendhimmel abhob und in dem zwei Fenster sanftes Licht auf den Weg warfen. Er hob den wie ein Widderkopf geformten Türklopfer und klopfte.

Der alte Diener öffnete die Tür, und er hörte seinen eigenen Namen, so wie er hier ausgesprochen wurde, fremdartig, wie ein Wort, das ihn nachdrücklich willkommen hieß. Der alte Mann hastete vor ihm durch die unbeleuchteten Galerien, öffnete die Tür zu einem Zimmer mit rot tapezierten Wänden, das vom Kaminfeuer erleuchtet wurde, und meldete ihn mit dem gleichen, großartig klingenden, nur halb vertrauten Namen an: »Hiuradjas!«

Allia saß in dem leuchtenden Zimmer. Sie stand auf, ließ eine Handarbeit fallen und kam mit ausgestreckten Händen auf ihn zu. Ihr helles Haar wogte infolge der Bewegung ihres Körpers. Es gibt keine Möglichkeit, Schönheit zu erwarten oder zu verdienen. Er ergriff ihre Hände. Er hätte ihr zu Füßen fallen können. Er beherrschte ihre Sprache nicht, aber ihre Stimme sagte: »Sie sind willkommen, willkommen, willkommen! Sie sind endlich zurückgekehrt!«

Er sagte »Allia«, und sie lächelte wieder.

Sie fragte ihn etwas. Der Ausdruck ihrer blauen Augen und der Klang ihrer Stimme waren so sanft und besorgt, daß er sagte »Es war schwierig herzukommen, ich bekam Angst, ich wurde müde ...« Doch jetzt erkannte er an ihrer Handbewegung, daß sie ihn nur aufforderte, sich zu setzen, was er dankbar tat. Dann stand er wieder auf, weil Lord Horn eingetreten war und ihn voll Herzlichkeit und mit einem besonderen Ausdruck begrüßte, den Hugh zuerst nicht erkannte: voll Achtung. Dieser ältere, »Lord« genannte Mann, der deutlich gewöhnt war, als Autorität anerkannt zu werden, benahm sich ihm gegenüber nicht nur voll Achtung oder Höflichkeit, sondern behandelte ihn von gleich zu gleich, als gehörten sie der gleichen Familie an. Als wendete sich Horn an eine Eigenschaft in Hugh, die diesem nicht bewußt war, die der alte Mann jedoch erkannte und begrüßte.

Obwohl Allias Freundlichkeit zurückhaltend und wohlerzogen war, wirkte sie doch wesentlich weniger streng als die ihres Vaters. Ihre Konversation konnte eigentlich nur Sprachunterricht sein. Sie vollführte glücklich die erforderlichen Gesten, schwenkte die Hände, verzog das Gesicht und lachte, wenn sie etwas mißverstand oder wenn er einen Fehler machte. Dennoch spürte er in ihrer Einstellung zu ihm das Gefühl, das er nicht als Achtung bezeichnen wollte, das er aber nicht Liebe zu nennen wagte; er konnte sich selbst gegenüber höchstens zugeben, daß sie ihn anscheinend mochte, bewunderte – weswegen? Was hatte er getan? Nichts. Konnte sie ihn um seiner selbst willen achten? Nein. Dennoch entdeckte er in ihrem sanften, offenen Blick, in ihrer Stimme und sogar in ihrem Lachen, wenn er einen Fehler machte, ernste Bewunderung. Die gleiche Bewunderung, die er für sie empfand: doch dies stand ihr zu. Alles, was sie war und tat, war bewundernswert und schön. Wenn man ihn bewunderte, dann konnte es nur ein Vertrauensvorschuß sein. Aber er würde alles tun, um sich die Achtung, die sie ihm schenkte, ohne daß er sie verdiente, zu erwerben, um der Mann zu sein, für den sie ihn fälschlicherweise hielt.

Sie aßen in einem langen, von Kerzen erhellten Zimmer.

Er war so müde, daß er die Mahlzeit in der Helligkeit und der Wärme nur verschwommen wahrnahm. Als er in seinem Zimmer allein war, hatte er das Gefühl, trunken vor Müdigkeit zu sein. Das Schlafzimmer, in dem er die drei Nächte seines ersten Aufenthalts verbracht hatte, überraschte ihn, weil es ihm zutiefst vertraut war; er sah die in verblaßtem Blau und beinahe abgeblättertem Gold gehaltenen Wände, das Eichenbett, die Kaminböcke mit den Messingknäufen mit solcher Freude wieder, als hätte er sie sein Leben lang gekannt. Das Zimmer erinnerte ihn an einen Raum, den er viele Jahre lang im Geist vor sich gesehen hatte, ein Dachzimmer in dem ersten Haus, in dem er gelebt hatte, dem Haus der Mutter seines Vaters, obwohl eigentlich überhaupt keine Ähnlichkeit zwischen ihnen bestand. Sein Bett hatte an dem Fenster gestanden, das auf die dunkelgrünen Felder und blauen Hügel Georgias hinausging. Das war in einem anderen Land und vor langer Zeit gewesen. Hier hingen Gardinen vor den hohen Fenstern. In dem kleinen Kamin brannte ein helles, beinahe lautloses Feuer. Das Bett war hoch und hart, die Laken waren kalt und schwer und fühlten sich seidig an. Wenn das goldene Auge des Feuers zwischen den halb geschlossenen Lidern glühte, gab es in diesem Bett keine Träume. Es gab nur den Schlaf, die große, dahintreibende Dunkelheit des Schlafes. Als er sich diesem Gefühl überließ, entglitten ihm alle Gedanken, Lichteindrücke, Willensregungen; nur einen Augenblick lang vernahm er durch die Dunkelheit eine zarte Stimme, wie die eines Vogels,

Wenn die Blume …

Er drehte sich um, vergrub den Kopf in den Armen und verdrängte das Lied, tiefer hinunter, zu seiner Quelle. Hier gehörte es nicht her, wo keine Blume erblühte, wo kein Blatt fiel, und wo keine Stimme sang. Doch Allia stand vor ihm und streckte ihm die Hände entgegen, und er drang willig in die Dunkelheit ein.

6. Kapitel

Warum bin ich wiedergekommen? – Die Frage drängte sich auf, reizte sie, wie ein jammerndes Kind. Sie stellte sich ihr erbittert: Weil ich mußte! Und jetzt mußte sie tun, was als nächstes an die Reihe kam. Sie ging zu dem Haus am Ende der Straße mit den Stufen, Fimol ließ sie ein, und in dem schönen Raum zwischen den Kaminen wartete sie so gespannt und besorgt, daß alles, was sie sah und hörte, unheimlich lebhaft, zusammenhanglos wirkte, eine primitive, strahlende Bedeutungslosigkeit.

Der Meister betrat das Zimmer. Nicht, wie sie ihn beim letzten Mal gesehen hatte: sich entsetzt duckend, wimmernd, blind. Nichts Derartiges. Aufrecht, gespannt, ruhig und ernst: der Meister. »Willkommen, Irena«, sagte er, und wie immer brachte sie kein Wort hervor, war unfähig, seiner Überlegenheit etwas entgegenzusetzen, und akzeptierte sie mit Erleichterung. So ist er wirklich, ich kann sein anderes Gesicht vergessen. Er ist mein Meister!

Doch jenseits dieser ängstlichen, leidenschaftlichen Unterwerfung stand wie hinter einer Glasscheibe eine kalte Seele und beobachtete sie und ihn. Diese Seele diente nicht; sie urteilte auch nicht. Sie beobachtete. Sie sah zu, wie Irene sich für den steifen Brokatstuhl entschied und sich fragte, warum sie ihn gewählt hatte. Sie sah zu, wie der Meister durch das Zimmer ging, und sie erkannte, daß er froh war, wenn er ihr den Rücken zuwenden konnte.

Die Feuer brannten nicht. Die Luft in dem langen Zimmer war schal, wie die Luft in einer dünnwandigen Meeresmuschel.

»Wir müssen bald beginnen, die Schafe zu schlachten«, meinte der Meister. »Auf den unteren Wiesen im Osten gibt es überhaupt kein Futter mehr.« Mit den unteren Wiesen meinte er die nahe bei der Stadt liegenden Weiden, die normalerweise nur während der Zeit benützt wurden, in der die Lämmer zur Welt kamen. »Aber da die Salzhändler nicht gekommen sind, werden wir nicht viel von dem Fleisch einpökeln können. Ein großes Fest; das Fest der Angst ...«

Die Leute von Tembreabrezi hielten ihre Herden nicht des Fleisches, sondern der Wolle willen; ihr Reichtum war die feine Wolle, die sie färbten, spannen und webten und gegen die Güter aus der Ebene eintauschten, die sie benötigten. »Der Rock des Königs ist aus unserer Wolle gewebt«, hatte Irene oft gehört.

»Könnt ihr denn nichts tun?« fragte sie, von der Vorstellung entsetzt, daß sie ihren Stolz und Lebensunterhalt töten würden, die Herden von schönen, umsichtigen, geduldigen Tieren. Sie war oft mit den Hirten oben auf dem Berg gewesen; sie hatte neugeborene Lämmer in den Armen gehalten.

»Nein«, antwortete er mit harter Stimme, wandte ihr den Rücken zu, stand an dem Fenster, das auf die terrassenförmigen Gärten seines Hauses hinausging.

Sie biß sich auf die Lippe, weil ihre Frage genau den wunden Punkt getroffen hatte. Sie hatte gesehen, mit eigenen Augen gesehen, daß er nichts tun konnte.

»Wir hätten einiges unternehmen können. Die Tiere spürten es zuerst. Wir hätten sie beachten sollen. Die wilden Ziegen kamen hierher – die Schafe wollten nicht zur Hohen Stufe hinauf; all das sahen wir. Wir wußten, aber wir unternahmen immer noch nichts. Ich war nicht der einzige, der darauf aufmerksam machte, daß es Dinge gab, die wir tun müßten. Andere sprachen es vor mir aus. Daß wir den Preis akzeptieren und den Handel abschließen müßten. Aber die alten Frauen riefen: O nein, nein, das darf nicht geschehen, das ist abscheulich und unnötig! Alle alten Frauen, auch der Lord des Berges ...«

Er hatte sich ihr zugewendet. Das Licht befand sich hinter ihm, so daß sie seine Gesichtszüge nicht erkennen konnte. Seine Stimme klang hart und unbarmherzig.

»Wir richteten uns also nach den Feiglingen. Und jetzt sind wir alle Feiglinge. Und alle hilflos. Statt eines Lamms, alle unsere Herden. Keines unserer Kinder, sondern dieser Junge, dieser dumme Junge, der unsere Sprache nicht beherrscht. Er soll uns befreien! Lord Horn war einmal ein weiser Mann, aber das ist lange her. Wenn ich nur in die Stadt gegangen wäre, als ich zum ersten Mal davon träumte. Aber ich wartete aus Rücksicht auf ihn ...«

Seine letzten Worte waren für sie unverständlich. Nur wenig von dem, was er gesagt hatte, ergab einen Sinn, aber seine Rachsucht hatte ihre Schüchternheit vertrieben. Sie fragte, ohne zu zögern, »Wie meinen Sie das? Wie soll euch der Fremde befreien?« Als der Meister nicht antwortete, ließ sie nicht locker: »Was soll er tun?«

»Auf den Berg steigen.«

»Und was soll er dort tun?«

»Das, wozu er hergekommen ist. So spricht Lord Horn.«

»Aber er weiß nicht, weshalb er hier ist. Er glaubt, daß ihr es wißt. Er weiß überhaupt nichts. Sogar ich hatte Angst, als wir unterwegs waren, aber er nicht.«

»Ein Held kennt keine Angst«, höhnte der Meister.

Er machte ein paar Schritte auf sie zu.

»Was fürchten wir?« fragte sie ruhig, obwohl sie jetzt Angst vor ihm hatte. »Sie müssen es mir verraten!«

»Das kann ich nicht, Irenadja.«

Sein Gesicht war dunkelrot, seine Augen leuchteten. Er lächelte. »Siehst du das Bild?« fragte er, und sie warf einen Blick auf das Porträt des mürrischen Mannes, auf das er zeigte. »Er war der Großvater meines Vaters. Er war Meister von Tembreabrezi, so wie ich. Zu seiner Zeit kam die Angst zu uns. Er hörte nicht auf das Gewimmer der alten Frauen, sondern ging hinaus, ging mit dem Preis in der Hand hinauf, um den Handel abzuschließen. Und er schloß den Handel ab, und die Wege waren frei. Er kam allein vom Berg herunter, und seine Hand war so verdorrt, wie du sie hier siehst. Es heißt, daß sie versengt wurde. Aber mein Großvater, der damals noch ein Kind war, behauptet, daß sie sich kalt anfühlte, kalt wie fauliges Holz im Winter. Doch er hatte den Preis für alle bezahlt!«

»Was für einen Preis?« fragte Irene, von Angst und Abscheu geschüttelt. »Was hielt er in der Hand – was berührte er?«

»Was er liebte.«

»Ich verstehe nicht.«

»Du hast nie etwas verstanden. Wer bist du, daß du uns verstehen solltest?«

»Ich habe Sie geliebt.«

»Würdest du aus Liebe zu uns das tun, was er getan hat? Würdest du zum flachen Stein gehen und warten?«

»Ich würde alles tun, was in meiner Macht steht. Sagen Sie mir, was ich tun soll!«

Seine Augen brannten jetzt. Er trat so nahe zu ihr, daß sie die Wärme seines Gesichts spürte.

»Geh mit ihm!« flüsterte er. »Mit dem Fremden. Horn wird ihn schicken. Geh mit ihm. Führe ihn zur Hohen Stufe, zu dem Stein, zu dem flachen Stein. Du kennst den Weg. Du kannst mit ihm gehen.«

»Und dann?«

»Sieh zu, daß er den Handel abschließt!«

»Mit wem? Was für einen Handel?«

»Ich kann es dir nicht erklären.« Sein dunkles, verzerrtes Gesicht brannte. »Ich weiß es nicht. Du behauptest, daß du uns geliebt hast. Wenn du mich geliebt hast, dann geh mit ihm!«

Sie konnte nicht sprechen, aber sie nickte.

»Du wirst uns retten, Irena«, flüsterte er. Er wandte ihr das Gesicht zu, als wolle er sie küssen, doch der Kontakt mit seinen Lippen war trocken, federleicht, heiß, weniger eine Berührung als ein Hauch.

»Laß mich gehen!« verlangte sie.

Er zog sich von ihr zurück.

Sie konnte nicht sprechen und wollte ihn nicht ansehen, sondern drehte sich um und ging durch das lange Zimmer zur Tür. Er folgte ihr nicht.

Sie kehrte nicht ins Wirtshaus zurück und besuchte auch nicht Trijiat. Sie ging die steilen Gassen allein hinunter und verließ sie Stadt im Osten, kam an Vennos Laden und Gebas Hütte vorbei, zum Hof des Steinschneiders. Dort saß sie auf dem Granitblock und auf der Mauer an der Straße, zerkrümelte die kleinen eleganten Zapfen der Zedern in der Hand und dachte nach; doch es waren nicht so sehr Gedanken, als ein langer Kummer, den sie durchleben mußte wie ein Musiker eine Melodie spielt, vom Anfang bis zum Ende. Oft wandte sich ihr Blick der Nordstraße zu, der Straße, die hinunter zur Hauptstadt führte, der Straße, die sie nicht einschlagen konnte.

Am nächsten Tag wurde sie aufgefordert, ins Herrenhaus zu kommen. Sie trug das rote Kleid und ihre zweitbesten Strümpfe. Palizot machte sich erbötig, ihr ein neues Paar zu leihen und dazu ihre Schuhe mit den dünnen Sohlen, »damit sie das Haus des Lords so betrat, wie es sich gehörte«, aber Irene lehnte ab und machte sich starrsinnig und mit wundem Herzen auf den Weg, immer noch in der trüben, bedrückten Stimmung, unter der wie das tiefe, kalte Wasser unter den Binsen des Sumpfes die Angst lauerte.

Sie blickte nicht zum Gipfel hinauf, als sie vom eisernen Tor zum Herrenhaus ging.

Wie zuvor geleitete sie der alte Diener in die Galerie mit den vielen Fenstern, in der sich die gleichen Leute befanden. Diesmal hatten sie Hugh Rogers genauso ausstaffiert wie sich selbst. Es tat ihr leid, daß sie nicht aus Trotz Jeans und Bluse gewählt hatte, und gleichzeitig tat es ihr leid, daß sie nicht die dünnen Schuhe und die gestreiften Strümpfe trug. Sie musterte seine Kleidung: enge schwarze Hose, schweres Hemd aus Leinen, langes Wams mit dunklen Stikkereien. Er sah in dieser Aufmachung gut aus. Er war schwer, aber gut proportioniert; in dem hohen, offenen Kragen wirkte sein Hals weiß und kräftig, er trug den Kopf hoch. Er trat beflissen auf sie zu und sprach mit unbeholfener Freundlichkeit auf sie ein. Er war in seiner schönen Kleidung glücklich, der alte Mann klopfte ihm auf die Schulter, die Tochter des alten Mannes machte ihm schöne Augen, er hatte soviel Essen, Aufmerksamkeit und Freundschaft erhalten, wie sein Herz begehrte, klar, und dann mach dich auf den Weg und tu, was nicht getan werden kann, und danke schön; deshalb bist du ja hierher gekommen, nicht wahr?

Der Meister war zugegen und unterhielt sich mit dem alten Hobim und anderen Stadtbewohnern. Sie sah ihn kein einziges Mal direkt an, war sich seiner aber ständig bewußt, und beim Klang seiner Stimme stand ihr Herz still und lauschte.

Lord Horns Tochter stand neben Hugh. Sie unterhielt sich jetzt mit ihm, lehrte ihn ein Wort, das »adja«, das sie an das Ende eines Namens hingen, wenn sie jemanden als Freund bezeichnen wollten, versuchte ihm zu erklären, daß sein Name, so wie die Stadtleute ihn hörten, das »adja« bereits enthielt – Hiuradjas* –, und lächerlich klingen würde, wenn sie es noch einmal hinzufügen wollten, Hiuradjadja! sie lachte dabei, ein leichtes, fröhliches Lachen. Er starrte ihr Porzellangesicht und ihr Schafwollhaar an. Narr! dachte Irene. Dummer Narr! Begreifst du denn nicht? Aber sie sah, wie sein Mund weich wurde und Ruhe in seine Augen trat, und empfand Ehrfurcht.

»Alliadja«, sagte er und wurde rot, Gesicht, Ohren, Hals waren unter dem dichten, hellen, verschwitzten Haar rot und wurden dann wieder weiß.

Allia lächelte, süß und kühl wie Wasser, und lobte ihn.

»Sie könnten Bruder und Schwester sein«, sagte eine Stimme neben Irene – sie sprach zu ihr, begriff Irene, die Hugh mitfühlend unverwandt beobachtet hatte und jetzt zusammenzuckte.

Lord Horn war zu ihr getreten. Er sah nicht sie, sondern Allia und Hugh an, die sich durch ihre blonden Haare deutlich von den übrigen Anwesenden unterschieden. Das läng-

---

* Das Wort zeichnet die engl. Aussprache von ›Hugh Rogers‹ nach. – *Anm. d. Ubers.*

liche Gesicht des alten Mannes war wie immer voll strenger Ruhe. Irene antwortete nicht, weil die seltsame Ironie oder Vertraulichkeit der Bemerkung sie überrascht hatte. Jetzt wandte er sich ihr zu. »Wirst du diesmal lang bei uns bleiben, Irenadja?«

»Nur so lange, wie ich euch nützlich sein kann«, antwortete sie sarkastisch. Dann schämte sie sich. Horn hatte zu ihr gesagt, »Dein Mut ist über jedes Lob erhaben«, Worte, die sie als Schutz vor Mutlosigkeit und Frustration bewahrt hatten. Dort, in dem anderen Land, in dem sie kein Zuhause finden konnte, hatte sie nicht darüber nachgedacht, wer diese Worte zu ihr gesprochen hatte, sondern hatte sich an sie geklammert: dein Mut, du hast Mut ... Du wirst deine Mutter nicht zwingen die Entscheidung zu treffen, zu der sie sich nicht durchringen kann; du wirst sie nicht um die Hilfe bitten, die sie dir nicht gewähren kann. Du brauchst keine Hilfe. Dein Mut ist über alles Lob erhaben.

»Lord Horn«, sagte sie, »es tut mir leid, daß ich nicht in die Hauptstadt gegangen bin, als ... als die Menschen noch dorthin gehen konnten.«

»Mehr als eine Straße führt in die Stadt.«

»Waren Sie jemals dort?«

Er sah sie mit seinem grauen, kühlen Blick an.

»Ich bin in der Stadt gewesen. Deshalb werde ich Lord genannt, weil ich dort gewesen bin.« Seine Antwort erfolgte freundlich, kalt und ruhig.

»Haben Sie den König gesehen?«

»Den Schatten. Ich sah den hellen Schatten des Königs«, aber das Wort war weiblich, also mußte es die Königin oder die Mutter bedeuten; nichts von dem, was er sagte, ergab einen Sinn, und sie verstand es, wie sie noch nie in ihrem Leben etwas verstanden hatte. Seine Augen, die immer aus einer gewissen Distanz blickten, waren auf die ihren gerichtet. Wenn ich die Hand ausstrecke und ihn berühre, werde ich klar sehen, dachte sie. Der Schleier wird fallen, und ich werde sowohl hier wie dort anwesend sein. Aber in diesem Wissen bin ich vernichtet.

Berühre mich nicht, Kind! sagten Horns Augen sanft.

Jemand näherte sich ihnen. Sie wandte sich langsam von Horn ab und erkannte gleichgültig, daß es Meister Sark war.

»Irena ist nun hier, mein Lord, und wir können leichter mit unserem Gast sprechen«, erinnerte der Meister ehrerbietig, aber drängend, ungeduldig.

Der alte Mann sah ihn an und antwortete wie immer nach einer Pause. »Sehr gut. Willst du für uns und für ihn sprechen, Irena?«

»Ja«, erwiderte sie. Die Benommenheit, die sie so lange gefangengehalten hatte, war vergangen. Sie konnte sich wieder auf ihren eigenen Willen verlassen. Sie lenkte Hughs Aufmerksamkeit auf sich; die übrigen Anwesenden verstummten und versammelten sich in einem lockeren Halbkreis um den Kamin. Allia stand Hugh am nächsten. Er blickte mit klaren, wachen Augen von ihr zu Irene, ein bißchen besorgt, offen wie ein Kind. Lord Horn sprach, und Irene übersetzte seine Worte und Hughs Antworten.

»Wir bitten Sie um Ihre Dienste, wir bitten Sie um Ihre Hilfe.«

Hugh nickte.

»Wir haben kein Anrecht auf Sie. Wenn Sie tun, worum wir Sie bitten, kann es ausschließlich aus Mitleid mit jenen geschehen, deren letzte Hoffnung Sie sind.«

»Ich verstehe.«

»Wir können Ihnen nicht helfen, und Sie werden sich in Gefahr befinden.«

Nach einer kurzen Pause fragte Hugh: »Worin besteht die Gefahr?«

Sie verstand Horns Antwort nicht ganz, übersetzte sie jedoch, so gut sie konnte, ins Englische: »Wir, die wir hier leben, haben Angst – ›Wir sind die Angst‹, sagte er wörtlich –, und können uns deshalb dem Feind nicht stellen – nur der andere, der Fremde, kann sein Gesicht wenden ... – ich verstehe wirklich nicht, was er meint.«

»Fragen Sie ihn, wer der Feind ist!«

Sie fragte. Horn antwortete: »Das Auge, das sieht, verleiht die Form; der Geist, der weiß, verleiht den Namen.« So klangen seine Worte, als sie sie auf Englisch wiederholte.

»Rätsel«, lächelte Hugh. Er dachte darüber nach, wollte eine Frage stellen, beherrschte sich aber; wartete. Geduld steht ihm, dachte Irene. Unter seiner Unbeholfenheit verbarg sich Würde. Vielleicht war sie ein Teil der Unbeholfenheit.

»Was werden Sie ihm mitgeben, mein Lord?« erkundigte sich der Meister.

»Das Schwert, das ich erhielt, wenn er es will«, antwortete Horn.

»Was werden Sie ihm mitgeben, mein Lord, das er geben kann?«

Sie hatte schon begonnen, die zweite Frage zu übersetzen, als ihr klar wurde, daß der alte Mann sprach, langsam wie immer, aber mit bedeutungsvoller Schärfe: »Du bist der Enkel deines Großvaters, Sark, aber wo sind die Kinder seiner Tochter?«

»Wir alle«, erwiderte der dunkle Mann. »Wir alle sind ihre Kinder.«

»Kinder der Angst. Daher sind wir gebunden. Und unsere rechten Hände sind nutzlos. Würdest du uns wieder verkaufen, Sark? Allia, bring das Schwert!«

Sie durchquerte den Raum zu einer Truhe an der Innenwand, kniete nieder und öffnete den Deckel.

Die Spannung zwischen Horn und dem Meister war so groß, und ihr Ursprung war Irene so unklar, daß sie nicht versuchte, das Gespräch für Hugh zu übersetzen. Er und sie beobachteten Allia.

Das lichte Haar des Mädchens wogte, als sie mit einem hellen, schmalen Lichtstreifen in den Händen durch das Zimmer zurückkam. Sie blieb vor ihrem Vater stehen; er deutete kurz und ernst auf Hugh. Sie wandte sich Hugh zu und hob ein wenig die Hände; sie lächelte, aber ihre Lippen und ihr Gesicht waren blaß.

Hugh sah das Schwert an und stöhnte »Mein Gott.«

Ohne zu Allia, Horn oder Irene aufzublicken, faßte er das Schwert ungeschickt, mit verlegenem Gesicht, am Griff und nahm es dem Mädchen aus den Händen. Es war offensichtlich schwer. Er hob es nicht und versuchte auch nicht, es auszuprobieren oder zu schwingen, sondern hielt es ungeschickt vor sich hin wie eine Schranke.

»Daraus entnehme ich«, stellte er gleichgültig fest, »daß die Gefahr, der ich mich stellen soll, real ist.«

»Das nehme ich auch an«, flüsterte Irene.

»Ich hatte gehofft, daß es sich um Magie handelt. Es wäre leichter. Hören Sie! Erklären Sie ihnen lieber, daß ich in der Schule nicht fechten gelernt habe.«

Er stellte die Spitze des Schwertes vorsichtig auf den gewachsten Fußboden, hielt es am Knauf fest und sah mit widerwilliger Achtung auf Griff und Klinge hinunter. Der schön geformte Griff paßte in seine große Hand; die Klinge war sehr dünn und lang. Der Griff, von dem Irene erwartet hatte, daß er ein Kreuz bildete, wie es bei den Schwertern in Geschichtsbüchern der Fall war, bestand aus einem massiven Stück mit ovalem Querschnitt, das mit einem Ring aus gelben Steinen verziert war.

Als Hugh endlich von dem Schwert aufblickte, erkannte er, daß die anderen es noch immer anstarrten. Sarks Gesicht war eingefallen und gealtert; Horns Ausdruck war undurchsichtig.

»Er macht uns darauf aufmerksam, daß er keine Übung im Umgang mit Schwertern besitzt, mein Lord«, übersetzte Irene und empfand dabei heimliche, boshafte Freude, Solidarität mit Hugh gegen Horn und alle übrigen Anwesenden.

»Ich weiß nicht, ob Übung ihm helfen würde«, antwortete der alte Mann. »Ich kann ihn nicht waffenlos hinausschikken.« Seine Stimme war traurig, und der aufrührerische Funke erstarb in Irene.

»Es ist sein Schwert, es stammt wahrscheinlich aus der Hauptstadt«, erklärte sie Hugh.

»Danke«, wandte sich Hugh in der Sprache der Dämmerung an den alten Mann, und dann an Irene: »Können sie mir wenigstens sagen, wohin ich gehen und was ich tun soll?«

Als Irene die Frage übersetzte, antworteten einige der

Männer, die bis jetzt nur zugehört hatten, gleichzeitig: »Auf den Berg«, sagte der eine, »In den Berg«, der andere, und der alte Hobim behauptete »Es ist der Berg.« Der Meister übernahm das Wort von ihnen. »Auf dem Berg, die Sommerweide auf der Hohen Stufe. Irena kennt den Weg dorthin.«

»Nein!« rief Allia mit wildem, entsetztem Gesicht. »Laßt mich gehen – ich werde ihn begleiten ...«

»Du kannst es nicht«, unterbrach sie Sark. »Du würdest auf Händen und Knien kriechen und darum betteln, daß du zurück darfst, noch bevor du die Brücke überschritten hast.« Er sprach voll rachsüchtiger Befriedigung und versuchte nicht, sie zu verbergen. Allia wandte sich ihrem Vater zu und schlug die Hände weinend vor das weiße Gesicht.

»Übersetzen Sie doch!« bat Hugh Irene verzweifelt.

»Sie wollen, daß Sie auf den Berg steigen, zur höchsten Wiese hinauf. Allia möchte Ihnen den Weg zeigen, aber sie weiß, daß sie es nicht kann. Lord Horn ...«

Doch der alte Mann sprach soeben zu Sark: »Du würdest das Kind wieder hinaufschicken, Sark? Du kennst nur den einen Weg. Aber du kannst sie nicht mehr schicken oder hierbehalten. Und jede Straße führt in zwei Richtungen. Wohin blicken die Gesichter derer, die aus dem Süden zu uns gekommen sind?«

»Erklären Sie ihnen, daß es schon in Ordnung geht«, sagte Hugh. »Ich gehe dorthin, wo sie wollen. Wenn ich mich mit diesem Ding auf den Weg mache und Schwierigkeiten suche, werde ich sie sicherlich finden.«

»Es ist weit, und drei verschiedene Wege führen dorthin. Ich werde Sie begleiten, ich bin schon oben gewesen.«

»In Ordnung.« Er stellte keine weitere Frage.

Sie wandte sich an Horn. »Er ist bereit. Ich begleite ihn.«

Der alte Mann verbeugte sich.

»Wann sollen wir aufbrechen?«

»Wann ihr wollt.«

»Wann wollen Sie sich auf den Weg machen?« fragte sie Hugh. Sie begann, unsicher zu werden; als Allia in Tränen ausbrach, hätte sie beinahe auch geweint.

»Je eher, je lieber.«

»Meinen Sie wirklich?«

»Ich will es hinter mich bringen«, erklärte er einfach. Er blickte Allia an, die sich in den Arm ihres Vaters geflüchtet hatte; sie sah nicht auf.

»Morgen«, beschloß er nach einer kurzen Pause. »Fragen Sie sie, ob sie einverstanden sind.«

»Die Entscheidung liegt bei Ihnen.«

»Stimmt etwas nicht?«

»Ich weiß nicht. Warum können sie nicht ... Es ist nicht fair. Es ist genausogut möglich, daß sie Sie als – ich weiß nicht, als was – hinausschicken. Als Sündenbock. Als ...« Aber ihr fiel nicht das richtige Wort ein, sie meinte etwas, das man als Opfer darbringt.

»Sie stecken fest«, erklärte er. »Sie müssen etwas tun und können es nicht. Wenn ich es für sie erledigen kann, übernehme ich es. Das ist schon in Ordnung.«

»Ich glaube, daß Sie nicht gehen sollten.«

»Ich bin deshalb hierher gekommen.« Er sah sie vollkommen unbefangen an. »Aber wie steht es mit Ihnen? Wenn Sie annehmen, daß es sich um ein abgekartetes Spiel handelt ... Es hat keinen Sinn, wenn wir beide die Dummen sind.«

Sie sah, wie der Feuerschein in langen, rotbraunen Streifen die Klinge hinauflief.

»Ich kenne den Weg, Sie brauchen jemanden. Ich will ohnehin nicht hierbleiben. Nicht mehr.«

»Ich könnte ewig hierbleiben«, flüsterte er und sah Allia an, nicht ihr Gesicht, sondern die weiße Hand vor dem blaugrünen Kleid.

»Wahrscheinlich wird es ohnehin so kommen«, antwortete Irene, doch das Mitleid dämpfte gegen ihren Willen ihre Bitterkeit, das Gefühl, daß sie betrog und betrogen worden war; außerdem verstand er sie nicht.

Man forderte sie auf, im Herrenhaus zu bleiben und mit ihnen zu essen, aber sie entschuldigte sich und verließ sie, sobald es ihr möglich war. Hugh brauchte keinen Übersetzer; obwohl sie die Sprache beherrschte und er nicht, kam er besser zurecht als sie. Und sie konnte es nicht mehr ertragen, mit ihnen beisammen zu sein. Es war ihr Fehler, sie war eine Närrin gewesen, aber jetzt war es zu spät. Es war überhaupt zu spät. Sie hatte den klugen, gefährlichen Mann nicht beachtet und hatte ihr Versprechen dem Mann mit dem leeren Herzen gegeben. Sie hatte sich geirrt und beschlossen, Sklavin zu sein. Deshalb mußte sie jetzt ihren Meister als ihren Spiegel benutzen, aber sie sah keine Treue, keine Ehrlichkeit, keinen Mut. Seine Dunkelheit war Leere, und außer Neid kannte er kein Gefühl.

Und dennoch, wenn Allia ihn ansah, würde sie dann nicht den stolzen Mann erblicken, den Irene zuerst in ihm gesehen hatte? Sie beide gehörten zusammen, er dunkel und heiß, sie hell und kühl. Er mußte eifersüchtig sein, wenn Hugh neben ihr stand. Bruder und Schwester hatte Lord Horn gesagt, als er Hugh und Allia ansah, aber wenn er Sark und Allia ansah, würde er Liebhaber und Geliebte, Mann und Frau sagen. So sollte es auch sein. Alles hier war so, wie es sein sollte, wie es sein mußte; alles außer ihr, die nicht hierher gehörte, die nirgends hingehörte, denn sie hatte kein Haus, keinen Menschen.

Sie aß bei Palizot und Sofir zu Abend und blieb nach dem Essen eine Weile in der vom Feuerschein erhellten Küche sitzen, aber sie fand die alte Ruhe nicht wieder. Der Faden, an den sie ihr Leben gehängt hatte, hatte sich gelöst, das Spiel war zu Ende. Sie hatte sich vorgemacht, daß sie ihre Tochter war, aber es war nie wahr gewesen, und jetzt bekam die Zuneigung infolge der Vortäuschung etwas Gezwungenes. Da die beiden wußten, daß sie am Morgen auf den Berg steigen würde, empfanden sie Ehrfurcht vor ihr, auch wenn sie versuchten, es nicht zu zeigen. Sofir war unglücklich. Palizot hielt sich besser, aber die Heuchelei fiel allen drei schwer, und Irene sagte ihnen bald gute Nacht und ging auf ihr Zimmer.

Sie zog die Vorhänge vor die immer gleichbleibende Helligkeit des Himmels, zündete das Feuer an, setzte sich und überlegte. Keine Gedanken, die einer Überlegung wert gewesen wären, stellten sich ein. Sie war müde. Sie ging zu Bett. Bevor sie einschlief, lauschte sie dem leicht böigen Wind, der an die Fenster des Hauses prallte, und dachte: Ganz gleich, was geschieht, ich werde nicht mehr nach Tembreabrezi zurückkehren. Es ist Zeit zu gehen. Zu verschwinden. Er hat mich nur dazu gebracht, etwas zu versprechen, was ich aus freien Stücken getan hätte. Der Gedanke brachte ihr keinen Trost, beruhigte sie aber. Der Groll, das Gefühl, verraten zu sein, kamen daher, weil sie nicht wahrhaben wollte, daß sie fort mußte, weil sie sich einredete, sie könne behalten, was sie geliebt hatte. Es gab nichts, was sie behalten konnte, ausgenommen vielleicht die Bereitschaft zu lieben. Wenn sie auch das verlor, war sie wirklich ganz verloren.

Sie fragte sich, warum sie keine Angst mehr empfand. Nerven und Muskeln erinnerten sie durch ihre jetzige Müdigkeit an die endlose, widerliche Angst, die sie diesmal auf dem Herweg empfunden hatte; aber obwohl sie sich vorstellte, wie sie auf die Straße hinaustrat, den Berg hinaufstieg, stellte sich die entsetzliche Kälte in ihrer Magengrube nicht ein, ihr Puls oder ihr Geist wurden nicht von Panik ergriffen. Vielleicht bedeutete das, daß sie endlich die richtige Entscheidung getroffen hatte – daß sie tat, wozu sie hergekommen war, wie Hugh es ausdrückte, der arme, schwerfällige, besorgte Hugh mit den treuherzigen Augen. Er ging, obwohl er es nicht wollte, obwohl er lieber geblieben wäre. Welche Entscheidung war dann richtig? Doch das würde sich herausstellen, und inzwischen gab es keine Angst, sondern nur den Schlaf, der hier aus den Quellen emporstieg, die tiefer waren als der Traum, jenseits des Schirms aus Worten oder berührenden Händen, der Berg innerhalb des Berges, das Meer in der Quelle, hier, wo kein Regen fiel.

Als das Haus erwachte und sie aufstand, zog sie Jeans, Bluse und Wanderschuhe an, denn sie hatte die Absicht, wie immer, wenn sie das Ain-Land verließ, nichts durch das

Tor mitzunehmen; doch dann holte sie aus der Truhe im Korridor einen alten, geflickten Mantel heraus, den Palizot ihr gegeben hatte, als sie mit den Kaufleuten die Nordstraße hinuntergezogen war. Er war aus dunkelroter Wolle, voller Flecken, am Saum zerschlissen, aber warm, und leicht als kleine Rolle auf dem Rücken zu tragen. Sofir, der ebenfalls auf die Idee gekommen war, daß die Reise vielleicht mehr als einen Tag dauern würde, hatte ihr ein umfangreiches Paket aus Trockenfleisch, Käse und hartem Brot zurechtgemacht, das sicherlich für ein paar Tage reichte, und sie rollte es in den Mantel ein.

Sie und Palizot klammerten sich eine Minute lang aneinander. Keine von ihnen brachte ein Wort heraus. Es war das Ende, und Worte sind für den Anfang gemacht. Sie küßte Sofir, er küßte sie, und sie verließ das Wirtshaus.

Als sie in den Hof trat, sah sie Aduvan, Virti und andere Kinder, die auf sie warteten und aufgeregt, aber auch ein bißchen verängstigt oder verwirrt aussahen. Sie sprachen nicht viel, sondern drängten sich um sie, als erwarteten sie, daß sie sie beruhigte. Eine Gruppe Menschen kam die Stufengasse herunter: Horn und Allia, Sark und Fimol, eine Gruppe von alten Männern und Frauen, und der große Hugh mit dem weißen Gesicht unter ihnen, der Ochse, der zur Schlachtbank geführt wird. Sie warteten am Ende der Straße, und Irene gesellte sich mit ihrer Kinderschar zu ihnen.

Andere Menschen standen in den Türen ihrer Häuser längs der Straße, die nach Westen durch die Stadt führte. Sie begrüßten Lord Horn leise mit seinem Titel und Hugh und sie mit ihren Namen. »Irena, Irenadja.« Einige schlossen sich der Prozession an, andere versammelten sich an den Kreuzungen. Sie begriff, daß dies ihre Parade war. Die Menschen von Tembreabrezi versammelten sich betrübt und still, um sie zu ehren, um ihnen Glück zu wünschen, um ihnen ihre Hoffnungen mit auf den Weg zu geben.

Ein junger Vater hielt sein Kleinkind in die Höhe, damit es Hugh sah. Das reizte sie zum Lachen, ein dummes, höhnisches Lachen, und sie runzelte die Stirn, um es zu überspielen. Der große Hugh in dem kleidsamen Wams, das sie ihm geschenkt hatten, hätte mit seinem Rucksack und dem Schwert in der ledernen Scheide am Wehrgehänge wie ein Held ausgesehen, wenn ihm nur bewußt gewesen wäre, daß er ein Held war; aber er sah unglücklich und verlegen aus, ließ die Schultern hängen und vergab seinen Anteil am Ruhm, weil ihm niemand jemals beigebracht hatte, daß er einen Anteil am Ruhm habe.

Die Straße, die nach Westen aus der Stadt hinausführte, wurde zur Landstraße, die Pflastersteine wichen festgestampfter Erde. Die Häuser zu beiden Seiten waren niedriger, standen immer spärlicher, und dann begannen die von Steinmauern umgebenen Felder und die langen, unteren Wiesen, auf denen sich jetzt alle Herden befanden, westlich und nördlich der Stadt. Zahlreiche Menschen hatten sich ihnen angeschlossen, so daß es jetzt vierzig oder fünfzig waren, die sie auf gleichmäßigen, ruhigen Schritten zwischen den umzäunten Feldern begleiteten. Irenas Herzschlag setzte kurz aus, als sie dachte, vielleicht begleiten sie uns, vielleicht brauchen sie uns nur, damit wir sie auf den Weg bringen, vielleicht können wir alle beisammenbleiben und gemeinsam weitergehen. Doch jetzt hatten sich die Eltern zu ihren Kindern gesellt. Sie hatten die Kinder bei der Hand ergriffen, beugten sich zu ihnen hinunter und sprachen leise mit ihnen. Kein lautes Wort fiel. »Irena«, flüsterte Aduvan unglücklich; sie stand neben ihrer Mutter und ihrem kleinen Bruder. Irene drehte sich zu ihnen um. Andere Kinder streckten die Arme nach ihr aus und flüsterten: »Lebewohl!« Virti wollte sie nicht küssen; er rief jammernd: »Ich will das böse Ding nicht sehen, ich will es nicht sehen!« Trijiat kehrte mit ihm um. Irene ging weiter; sie blickte einmal zurück; die Kinder standen in der Dämmerung auf der Straße. Hinter ihnen in der Stadt waren keine Lichter zu sehen.

Die Frauen und Männer blieben nacheinander stehen. Sie hielten auf der Straße an und sahen zu, wie die anderen weitergingen. Der sanfte, stetige Wind wehte über sie hinweg.

Die schulterhohe Mauer, die ohne Mörtel aus Steinen gefügt war, setzte sich links fort, rechts überschattete eine hohe Hecke den Weg. Sie konnte gerade noch die weißlichen Steine der Brücke erkennen, die die Bergstraße über einen kleinen Wildbach trug, der weiter unten zum Bach wurde und die Wiesen bewässerte. Das war die Grenze: die Brücke.

»Lebe wohl, Irena«, sagte eine Frau leise, als Irene an ihr vorbeikam. Der Wind bauschte ihren grauen Rock ein wenig, ihr Gesicht sah in dem Dämmerlicht auf der Straße blaß aus. Sie war Aduvans Großmutter und Trijiats Mutter; sie hatte Irene spinnen gelehrt. »Leb wohl«, antwortete ihr Irene. Die Straße bog in einer flachen Kurve nach links, auf die Brücke zu. Sie kam am Meister vorbei, der steif und verzweifelt mit geballten Fäusten auf der Straße stand. Sie sagte: »Leb wohl, Sark«, nannte ihn zum ersten und zum letzten Mal beim Namen. Er wollte oder konnte nicht sprechen. Sie ging weiter und blieb vor Lord Horn stehen. In seiner Nähe schimmerte Allias Haar in der Dämmerung der Straße, als verfüge es über sein eigenes Licht, und vor ihr stand Hugh.

»Möge unsere Hoffnung dich begleiten, möge unser Vertrauen dich stärken«, sagte Allia mit ihrer weichen, klaren Stimme in ihrer Sprache. Er antwortete, und nur Irene verstand ihn: »Ich liebe dich.«

»Leb wohl«, sagte Allia, und er wiederholte das Wort.

Lord Horns feingliedrige, leichte Hand lag auf Irenes Schulter. Sie blickte erschrocken zu ihm auf. Er küßte sie lächelnd auf die Stirn. »Geh, ohne zurückzuschauen, meine Tochter!«

Sie war verwirrt.

Hugh ging auf die Brücke zu. Sie mußte ihn begleiten.

Sie kam an Allia vorbei, die still wie eine Statue auf der dunklen Straße stand. Er hat mich Tochter genannt, sang ihr Herz, er hat mich Tochter genannt. Sie ging weiter. Sie alle standen schweigend in der Dämmerung auf der Straße hinter ihr. Sie blickte nicht zurück.

Die Straße überquerte die Brücke, beschrieb eine weitere Kurve nach links, nach Westen, und begann den Berg hinaufzuklettern. Große Bäume auf der einen Seite, die hohe Hecke auf der anderen. Auf dieser Straße war es finster.

Hugh an ihrer rechten Seite schlug ein scharfes Tempo ein; sie sah ihn in der Dämmerung als Masse und Bewegung.

Die Hecke war einem Wald gewichen. Dunkle Äste verflochten sich über ihrem Kopf. Die Straße war von Baumstämmen, Ästen, Blättern eingefaßt und überdacht. Ein Tunnel. Kleine Fleckchen Himmel zwischen den Ästen. Der schwere, nach Farn duftende Geruch des Waldes. Etwas Riesiges, Bleiches ragte auf der Straße vor ihr in die Höhe. Als Irenes Herz schneller schlug, tröstete es ihr Verstand. Es ist der Felsen, beruhige dich, es ist nur der Felsen am oberen Weg. Schon? Ja, schon – wir haben vor langer Zeit die Stadt verlassen, die Brücke überquert, vor mehreren Meilen. »Hugh«, sagte sie.

Erst jetzt, als sie sprach, obwohl sie eigentlich flüsterte, hörte sie die Stille. Der Wind war eingeschlafen. Nichts rührte sich. Es war, als wäre sie taub. Es gab kein Geräusch.

Hugh war stehengeblieben und hatte sich zu ihr umgedreht.

»Dort hinüber!« flüsterte sie und zeigte nach links. Sie konnte sich nicht dazu entschließen, lauter zu sprechen. »Der Weg zu den Oberen Wiesen.«

Er nickte und folgte ihr, als sie von der Straße auf einen schmäleren, steileren Pfad abbog, der von den Hufen der Herden ausgehöhlt war und auf den Berg hinaufführte.

Ihr Herz klopfte weiterhin hart gegen ihre Rippen, in ihren Ohren sang das Blut. Es ist das Steigen, sagte sie sich, aber das war nicht richtig. Es war die Stille. Wenn es nur ein Geräusch gäbe – außer ihren Schritten, ihrem Atem, dem leisen Drum-drum-drum in ihren Ohren, und Hugh, der hinter ihr zwar nicht viel Lärm verursachte, aber jeder Lärm war hier zuviel.

Ich will keine Angst haben, ich will keine Angst haben. Geh einfach den Weg weiter, den du gehen mußt! Verirr dich nicht wie ein Narr!

Es war einige Jahre her, seit sie diesen Weg entlanggegangen war. Sie hatte damals die Schäfer, die Kinder und die Herden begleitet, sich von ihnen leiten lassen. Jetzt mußte sie den Weg selbst finden. Sie war nicht sicher, aber sie konnte sich nicht irren: sieh auf den Pfad, befahl sie sich, es ist der Schafspfad, hier liegt vertrockneter Schafskot, hier sind die Abdrücke ihrer Hufe, es ist der richtige Weg. Ich will keine Angst haben.

Die Gebüsche hatten begonnen, den Weg zu überwuchern, seit er nicht mehr benutzt wurde. Es war kein schwieriger Anstieg, aber er erforderte pausenlose Aufmerksamkeit und führte ständig bergauf. Am Ende eines Steilstücks traten sie unvermittelt aus der Dunkelheit des Waldes hinaus. Die Luft wirkte beinahe hell. Sie sahen Land und Himmel deutlich. Sie waren am Rand der Langen Wiese herausgekommen, einer ungeheuren Alm, einer Terrasse am Nordosthang des Berges.

Sie stand unter den letzten Bäumen im hohen Gras und versuchte, wieder zu Atem zu kommen. Hugh stand neben ihr. Sie sah, wie seine Brust sich in tiefen, gleichmäßigen Atemzügen hob und senkte, während er die endlose Wiese und die steilen Hänge, die sich dahinter erhoben, musterte.

»Ist das der Ort?« fragte er. Es war das erste Wort, das er nach der Überquerung der Brücke sprach.

»Nein. Etwa der halbe Weg. Die Hohe Stufe ist dort oben.« Sie zeigte auf graue Felsen und Klippen weit rechts von ihrem Standort. »Mit den Schafen haben wir zwei Tage gebraucht, um dort hinaufzukommen; sie machten immer hier auf der Langen Wiese Rast.«

»Ich habe mich schon gewundert, warum sie mir soviel Lebensmittel mitgegeben haben.«

»Der heilige Georg und die Sandwiches.« Irene bekam einen Lachkrampf, der genauso rasch vorbeiging, wie er gekommen war. Sie sah Hugh an. Er hatte Rucksack und Wams abgelegt und schob mißmutig das Wehrgehänge zurecht. »Ich stolpere fortwährend über das verdammte Schwert.« Er sah auf und begegnete ihrem Blick. »Es ist alles nur Schwindel.« Er war rot geworden. »Theater.«

Aber die Stille erstickte ihre Worte, und sie hörten sie.

»Sie fühlen nicht die ...« – er zögerte aus unbeholfenem Taktgefühl – »die Angst?«

»Eigentlich nicht. Ich bin nervös, aber ... Ich habe das Gefühl, daß es uns den Rücken zuwendet.«

Das Schwert hing endlich so, wie er es haben wollte, er fuhr sich mit den Fingern durch die Haare und seufzte – ein schwerer *Uff!*-Seufzer.

»Sie haben es nie empfunden?« fragte sie neugierig.

»Ich glaube nicht.«

»Das ist gut.«

»Als ich das letzte Mal durch das Tor kam, hatte ich Angst. Sie wissen ja, ich bin wirklich erschrocken und geriet in Panik. Aber nur deshalb, weil ich Angst hatte, mich zu verirren. So ist es nicht, nicht wahr?«

Sie schüttelte den Kopf. »Überhaupt nicht. Es ist mehr so, als wären Sie im Begriff, auf etwas zu stoßen, das sie nicht finden wollen.«

Er verzog das Gesicht.

»Es ist schrecklich«, sagte sie. »Aber ich habe hier nie Angst gehabt, daß ich mich verirren könnte. Ich weiß immer, in welcher Richtung sich das Tor befindet. Und die Stadt. Und wahrscheinlich auch die Stadt draußen.«

Er nickte. »Sie liegen alle auf der gleichen Linie, der gleichen Achse. Aber als ich durch das Tor ging, verlor ich die Richtung. Alles sah plötzlich gleich aus. Ich erkannte nicht einmal den Bach beim Tor wieder, als ich ihn überquerte. Wenn ich Sie nicht getroffen hätte ...«

»Sie befanden sich ja schon auf dem Pfad – beinahe. Sie sind anscheinend in Panik geraten und haben nicht überlegt.«

»Als sie mir erklärten, ich müsse auf den Berg steigen, von der Achse fort, geriet ich beinahe wieder in Panik. Als Sie versprachen, mich zu begleiten, war ich ... Sie wissen. Als hätte ich jetzt eine echte Chance.«

Er versuchte, sich bei ihr zu bedanken, aber sie wußte nicht, wie man Dank entgegennimmt.

»Was haben Sie mit Theater gemeint?«

»Ich weiß nicht recht.« Er blickte über die Wiese. Meile um Meile hohes Gras ohne Blumen, das im gleichbleibenden Licht silbergrün schimmerte und sehr leicht im Wind wogte. Der Himmel war leer. Kein Vogel, kein Wolkenstreifen. »Wahrscheinlich das Schwert.«

»Sie nehmen an, daß Sie es nicht brauchen werden?«

»Es nicht brauchen?« Er sah sie verständnislos an.

»Wozu ist es da? Wogegen sollen Sie mit ihm kämpfen?«

»Ich weiß es nicht.«

»Was ist, wenn Sie gar nicht kämpfen sollen – wenn es nichts nützt? Wenn es hier oben etwas gibt, eine Art von Geschöpf oder eine Macht oder irgendwas, warum verraten sie uns dann nicht, was es ist? Was ist, wenn es keinen Sinn hat, dagegen zu kämpfen?«

»Warum sollten sie uns hereinlegen wollen?« fragte er ernst.

»Weil sie nichts anderes tun können. Ich meine damit nicht, daß Lord Horn schlecht ist. Ich weiß nicht, was er ist. Man kann das, was sie tun, nicht als gut oder schlecht bezeichnen. Wie Sie selbst sagten, sie tun, was sie tun müssen. Der Meister sprach davon, daß man den Handel abschließen, daß man zahlen muß. Er meinte – ich weiß nicht, was er meinte. Ich verstehe es einfach nicht, ich weiß nicht, was wir hier sollen.«

Er fuhr sich wieder mit den Fingern durch das dichte, schweißnasse Haar. »Sie mußten eigentlich nicht hier heraufkommen«, meinte er sanft, aber eigensinnig.

»O doch. Ich weiß nicht. Ich mußte. Ich mußte fort.«

»Aber warum diesen Weg? Sie hätten genausogut nach Hause gehen können.«

»Nach Hause!«

Er antwortete eine Zeitlang nicht, nickte nur einmal. »Ich habe es mir gedacht.« Und einen Augenblick später, »Gehen wir weiter! Ich bilde mir immerzu ein, daß es bald finster wird.«

7. Kapitel

Das Gras war hoch, dicht, verfilzt, kein Pfad war zu erkennen. Das Mädchen machte sich zuversichtlich auf den Weg, quer über die große Grasterrasse auf die grauen Felsspitzen zu. Hier mußten sie nicht hintereinander gehen wie auf den schmalen Waldpfaden. Hugh hielt sich neben ihr, jedoch in einigen Metern Abstand, denn sie hatte deutlich gezeigt, daß sie es nicht mochte, wenn man sich an sie drängte oder sich ihr auch nur näherte. Seine Füße verhängten sich im dichten, glatten Gras, und er lernte, den Fuß bei jedem Schritt voll aufzusetzen, als ginge er durch Schnee. Das plumpe Schwert schlug gegen seinen Schenkel, aber es tat gut, gleichmäßig auszuschreiten, statt zu tasten und zu klettern. Und es war in diesem Waldgebiet angenehm und kam selten vor, daß man das Ziel in Sicht hatte, beobachten konnte, wie die Felsen allmählich höher wurden.

Nach langer Zeit sprach er. »Jetzt bilde ich mir ein, daß es Morgen ist.«

Das Mädchen nickte. »Wahrscheinlich weil es hier oben heller ist. Keine Bäume.«

»Und nach Osten offen.«

Sie gingen schweigend, gleichmäßig weiter. In diesem weiten, leeren Grasland war es selbstverständlich, daß es kein Geräusch gab außer dem leisen Rascheln und Knistern des Grases an ihren Beinen und manchmal dem Summen des Windes in den Ohren. Leises Frohlocken ergriff von Hughs Körper und Geist Besitz, ein schwungvoller Rhythmus, der sich im Gleichklang zu seinen Schritten befand. Er tat das, wozu er hergekommen war, er ging dorthin, wohin er gehen sollte. Er hatte das Recht erworben, hier zu sein, Allia zu lieben.

Es spielte keine Rolle, daß sie die Sprache nicht beherrschte, in der er »Ich liebe dich« gesagt hatte. Es spielte keine Rolle, wenn sie einander nie wiedersahen. Seine Liebe war von Bedeutung, sie trug ihn ohne Kummer und Angst vorwärts. Er konnte keine Angst haben. Der Bruder der Liebe ist der Tod, der Bruder mit dem verhüllten Antlitz.

Während sie weitergingen, die Felsen allmählich höher emporragten, die Schrunde, Risse und Platten ihrer Wände sich enthüllten, das wilde Gras im Rhythmus ihrer Schritte raschelte und knisterte, die Tiefen des Himmels wie Wasser über ihm lagen, spürte er wieder, daß er damit zufrieden wäre, ewig schweigend durch das hohe Land zu wandern. Er empfand jetzt keine Müdigkeit. Er würde nie müde werden. Er konnte ewig weitergehen, allem den Rücken zuwenden.

Das Mädchen nannte seinen Namen. Sie hatte es mehr als einmal getan. Er wollte nicht stehenbleiben. Hier gab es nichts, weswegen es sich lohnte stehenzubleiben. Aber ihre Stimme klang hoch wie die Stimme eines schreienden Meeresvogels, und er blieb stehen und drehte sich um.

Vor einiger Zeit waren sie zu den Felsen gelangt und waren seither im kürzeren Gras an großen Abstürzen und von Unkraut und Ginster überwucherten Felstrümmern entlang nach Norden gegangen. Das Mädchen stand ein gutes Stück hinter ihm, am äußeren Rand einer Spalte in dem Felsstock, die sich, als er näherkam, als Beginn eines Pfades entpuppte. Es schien ein schmaler, dunkler Weg zu sein.

»Das ist der Weg zur Hohen Stufe«, erklärte sie.

Er betrachtete ihn mißbilligend.

»Ich möchte eine Pause machen, bevor wir den Anstieg beginnen. Er ist steil«, meinte sie. Sie setzten sich in das Gras, das hier trocken, kurz, bräunlich und ausgelaugt aussah. »Sind Sie hungrig?«

»Nicht sehr.« Er wollte sich nicht mit Essen aufhalten, obwohl er, wenn er nachdachte, wußte, daß sie einen weiten Weg zurückgelegt hatten und lang unterwegs gewesen waren; daß sich die dunkle Straße, auf der Allia gestanden hatte, weit hinter ihnen, tiefer, dort unten befand. Er wollte weitergehen. Aber das Mädchen hatte recht, wenn es eine

Pause einlegte, sie sah müde aus, ihr Gesicht war eingefallen und sie runzelte die Stirn. Er ließ Jacke, Wehrgehänge und Rucksack fallen und verschwand hinter einem Steinhaufen, um zu urinieren; er kehrte zurück, spürte voll Freude, wie warm und kräftig sein ganzer Körper war; er war nicht müde, aber jetzt doch froh, daß er eine Weile rasten konnte: er ließ sich auf einen rötlichen Stein neben dem Mädchen sinken, das im Gras saß. Sie aß. Sie reichte ihm einen Streifen Trockenfleisch und ein paar Stücke Trockenbrot; es schmeckte gut.

Es war nur ein Geräusch zu hören: der Wind, der durch das trockene Gras oder an den Felsen vorbeipfiff, ein leises, kaltes Pfeifen dicht über dem Boden.

Sie packte das Essen wieder ein.

»Besser?« fragte er.

»Ja«, seufzte sie. Ihr rundes, gelbliches Gesicht wandte sich dem dunklen Pfad zu.

»Hören Sie«, sagte er. Er wollte ihren Namen aussprechen. »Sie brauchen nicht weiterzugehen.«

Sie zuckte die Achseln, stand auf und nahm den selbstgemachten Packen auf, eine Rolle aus roter Wolle.

»Der Ort, den ich erreichen muß, befindet sich am Ende dieses Pfades?«

Sie nickte.

»Okay. Kein Problem.«

Sie sah ihn verdrossen an, und dann lächelte sie so überraschend, daß er erschrak. »Sie würden sich verirren. Sie verirren sich ununterbrochen. Sie brauchen einen Lotsen.«

»Ich kann mich auf einem einen halben Meter breiten Pfad nicht verirren.«

»O doch! Auf dem Weg zur Stadt sind Sie geradewegs von der Südstraße abgekommen.« Das Lächeln verwandelte sich kurz in Lachen. »Wenn ich Angst bekomme, verirren Sie sich. Anscheinend funktioniert es so.«

»Haben Sie jetzt Angst?«

»Ein bißchen. Es beginnt wieder.« Aber das Lachen war nicht ganz verschwunden.

»Dann sollten Sie nicht weitergehen. Es ist nicht notwendig. Ich fühle mich für Sie verantwortlich. Wenn ich nicht wäre, würden Sie es nicht tun.«

Aber sie ging schon den Weg hinauf. Er nahm seinen Rucksack eilig auf und folgte ihr sofort. Sie betraten die Spalte, eine rohe, senkrechte Narbe in der Mauer des Berges. Hohe, trockene Wände aus rotem und schwarzbraunem Fels schlossen sich um sie. Der Weg war steinig und sofort steil.

»Sie sind nicht für das verantwortlich, was ich tue.« Sie sprach halb nach hinten gewandt.

»Dann sind Sie nicht dafür verantwortlich, mich vor dem Verirren zu schützen.«

»Aber wir müssen dorthin kommen.«

Sie stiegen weiter. Der Pfad beschrieb enge Kurven. An einer Stelle, an der die Steine weggewaschen waren, mußten sie klettern. Hugh betrachtete die Hände des Mädchens, als sie sich auf einen scharfkantigen Felsblock stützte. Es war eine kleine, schmale, dunkle Hand, die Monde der Nägel schimmerten weiß.

»Hören Sie«, begann er. »Ich möchte ... ich habe Ihren Namen nie richtig verstanden.«

Sie sah zu ihm zurück. »Irena«, sagte sie deutlich und buchstabierte es.

Er wiederholte den Namen, und wieder trat das herzliche, süße, geheimnisvolle Lächeln auf ihr Gesicht, während sie zu ihm hinuntersah, sich an die rauhen Erdbrocken und die Felsen lehnte. Dann ging sie leichtfüßig weiter.

Hier behinderte das Schwert ihn ununterbrochen, entweder er stolperte über die schwere Lederscheide, oder es versetzte ihm einen Schlag auf den Schenkel oder es rutschte ihm wie eine Krücke in die Achselhöhle; es gelang ihm endlich, es im richtigen Winkel sicher am Gehänge zu befestigen, er blieb aber dadurch weit hinter dem Mädchen zurück. Als er weiterging, hörte er das Geräusch von fließendem Wasser. Er bog um eine der zahllosen scharfen Ecken des Pfades und sah einen kleinen Bach, der durchsichtig klar quer über den Weg lief und in ein Becken mit grünem Unkraut und Farnen fiel. Irene kniete daneben und wartete auf ihn; ihr Gesicht und ihre Hände waren naß und schmutzig. Er kniete auch nieder und trank, seine Hände versanken in dem kleinen Sumpf neben dem Bächlein. Das Wasser schmeckte nach Eisen oder Messing, wie Blut, aber sehr kalt.

Der Weg blieb schmal, blieb steil, folgte den Spalten in den Felsmauern. Wo er staubbedeckt war, war der getrocknete Schlamm von den kleinen Hufabdrücken der letzten Herde gezeichnet, die den Berg hinuntergetrieben worden war. Der Streifen Himmel über ihnen war hoch und fern. Zu dem Pfad drang nicht viel Licht durch, ausgenommen dort, wo er eine Zeitlang der Flanke eines sich weitenden Canyons folgte. Als die Wände wieder näher zusammenrückten, hatte Hugh das Gefühl, daß der Steig in den Berg hineinführte. Seine Wanderstiefel glitten auf den Steinen aus; er fand keinen sicheren Halt. Er beneidete das Mädchen, das wie ein Schatten den steilen, gewundenen Pfad vor ihm hinaufkletterte.

Sie blieb am Beginn eines langen geraden Wegstücks stehen. Er holte sie ein und wegen der tiefen Stille flüsterte er nur: »Alles in Ordnung?«

»Nur außer Atem.« Genau wie er holte sie keuchend Luft.

»Wie lang geht es noch so weiter?«

Die überhängenden Felsen über dem Pfad waren seltsam geformt, knollig, als wären sie vor langer Zeit vom Wasser abgeschliffen worden. Sie sahen wie halbfertige Tiere, Tumore, riesige Eingeweide aus Stein aus.

»Ich weiß es nicht. Mit den Schafen brauchten wir einen ganzen Tag.«

In der Dämmerung unter den lastenden Felsen wirkten ihre Augen dunkel und angstvoll.

»Gehen Sie langsamer!« redete er ihr zu. »Wir haben es nicht eilig.«

»Ich will hier raus!«

Der Steig wand und bohrte sich durch die Schlucht und

führte erbarmungslos bergauf. Sie blieben noch zweimal stehen, um zu Atem zu kommen. Das letzte Stück war so steil, daß sie wie auf einer Leiter hinaufkletterten und sich mit den Händen abstützten. Als der Weg unvermittelt eben wurde und es keine Wände mehr gab, befand sich Hugh auf allen vieren. Er stand auf, dann wurde ihm schwindlig, und er fiel wieder auf die Knie. Der Pfad endete am äußeren Rand einer zweiten, schmaleren Bergwiese, eines grünen Simses. Dreihundert, sechshundert Meter unterhalb von ihnen lag die große Wiese, von der sie gekommen waren, dunstverschleiert, grün wie Moos. Er hatte keine Ahnung, wie man die Höhe, die Entfernungen schätzt; aber sie befanden sich hoch oben, denn der ungeheure, schräge Berghang war jetzt überschaubar, sowohl ober- als auch unterhalb der Wiese, als Hauptrichtung dieses Teils der Erde, genauso absolut wie der Horizont, der so hoch und fern vor ihnen lag, daß er sich in der trüben, dämmrigen Atmosphäre verlor. Über ihnen, nördlich und östlich vom Berg, wölbte sich ruhig und uneingeschränkt der Himmel.

Irene saß im Gras, näher beim Rand, als ihm recht war. Sie blickte über das Unterland hinweg nach Norden. Hugh sah nach Osten: zuerst die Hänge hinunter, denn er wollte wissen, ob er von hier aus den Lichtschein der Stadt auf dem Berg sehen konnte, aber dabei schwindelte ihn wieder. Er blickte über den Abgrund aus Luft hinweg zu den östlichen Bergen hinüber. Befand sich hinter diesen undeutlichen Umrissen, die wie mit grauem Bleistift auf graues Papier gezeichnet waren, eine Andeutung von Farbe, von Helligkeit? Er sah lange dorthin, konnte es aber nicht mit Sicherheit feststellen. Als er Irenes Blick nach Norden folgte, sah er keine Spur von den Lichtern der Stadt, keine schwache, ferne Helligkeit, die die Hauptstadt sein konnte. Alles war blaugrün, verwaschen, still, weit.

Schließlich stand sie auf und trat vorsichtig vom Rand zurück. »Das ist die Hohe Stufe«, flüsterte sie. »Meine Beine sind durch das viele Steigen weich wie Gummi.«

Ihm schwindelte, wenn er sie zwischen sich und der ungeheuren Weite aus luftiger Leere stehen sah. Er stand auf und überblickte die Wiese. Jenseits des Grases, das hier oben kurz und leuchtend grün war, wie Parkrasen, zwischen dem Rand und der Bergmauer, die sich über ihnen erhob, befand sich ein Steinhaufen, eine Art Insel im Gras. Dorthin ging er. Es war ein Haufen großer, flechtenbewachsener, grauer Felsen, die umgestürzt und zersprungen waren, deren Größe und Festigkeit an diesem hohen, seltsamen Ort beruhigend wirkten. Es tat gut, den Felsen im Rükken zu haben. Sie setzten sich beide hin und lehnten sich mit dem Rücken an den fünf bis sechs Meter hohen größten Stein.

»Das war eine lange Steigung«, stellte er fest. Sie nickte nur. Er holte Essen aus seinem Rucksack, und sie teilten es schweigend. Sie lehnte den Kopf gegen den Felsen und schloß die Augen. Ihr Profil hob sich klein und streng wie eine Bronzemünze vom Himmel ab.

»Irena.«

»Ja?«

»Wenn Sie schlafen wollen, halte ich Wache.«

»Okay.« Ohne viel Umstände rollte sie sich dicht am Felsen zusammen und benützte den roten Packen als Kissen.

Er aß noch ein trockenes Brötchen – hart, knotenförmig, körnig, mit angenehmem Geschmack – ein Stück Ziegenkäse, der ihm nicht schmeckte, den er aber aß, weil er Hunger hatte; er überlegte kurz, dann aß er noch ein Brötchen mit geräuchertem Schaffleisch und verstaute dann das Essen in seinem Rucksack. Er hatte noch immer Hunger, aber das mußte reichen. Er fühlte sich jetzt viel besser. Sie hatten die Stadt vor langer Zeit verlassen und einen weiten Weg zurückgelegt, und er war müde, aber nicht erschöpft. Wenn er sich jedoch bequem mit dem Rücken an den Felsen lehnte, würde er genauso einschlafen wie sie. Er mußte Wache halten. Er stand auf und begann gemächlich vor der Felseninsel hin und her zu patrouillieren.

In dem klaren Licht der großen Höhe, das nicht so sehr Dämmerung als Durchsichtigkeit war, ein Überallsein von

Licht ohne Quelle, war die Farbe des Grases intensiv; dunkel und rein wie Smaragd. Der Wald, der beide Enden des Simses abschloß – nahe im Süden, fern im Norden –, sah rauh und schwarz aus. Oberhalb der Felsen, die die Wiese überragten, die nächste Stufe dieser ungeheuren Treppe, hing ebenfalls die steile ferne Schwärze der Bäume; darüber nackte Felsen, die Gipfel. In dieser Welt aus Luft, Felsen und Wald gab es keine Farbe außer dem dunklen Juwelengrün. Keine Blumen blühten im Gras der Alm. Im Gras konnten keine Blumen aufgehen, wenn keine Sterne am Himmel aufgingen. Zuerst fand Hugh das selbstverständlich; dann kam er zu dem Schluß, daß sein Geist einschlief. Um aufzuwachen, schlug er einen neuen Weg ein, ging ein Stück um die Felseninsel herum. Nicht ganz, er wollte das schlafende Mädchen nicht aus den Augen verlieren.

Jenseits der nördlichen Spitze, bei den Felsen, befand sich eine kahle Stelle im Gras. Als er zum zweitenmal an dieses Ende seines halbkreisförmigen Wegs gelangte, trat er näher, um zu sehen, warum die Erde dort nackt war. Es war nicht Erde, sondern Stein, eine schildartige Felsfläche, ein Schulterblatt des Berges, das durch die Haut drang. Die leicht gewölbte Oberfläche war an mehreren Stellen durchbrochen; er trat noch näher. Eiserne Ringe waren am Stein befestigt, vier an der Zahl; sie bildeten ein über einen Meter langes Rechteck. Rost hatte den Stein und den Flechtenschorf um die Ringe befleckt. Hugh stieg auf den flachen Felsen und zog an einem der Ringe, aber er hielt. Ein Streifen aus Rohleder, der um ihn geknotet und dicht am Knoten abgerissen war, war auf dem Metall zusammengeschrumpft, so daß er wie eine Wucherung aussah. Die dikken, rostschuppigen, am Felsen befestigten Ringe waren häßlich, ein häßlicher Ort, zwischen Felsen und Abgrund. Das Mädchen schlief nutzlos jenseits der Steinblöcke an der offenen Seite. Das war falsch. Es war falsch, daß er hier war. Es war der falsche Ort. Er wandte sich auf dem flachen Felsen um und hörte in diesem Augenblick das Schreien im Wald.

Ein Schreien, ein fernes, zischendes, schluchzendes Geräusch, kaum lauter als sein plötzlich hämmernder Herzschlag.

Er lief. Das Wissen um den Abgrund aus Luft jenseits des Randes verschwamm in seinem Kopf. Das Mädchen schlief; er rüttelte sie und rief: »Wach auf, wach auf!«

»Was ist los?« murmelte sie verschlafen, verärgert, und dann wurden ihre Augen groß, als sie die Stimme hörte, schon viel lauter, näher, die in dem Wald am Nordende der Wiese heulte und schluchzte.

»Komm!« forderte er sie auf, während er sie auf die Füße zog. Sie ergriff ihren Packen und folgte ihm keuchend, schweigend. Er ließ ihren Arm nicht los, denn zuerst konnte sie sich kaum bewegen, der Schlaf oder das Entsetzen hatte ihr alle Kraft genommen. Er zog sie einige Schritte mit sich fort, dann zuckte sie zusammen, löste sich aus der Erstarrung, schüttelte seine Hand ab und begann zu laufen. Sie hielten auf den Wald am nahen Ende der Wiese zu, rannten vor der Stimme davon. Keiner von ihnen hatte bewußt einen Entschluß gefaßt. Sie liefen. Die Stimme hinter ihnen wurde lauter, ein schluchzendes Heulen, das ihre Trommelfelle marterte. Sie erreichten den Wald, der sich als Versteck angeboten hatte und jetzt ein Labyrinth von dunklen Pfaden war, auf denen sie sich verirren würden. »Warte!« wollte Hugh dem Mädchen zurufen, aber der Atem brannte in seiner Lunge, er hatte keine Stimme, und sie konnte ihn nicht hören, denn das schreckliche, trostlose Heulen erfüllte die Welt. Sie stolperte, wich einem Baumstamm aus, rannte in Hugh hinein, griff blindlings nach ihm, hatte den Mund zu einem merkwürdigen Quadrat aufgerissen. Sie zog ihn von dem Pfad weg, dem sie gefolgt waren. Er stürzte zwischen Baumstämmen und Dickicht mit ihr bergab, Blätter und Äste peitschten Gesicht und Augen. Der Hang wurde steiler, der Boden glitt unter ihren Füßen davon, sie stolperten und rutschten zwanzig Meter oder mehr den Abhang hinunter, bis sie ein Wall aus einem halb verrotteten, umgestürzten Baum auffing, an dem sie außer Atem regungslos kauerten. Die Stimme verdrängte alle Gedanken aus dem Geist, sie tönte noch lauter, entsetzlich, trostlos, ungeheuer, sehnsüchtig ...

Hugh blickte auf, und das Geschöpf, von dem die Stimme kam, befand sich auf dem Pfad oberhalb von ihnen, die Dikkichte schwankten und bebten, als es vorbeikam, weiß, faltig, doppelt so hoch wie ein Mensch, es schleppte seine Masse mühsam und doch entsetzlich schnell dahin, der runde Mund war zu dem zischenden Geheul des Hungers und des unstillbaren Schmerzes geöffnet, und es war blind ...

Es glitt vorbei. Es war fort, zog das scheußliche Geräusch hinter sich her.

Hughs Schultern lehnten an dem umgestürzten Baum, er versuchte zu atmen, seine Lunge mit Luft zu füllen. Die Welt wirbelte weißlich um ihn herum. Als sie sich beruhigte, als der Schmerz in seiner Brust nachließ, wurden ihm die Wärme und das Gewicht bewußt, das sich an ihn, an seine linke Körperseite und den Arm drückte. »Irena«, flüsterte er stimmlos, gab er Wärme einen Namen, riß sich mit dem Namen, der Anwesenheit zurück. Sie hatte sich zusammengekauert und das Gesicht versteckt. »Schon gut«, sagte er.

»Es ist fort«, murmelte sie, »es ist fort.«

»Ist es fort?«

»Es ist weitergelaufen.«

»Wein nicht.«

Sie hatte sich aufgesetzt, aber ihre Wärme war immer noch neben ihm, und er lehnte sein tränenüberströmtes Gesicht an ihre Schulter.

»Schon gut, Hugh. Jetzt ist alles wieder gut.«

Nach langer Zeit ging sein Atem wieder gleichmäßig. Er hob den Kopf und setzte sich auf. Irene rückte ein Stück von ihm ab, versuchte, Blätter und Schmutz mit den Fingern aus ihrem Haar zu kämmen, und rieb sich die nassen Wangen.

»Was jetzt?« fragte sie mit zaghafter, heiserer Stimme.

»Ich weiß es nicht. Bist du okay?«

Keiner hatte Verletzungen davongetragen, als sie bergab stürzten, obwohl die Schrammen, wo die Äste Irene ins Gesicht gepeitscht hatten, wie rote Federstriche aussahen. Aber Hugh fühlte sich besiegt, erschöpft, die gleiche tödliche Erschöpfung, die ihn auf der Straße vom Tor überkommen hatte; und Irene schien es genauso zu gehen, sie hatte die Augen halb geschlossen und den Kopf vorgebeugt.

»Ich kann jetzt nicht weitergehen«, stellte sie fest.

»Auch ich nicht. Aber wir sollten Deckung suchen.« Schon das Sprechen bereitete ihm Mühe.

Sie krochen und glitten auf Händen und Knien den immer steiler werdenden Hang ein paar Meter hinunter. Die Wurzeln eines dichten Rhododendrongebüsches bildeten eine Höhlung, eine Art Schlupfwinkel. Unter den hohen, alten Büschen lag eine dichte Schicht aus vermoderten Blättern, die zart bitterlich roch. Irene glitt in diese Höhlung hinunter, setzte sich zusammengekrümmt wie ein Kind hin und begann, den wollenen Packen aufzuschnüren, den sie die ganze Zeit über unter dem linken Arm getragen hatte. Hugh kroch noch ein Stückchen weiter unter die Büsche, bis er sich auf dem Bauch ausstrecken konnte. Er wollte das Gehänge öffnen, um das Schwert loszuwerden, war aber zu müde dazu. Er legte den Kopf auf den Arm.

Sie saß mit ausgestreckten Beinen unter den äußeren Zweigen des Rhododendron und sah sich um, als sie ihn hörte. Er setzte sich neben sie und zog die Schultern hoch, um die Steifheit loszuwerden. Er hatte so tief geschlafen, daß sein Körper noch matt vor Schlaf war, er konnte kaum die Hand schließen. Die Linien auf Irenes Gesicht waren jetzt schwarz, Tintenkratzer, aber es war nicht mehr das skelettartige, entsetzte, erschöpfte Gesicht; es war rund, weich, traurig.

»Alles in Ordnung?«

Sie nickte.

»Ich möchte wissen, ob dort unten ein Bach fließt«, bemerkte sie nach einer Weile.

Auch er war durstig. Keiner von ihnen hatte Lust, von den trockenen Lebensmitteln im Packen zu essen, bevor sie getrunken hatten. Doch keiner setzte sich in Bewegung, um Wasser zu suchen. Dieser von den dunklen, alten Büschen eingeschlossene, überdachte Schlupfwinkel wirkte geschützt, beschützend. Sie hatten hier Zuflucht gefunden. Es fiel ihnen schwer, ihn zu verlassen.

»Ich weiß nicht, was ich tun soll«, sagte Hugh.

Beide sprachen leise, nicht flüsternd, aber gedämpft. Der Bergwald war ruhig, aber nicht grabesstill; ein leichter Windhauch unterbrach die Ruhe.

»Ich weiß.« Sie meinte damit, daß auch sie es nicht wußte.

Nach einer Weile fragte er: »Willst du zurückgehen?«

»Zurück?«

»In die Stadt.«

»Nein.«

»Auch ich nicht. Ich kann nicht. – Was können wir sonst tun?«

Sie antwortete nicht.

»Ich muß ihnen das verdammte Schwert zurückbringen. Und es ihnen sagen.«

»Was sagen?«

»Daß ich es nicht tun kann.« Er fuhr sich mit den Händen über das Gesicht, fühlte den rauhen, steifen Bart auf Kinn und Lippen. »Daß ich hingefallen bin und geweint habe, als ich es sah.«

»Hör auf!« befahl sie heftig. »Was hättest du tun sollen? Niemand könnte etwas tun. Was erwarten sie?«

»Mut.«

»Das ist idiotisch. Du hast es gesehen!«

»Ja.« Er sah sie an. Er hätte sie gern gefragt, was sie gesehen hatte, denn er konnte das Bild, das seine Augen erblickt hatten, weder vergessen noch glauben. Doch er konnte sich nicht dazu bringen, direkt von dem Ding zu sprechen.

»Es wäre dumm, wenn man versuchte, sich ihm zu stellen«, meinte sie. »Es wäre nicht mutig, sondern einfach dumm.« Ihre Stimme schwankte. »Wenn ich nur daran denke, wird mir schlecht.«

Nach einer Pause fragte er mit erstickter Stimme: »Ist es – hatte es Augen?«

»Augen?« Sie überlegte. »Ich habe keine gesehen.«

»Wenn es blind war ... Es wirkte blind. Die Art, wie es lief.«

»Vielleicht.«

»Man könnte sich ihm stellen. Wenn es blind ist.«

»Sich stellen!« höhnte sie.

»Es ist der Lärm. Der dumme Lärm, den es macht.« Er war verzweifelt.

»Das ist die Angst«, erklärte sie. »Ich meine, so ist es, wenn man Angst hat – man hört diese Stimme. Ich habe sie einmal gehört, im Schlaf. Es ist, als würde es deinen Verstand ausschalten. Es ist einfach ... ich kann nichts tun, Hugh. Ich kann dir nicht helfen. Wenn es wiederkommt, werde ich wieder davonrennen. Oder nicht einmal fähig sein wegzulaufen.«

Nicht einmal fähig sein wegzulaufen: die Worte prägten sich ihm ein. Er sah den flachen Stein im Gras. Die Eisenringe im Stein. Den um den Ring geknoteten Lederstreifen. Sein Atem stockte und kalter Speichel füllte seinen trockenen Mund.

»Was wollten sie eigentlich von uns?« fragte er. »Sie haben viel geredet, und du hast nicht alles übersetzt. Sie gaben mir das Schwert, sie schickten uns hier herauf, zu der Wiese ...«

»Lord Horn sagte überhaupt nichts. Sark sagte, wir sollten zu dem flachen Stein gehen. Wahrscheinlich meinte er den Steinhaufen, bei dem wir gesessen haben.«

»Nein.« Hugh gab keine weitere Erklärung ab.

»Wahrscheinlich wußten sie, daß wir, wenn wir dorthin gehen ... daß es kommen würde ...« Sie schwieg eine Weile, dann fügte sie sehr ruhig hinzu: »Köder.«

Er antwortete nicht.

»Ich habe sie geliebt«, stellte er fest. »So lange. Ich habe geglaubt ...«

»Sie taten, was sie tun mußten. Und wir – wir sind nicht zufällig hierhergekommen.«

»Wir sind hierhergekommen, weil wir davongelaufen sind.«

»Ja. Aber wir sind hierhergekommen.«

Diesmal antwortete sie nicht.

Nach einer Weile sagte er: »Ich habe das Gefühl, daß ich hier sein muß. Auch jetzt noch. Aber du hast dein Versprechen gehalten. Du solltest jetzt weitergehen, zurück zum Tor.«

»Allein?«

»Auch wenn ich mit dir käme, könnte ich dich nicht beschützen.«

»Darum geht es nicht.«

»Hier ist es einfach zu gefährlich für dich. Ich brauche dich jetzt nicht mehr. Wenn ich allein bin, könnte ich ... ich hätte Handlungsfreiheit.«

»Ich habe schon einmal festgestellt, daß du nicht für mich verantwortlich bist.«

»Ich kann nichts dafür. Zwei Menschen sind immer irgendwie füreinander verantwortlich.«

Sie schwieg und schlang die Arme um die Knie. Als sie sprach, lag kein Hohn in ihrer Stimme. »Hugh. Was könntest du besser machen, wenn du allein bist? Außer, dich umbringen lassen?«

»Ich weiß es nicht.«

Nach einer Weile erklärte sie: »Wir müssen etwas essen«, und kroch unter die Rhododendronsträucher, um ihren Packen zu holen. Sie nahm die Essenspäckchen heraus und betrachtete sie.

»Mein Rucksack ist oben bei den Felsen«, fiel ihm ein.

»Ich will nicht dorthin zurück.«

»Nein. Das reicht.«

»Es könnte ein paar Tage reichen. Wenn wir sparsam damit umgehen.«

»Es ist genug.« Es spielte keine Rolle. Nichts spielte eine Rolle. Er war geschlagen. Er war wieder davongelaufen und hatte sich versteckt, er befand sich in Sicherheit, würde sich immer in Sicherheit befinden und nie frei sein. »Gehen wir!« schlug er vor. »Ich bin nicht hungrig.«

»Wohin?«

»Hinunter zum Tor! Und fort von hier!«

Sie sah zu ihm auf, als er aufstand. Ihr Gesicht war unglücklich, unentschlossen. Er befestigte das Wehrgehänge wieder, legte sich den Lederrock um die Schultern. Seine Muskeln schmerzten, er fühlte sich krank und müde. »Gehen wir!« wiederholte er.

Sie rollte ihren roten Packen zusammen und schnürte ihn zu, behielt jedoch ein Stück getrocknetes Schaffleisch draußen, das sie zwischen den Zähnen hielt, während sie die Arme in die Tragriemen steckte. Er setzte sich in Bewegung, kletterte den steilen, dichtbewaldeten Hang hinauf, den sie heruntergelaufen waren, bis er den Pfad erreichte, der von der Hohen Stufe aus in den Wald führte. Auf ihm wandte er sich nach links.

Unter Irenes Füßen knackten Zweige und raschelten Blätter, als sie ihn einholte. »Wohin gehst du?«

»Zum Tor.« Er zeigte selbstsicher nach vorn und nach links. »Dort unten liegt es.«

»Ja. Aber dieser Pfad ...«

Er wußte, was sie meinte, aber nicht aussprechen wollte, daß es der Pfad war, den das weiße Ding benützt, den es gemacht hatte.

»Er führt in die richtige Richtung. Wenn er aufhört, in die richtige Richtung zu führen, werden wir quer durch das Land zum richtigen Weg, zur Südstraße gehen.«

Sie stritt nicht mit ihm. Sie sah noch immer besorgt aus, aber es hatte keinen Sinn, sich Sorgen zu machen, es spielte keine Rolle, wie oder wohin sie gingen. Er marschierte weiter, und sie folgte ihm.

Die Spur war schwach, aber deutlich, ohne Abzweigungen oder Hirschfährten, die sie verwirrt hätten. Sie verlief relativ eben, und zwar nach Süden, obwohl sie sich in scharfen und spitzen Kurven nach rechts und links wand, weil sie den Vertiefungen und den Felssträngen des Berghangs folgte. Die Bäume waren dünn und hoch und standen eng beisammen. Überall waren Felsgebilde, zutagetretender blasser Granit, und gelegentlich eine kahle Felswand oberhalb des Pfades. Wo die Erde unter den Bäumen lockerer war, waren stellenweise die abgefallenen Fichtennadeln vom Weg gefegt, und der Staub war zusammengeschoben und trug Spuren. Hugh, der diese Zeichen bemerkte, dachte an die schweren, stampfenden, blassen, faltigen Beine, den sich dahinschleppenden Körper. Es lief aufrecht wie ein Mensch. Aber es war viel größer als ein Mensch, es lief schwerfällig, jedoch sehr schnell, schleppte sich dahin und schrie, als litte es Schmerzen. Sobald er das Bild vor seinem geistigen Auge heraufbeschworen hatte, verließ es ihn nicht mehr. Er glaubte, in der Luft am Weg einen Geruch wahrzunehmen, der irgendwie vertraut war, nein, sehr vertraut, aber er konnte ihn nicht definieren. Es gab im Sommer auf einem bestimmten Busch weiße Blüten, die so rochen, wie Samenflüssigkeit, das war es, der süße, dumpfe Geruch. Er ging immer weiter und dachte an nichts als an den endlosen Augenblick, in dem er das weiße Ding erblickt hatte, das oberhalb von diesem Pfad entlanglief.

Ein kleiner, aus höhergelegenen Quellen kommender Bach querte den Weg. Hugh blieb stehen und trank, denn er war sehr durstig. Das Mädchen trat an seine Seite. Er hatte lange Zeit vergessen, daß sie sich hinter ihm befand, ihn begleitete. Das Glitzern des Wassers und der Umriß ihres Gesichts drängten sich zwischen ihn und das Bild des weißen Dinges. Irene trank, dann wusch sie sich das Gesicht, spülte Schmutz, Salz, Blut ab, klatschte Wasser auf Arme und Nacken. Er machte es ihr nach, und die Berührung des Wasser belebte ihn ein bißchen, obwohl sein Verstand langsam arbeitete und alles matt und undeutlich, ohne besondere Bedeutung wirkte.

Sie sagte etwas.

»Ich weiß es nicht«, antwortete er aufs Geratewohl.

Einen Augenblick lang sah er ihre Augen, die in der Dämmerung unter den Bäumen dunkel glänzten.

»Wenn wir uns noch auf der Ostseite des Berges befinden, dann ist dort Süden.« Sie zeigte in die Richtung. Er nickte. »Das Tor. Aber der Weg beschreibt zu viele Kurven. Ich verliere die Orientierung. Wenn wir diesen Pfad verlassen wollen, dann sollten wir es vielleicht jetzt tun, solange ich noch eine Ahnung habe, wo – wo sich das Tor befindet.« Sie sah ihn wieder an.

»Wir sollten auf dem Pfad bleiben«, widersprach er.

»Bist du sicher?« fragte sie erleichtert.

Er nickte und stand auf. Er überquerte den kleinen Bach, und sie gingen weiter. Unter den dichten, dunklen Bäumen war es finster. Es gab keine Entfernungen, keine Wahl, keine Zeit. Sie gingen weiter. Der Pfad senkte sich jetzt allmählich. Die Biegungen führten mehr nach rechts als nach links, und der Weg führte nach Westen um den mächtigen Umriß des Berges herum. Es wird dunkler werden, je weiter wir nach Westen kommen, dachte Hugh.

Irene zupfte ihn am Ärmel; sie wollte stehenbleiben. Er blieb stehen. Sie wollte, daß er sich setzte und gemeinsam mit ihr aß. Er war nicht hungrig und konnte sich hier nicht lange aufhalten, aber es war angenehm, eine Weile zu rasten. Er stand auf, und sie gingen weiter. Wildbäche querten gelegentlich den Weg in den dunklen Winkeln der Canyons, und Hugh kniete bei jedem nieder und trank, denn er war immer durstig, und das Wasser belebte ihn für eine Minute. Er blickte dann auf, sah den Himmel zwischen den schwarzen, gezackten Ästen und betrachtete das ruhige, sanfte, strenge Gesicht des Mädchens, das neben ihm am Bachufer kniete; er hörte den Atem des Windes oberhalb und unterhalb von ihnen am Hang. Diese Dinge wurden ihm bewußt, und vielleicht auch die kleinen Farne und Wasserpflanzen neben seinen Händen. Dann stand er auf und ging weiter.

Sie kamen zu einem Ort, an dem die Luft heller war, zu

einer Gruppe von Bäumen mit runden Blättern und blassen Stämmen. Hier gabelte sich der Weg. Ein Ast führte nach links und bergab, der andere geradeaus.

»Dieser da könnte zur Südstraße führen«, meinte Irene, aber an dem Ton, in dem sie »dieser da«, sagte, erkannte er, daß es nicht der richtige Weg war.

»Wir sollten auf diesem hier bleiben.«

»Er führt weiter. Wir gehen jetzt bestimmt schon nach Westen. Vielleicht führt er einfach um den Berg herum und kommt bei der Hohen Stufe heraus. Er führt immer weiter.«

»Es ist schon in Ordnung.«

»Ich bin müde, Hugh.«

Es war nur kurze Zeit her, es war lange Zeit her, seit sie haltgemacht hatten, um sich auszuruhen oder zu essen. Er wollte weitergehen, aber er setzte sich hin und wartete an der Weggabelung unter den blassen Bäumen, während sie aß. Sie gingen weiter. Als sie zu einem Bach kamen, tranken sie und gingen weiter.

Der Weg führte jetzt wieder bergauf. Das waren die einzigen Richtungen: rechts und links, bergauf und bergab. Das Gefühl für die Richtung hatten sie längst verloren: es war bedeutungslos. Es gab kein Tor. Der Weg wurde sehr steil, führte im Zickzack in die Schluchten, die den Berg spalteten, hinein und wieder hinaus, immer bergauf.

»Hugh!«

Der Name, den er haßte, kam aus großer Entfernung durch die Stille. Der Wind hatte aufgehört. Kein Geräusch war zu hören. Sei still, dachte er mit dumpfem Unbehagen, du mußt jetzt still sein! Er blieb widerwillig stehen und drehte sich um. Zunächst sah er das Mädchen überhaupt nicht. Sie war weit hinter und unter ihm auf dem Pfad, unten auf dem langen, düsteren, steilen Pfad unter den dicht stehenden Bäumen, ihr Gesicht war nur noch ein weißer Fleck. Wenn er noch ein paar Schritte gemacht hätte, wäre sie außer Sichtweite geraten. Das wäre besser gewesen. Aber er wartete auf sie. Sie kam sehr langsam nach, sie plagte sich den Berg herauf, das war ein Wort aus Büchern, plagen, arbeiten, dieser Weg war Schwerarbeit. Sie war müde. Er fühlte keine Müdigkeit, nur wenn er stehenblieb, so wie jetzt. Sobald er weitergehen konnte, war alles in Ordnung.

»Du kannst nicht einfach immerzu gehen«, flüsterte sie atemlos, heiser, als sie ihn endlich eingeholt hatte.

Es kostete ihn große Mühe zu sprechen. »Es ist nicht mehr weit.«

»Was ist nicht mehr weit?«

Sprich nicht, wollte er ihr sagen. Es gelang ihm zu flüstern. »Sprich nicht!« Er drehte sich um und wollte sich in Bewegung setzen.

»Hugh, warte!«

In ihrem geflüsterten Schrei lagen Angst und Entsetzen. Er wandte sich ihr wieder zu und wußte nicht, was er ihr sagen sollte. »Es ist schon in Ordnung«, brachte er schließlich heraus, »du wartest eine Weile hier.«

»Nein.« Sie starrte ihn an. »Nicht, wenn du weitergehst.« Sie drängte sich an ihm vorbei und stürzte den schmalen Weg hinauf, sie bewegte sich ruckartig, gehetzt. Er folgte ihr. Der Weg bog um Ecken, stieg, bog um Ecken unter den dunklen Tannen, unter den Felshängen. Sie umrundeten einen Vorsprung, der über den ungeheuren, düsteren, abfallenden Wald hinausragte und sahen das ganze, sich nach Westen zu verfinsternde Land der Dämmerung unter sich. Sie blieben nicht stehen, sondern gingen weiter, gelangten unter Bäume, in Blätter und Zweige, in den Berg, unter Felsen. Rechts von ihnen wölbten sich die überhängenden Gipfelwände. Die Bäume zwischen den zerklüfteten Klippen und Felsblöcken waren klein und verwittert. Unter ihren Füßen spürten sie jetzt Stein, und der Weg wurde eben.

Irenes schwere, ruckartige Schritte zögerten. Sie blieb stehen. Sie machte ein paar Schritte und blieb wieder stehen. Als er neben sie trat, flüsterte sie: »Dort!«

Sie standen vor einer Felswand, an deren Außenseite der sich verengende Steig entlangführte. Hugh machte diese letzten Schritte, bog um die Ecke und sah die Einbuchtung der Klippe, eine mit fast blattlosen Büschen bewachsene Felswand. In dem Felsen befand sich eine Höhle. Natürlich war es hier; das war der Ort. Er betrachtete ihn ohne Angst, ohne jegliches Gefühl. Er war hier. Endlich. Wieder. Er war sein Leben lang hierhergekommen und hatte es von Anfang an nie verlassen.

Er mußte nur noch die paar Schritte bis zum steinigen, ebenen Boden vor der Höhle machen und sie betreten. In der Höhle war es dunkel. Keine Dämmerung: Dunkelheit. Von Anbeginn bis zum Ende aller Zeiten.

Er setzte sich in Bewegung.

Sie lief an ihm vorbei, das Mädchen, drängte sich auf dem schmalen Weg an ihm vorbei, lief hinunter und über den ebenen Boden zum Eingang der Höhle, betrat sie aber nicht. Sie bückte sich, hob einen Stein auf, warf ihn geradewegs in den dunklen Mund und schrie mit hoher Stimme wie ein Vogel: »Also gut, dann komm raus! Komm raus! Komm raus!«

»Tritt zurück!« Hugh war mit drei Schritten neben ihr. Er hielt die Scheide mit der linken Hand fest und zog das Schwert mit der rechten, denn es gab keine andere Hilfe. Der kalte Atem seufzte aus der Höhle heraus, und aus der kalten Dunkelheit drang die erwachte, ungeheure Stimme, das schluchzende Heulen. Und das aufgeschlitzte, augenlose Gesicht, das keines war, stürzte hervor, stieß blind und weiß vor, tastete sich zu ihm hinunter. Hugh umklammerte den Schwertgriff mit beiden Händen, stieß das Schwert in den weißen, faltigen Bauch hinauf und zog die Klinge mit aller Kraft nach unten. Das pfeifende Schluchzen schwoll zu einem Schrei an. Blasses Blut und glitzernde Eingeweide ergossen sich heraus, das Geschöpf wand sich, richtete sich auf, zog ihm dabei das Schwert aus den Händen, dann brach es auf ihm zusammen und erdrückte ihn, denn er versuchte zu spät, sich zur Seite zu werfen und ihm zu entgehen.

8. Kapitel

Es bewegte sich immer noch. Die Arme – klein, wie die Vorderbeine einer Eidechse im Vergleich zur Masse des Körpers, aber geformt wie menschliche Arme und Hände – zuckten gleichmäßig, ein sinnloser Reflex. Menschliche Arme, Frauenarme, und das dort waren Brüste, spitz wie die Zitzen einer Sau, zwischen den Armen und weiter unten am Bauch, der Körper pulsierte weiterhin krampfhaft und die schreckliche Wunde wurde sichtbar, wieder und immer wieder, und damit der Schwertgriff, der aus der Wunde ragte. Irene, die schon auf Händen und Knien lag, duckte sich noch tiefer und erbrach auf Felsen und Staub. Als sie sich ein wenig aufrichten konnte, begann sie davonzukriechen, um von dem sterbenden Geschöpf und dem Gestank des geöffneten Bauches wegzukommen. Aber Hugh lag unter dem Ding, und wie konnte sie ihn dort lassen? Doch er war auch tot oder er lag im Sterben, und sie hatte Angst. Sie konnte nichts tun. Sie konnte nicht einmal aufstehen. Sie zitterte unaufhörlich und gab ein merkwürdiges Geräusch von sich, das wie »Ao, ao« klang. Als sie unter die zuckenden Arme kroch, so nahe, daß sie die aus der Wunde gleitenden Därme und Hugh sehen konnte, der auf dem Rükken lag und vom riesigen, faltigen Bein und dem Körper an den Boden gepreßt wurde, konnte sie ihn nicht einmal erreichen. Sie konnte ihn nicht herauszerren. Sie mußte das Drachenwesen wegbringen, versuchen, es von ihm hinunterzuwälzen. Als sie die Hände gegen die runzlige, weiße Seite stemmte, schrie sie laut.

Es war kalt, eine Todeskälte. Es war schlaff und steif, die Krämpfe folgten einander automatisch. Sie schob mit gesenktem Kopf und geschlossenen Augen und weinte. Es bewegte sich ein wenig, begann zu rollen, rollte langsam auf den Rücken und gab Hughs Körper frei, der in einer Lache von Schleim und Blut lag. Die dünnen weißen Arme reckten sich jetzt in die Höhe. Sie zuckten schwächer und schneller, Irene nahm es aus dem Augenwinkel wahr, als sie sich neben Hugh niederkauerte. Er lag auf dem Rücken, beide Beine abgebogen, das Gesicht blutverschmiert, ausgelöscht. Sie versuchte, das Zeug mit den Händen von seinem Gesicht zu wischen, Nase und Mund zu reinigen, denn er atmete, ein stoßweises, keuchendes, flaches Atmen; aber er bewegte sich nicht, und sein Gesicht fühlte sich kalt an. Das Drachenwesen war auf ihn gefallen und hatte zu lange auf ihm gelegen, hatte sein Leben erstarren lassen und erstickt. Er war zerbrochen. Wenn sie ihn aus diesem Schmutz herausholen könnte, dem Blut, den aufgeplatzten Gedärmen, dem weißen, zuckenden Körper, den sie nicht ansehen konnte, wenn sie ihn nur irgendwohin schaffen, ihn säubern und ein Feuer entzünden könnte, so daß ihm warm wurde, so daß ihnen beiden warm wurde. Aber sie konnte ihn nicht bewegen. Falls seine Wirbelsäule verletzt war, konnte sie ihn bei dem Versuch töten. Sie wagte nicht einmal, seine Beine zu bewegen, weil sie Angst hatte, daß sie gebrochen waren.

»Was soll ich tun?« wimmerte sie laut und fühlte, wie trocken und aufgequollen ihre Zunge im Mund lag. Sie war schon lange durstig gewesen, Meilen, bevor sie die Höhle erreichten, stundenlang, während Hugh erbarmungslos weiterging, nie stillstand, getrieben und gezogen wurde, und sie mußte bei ihm bleiben, denn sie wußte, daß keiner von ihnen allein jemals aus diesem Land hinausfinden würde. Der Weg war immer höher gestiegen, es hatte keine Bäche mehr gegeben und dann waren sie bei der Höhle angelangt. Aber ihr Mund war wie trockener Gips, irgendwo mußte es Wasser geben. Sie setzte sich auf die Fersen und betrachtete aus halbgeschlossenen Augen die steinige Fläche vor dem dunklen Loch des Höhleneingangs, die kahlen Hänge und Felsen oberhalb, die Baumwipfel und Höhenzüge jenseits der Schlucht. Sie konnte das weiße Ding nicht ansehen, nahm jedoch noch immer das Zittern der Arme am Rand ihres Gesichtsfelds wahr; es hatte beinahe aufgehört, war nur noch ein Schauder. Sie versuchte, sich die Hände auf den Steinen abzuwischen, denn sie waren klebrig und wurden allmählich steif vor Schleim und Blut. Sie hörte, wie Hughs Atem stockte. Er bewegte die Hände und hustete, ein leises, hohes Geräusch, wie bei einem Kind. Seine Lippen zuckten, und dann schlug er die Augen auf. Zuerst waren sie ausdruckslos, aber als sie sich neben ihn hinkauerte und seinen Namen nannte, blickte er sie an, sie sah seine blauen Augen, seine Seele lebte.

»Kannst du dich bewegen, Hugh? Kannst du dich aufsetzen?«

Der Atem kam pfeifend aus seiner Brust.

»Keine Luft«, flüsterte er.

»Das ist schon in Ordnung. Es hat dich umgeworfen. Wenn du dich bewegen kannst, können wir fort. Ich kann dich nicht bewegen.«

»Fett. Warte.«

Er schloß die Augen, öffnete sie dann wieder, preßte die Lider zusammen und stützte sich auf die Ellbogen auf; sein Kopf hing auf die Brust herab. »Gib nicht auf!« sagte er zu ihr oder zu sich selbst.

»So ist's recht«, redete sie ihm zu und stützte seine Schultern, »so ist es richtig.« Er drehte sich mit einem Ruck auf die Knie. Dort verharrte er eine Weile in dieser Stellung. Ihm war anscheinend nicht bewußt, wo er sich befand, er sah nicht das tote, schaudernde Ding neben sich; er konnte jetzt nur seinen eigenen Körper wahrnehmen. Als er versuchte aufzustehen, konnte ihm Irene helfen, indem sie ihre Schulter als Krücke unter seine Achselhöhle schob. Er war sehr schwer, watschelte blicklos. Sie führte ihn, er stolperte schlurfend um den Körper des Drachenwesens herum, über die ebene Fläche, zu den jungen Bäumen, die neben der Höhle wuchsen. Dort ging der Weg weiter. Er bog beinahe sofort scharf nach links ab und führte so steil bergab, daß Hugh sich nicht auf den Beinen halten konnte. Aber sie waren wenigstens an der Höhle vorbei. Sie hatte vor, ihn auf dem Weg sitzen oder liegen zu lassen, während sie Wasser suchte, als sie das Geräusch von fließendem Wasser hörte; und sie erinnerte sich, daß sie es die ganze Zeit gehört hatte, während sie sich auf dem ebenen Fleck vor der Höhle befanden. Sie brachte Hugh dazu, um die Biegung herumzustolpern. Der Weg führte zwischen hohem Farnkraut hinunter. Oberhalb von ihm glitt Wasser als klarer Film über Felsblöcke, kreuzte den Weg und verschwand zwischen Farnen und Moos bergabwärts. »Hier«, sagte sie. Sobald sie Hugh nicht mehr stützte, fiel er auf die Knie und dann auf alle viere. »Leg dich hin!« schlug sie vor, und er ließ sich zwischen den Farnen auf die Seite gleiten.

Sie trank, wusch sich Hände und Gesicht in dem kleinen, unermüdlichen, klaren Rinnsal und ließ Hugh aus ihren hohlen Händen trinken, einen Schluck nach dem anderen, besser ging es nicht. Sie wollte ihn dazu bringen, daß er sich aufrichtete, so daß sie ihm das Wams ausziehen konnte. Er unterstützte sie nicht. »Es ist mit Blut und Gedärmen bedeckt, Hugh, es stinkt ...«

»Mir ist kalt.«

»Ich habe eine Decke, einen Mantel. Er ist trocken, dir wird gleich wärmer sein.« Er wußte nicht, daß er Widerstand leistete, und sie gab nicht nach, bis sie ihm das Lederwams ausgezogen hatte. Er schrie zweimal vor Schmerzen auf, als sie es ihm von den Schultern streifte, so daß sie annahm, seine Schulter wäre gebrochen oder ausgerenkt oder sein Arm verletzt; aber er sagte ziemlich deutlich: »Es ist schon okay.« Sein Hemd war vorn klebrig und rotbraun; sie zog es ihm aus. Sie konnte keine Verletzung an ihm entdecken. Schultern, Arme und Brust waren schwer, glatt, kräftig und wirkten an dem düsteren Ort zwischen den Farnen sehr weiß. Sie wickelte ihn in den roten Mantel, und nachdem sie sein Hemd ausgewaschen hatte, verwendete sie es, um ihm damit Gesicht, Hals und Hände besser zu reinigen; dann spülte sie es noch einmal aus, sehnte sich nach dem Wasser und ließ sich von ihm heilen, von seiner

Berührung, seiner Kühle und seiner Klarheit. Er atmete immer noch flach, aber gleichmäßig. Sie legte ihre Hand auf die seine, um ihn und sich zu trösten.

Die ungeheure Schlucht unter ihnen war still. Der ganze Berg war still bis auf die leise, ständige Melodie der Quelle.

Dieser Winkel neben dem Pfad war ein guter Platz: die Farne, die Felsen, der glitzernde Wasserfilm, die regungslosen, dunklen Fichtenäste. Sie blickte auf. Der Pfad hatte eine scharfe Biegung beschrieben; sie mußten sich direkt unterhalb der steinigen Fläche und des Höhleneingangs befinden. Die Quelle entsprang wahrscheinlich unter dem Boden der Höhle und trat hier ans Licht. Sie befanden sich hier vor der Höhle, aber jenseits von ihr. Man denkt nie daran, daß man am Drachen vorbei muß, überlegte Irene. Man denkt nur daran, daß man zu ihm gelangen muß. Aber was geschieht nachher?

Sie begann wieder, lautlos, erlöst zu weinen. Die Tränen liefen ihr wie das Quellwasser, wie ein Film über die Wangen. Sie dachte an die kläglichen, scheußlichen Arme, die spitzigen weißen Brüste; sie vergrub das Gesicht in den Armen und weinte. Ich habe die Höhle des Drachen hinter mir gelassen und kann nicht zurückkehren. Ich muß weitergehen. Es war mein Zuhause, das Licht im Fenster, das Feuer im Herd, ich war dort ein Kind, ich war die Tochter, aber es ist vorbei. Jetzt bin ich nur die Tochter des Drachens und das Kind des Königs, die Frau, die allein weitergehen muß, weil es hinter mir kein Zuhause mehr gibt.

Das kleine, furchtlose Wasser sang. Sie ringelte sich schließlich erschöpft zusammen, um zu schlafen. Sie befanden sich an einem feuchten Ort: wenn die Farne sie berührten, fühlten sie sich kalt an, der Boden war modrig feucht. Sie konnte sich nicht erwärmen. In der Nähe gab es nichts, womit sie hätte ein Feuer entzünden können, und weil sie endlich halb entspannt war, war sie zu müde, um Holz für ein Lagerfeuer zu sammeln. Hugh schlief tief. Er hatte sich halb aufs Gesicht gelegt und die Arme an den Körper gedrückt, damit ihm wärmer war. Eine Ecke des roten Mantels hatte sich in den Farnen verfangen und gelöst. Sie kroch unter den Mantel und legte sich Rücken an Rücken zu Hugh. Das nützte nichts. Sie drehte sich um und legte unter dem Mantel den Arm über seine Seite. Das war Wärme, das war Trost. Sie schlief ein wie ein fallender Stein.

Als sie aufwachte, blieb sie eine Weile in der Wärme liegen, ließ sich von Hughs und ihrem eigenen Atem rhythmisch wiegen, war vollkommen beruhigt. Erinnerungen begannen Gestalt anzunehmen, drangen wie die Kanten und Muscheln des Bachbettes ein; wieder lief sie den schmalen, steilen Weg zum Eingang der Höhle hinunter, schrie herausfordernd, dann noch einmal, glitt auf den Felsen aus und fiel – und setzte sich auf und befreite sich aus den Falten des roten Mantels. Eine Weile musterte sie schläfrig die Farne und den Bach, die Bäume in der Schlucht, die bläuliche Tiefe, die fernen Bergkämme, den farblosen Himmel. Sie kroch zu dem Bach hinüber, hockte sich hin, wo das Wasser über einen grauen Felsblock rieselte, und trank; sie wusch sich Gesicht und Nacken, um einen klaren Kopf zu bekommen; dann ging sie den Pfad entlang und von ihm weg zwischen die Bäume, um zu urinieren. Als sie zurückkehrte, hatte sich der in den Mantel gehüllte Hugh aufgesetzt. Sein dichtes, grobes, helles Haar, das steif war, weil sie versucht hatte, das Blut herauszuwaschen, stand von seinem Kopf ab; dichte Bartstoppeln bedeckten sein Kinn; er sah schwer und verstört aus. Als sie ihn fragte, wie es ihm ging, brauchte er lange, bevor er antwortete: »Okay. Kalt.«

Sie packte Brot und Fleisch aus, bot ihm seinen Teil an, aber er streckte nicht die Hand aus dem Mantel heraus, um danach zu greifen, sondern zog unglücklich die Schultern hoch. »Nicht jetzt.«

»Komm schon! Du hast ... gestern? Wann immer das war – nichts gegessen.«

»Nicht hungrig.«

»Dann trink wenigstens etwas.«

Er nickte, machte aber keine Anstalten, an den Bach zu gehen. Nach einer Weile sagte er: »Irena.«

»Ja.« Sie kaute geräuchertes Lammfleisch. Sie war halb verhungert und warf schon gierige Blicke auf seinen unberührten Teil.

»Das ... Wo ...«

»Dort oben.« Sie zeigte auf den dicht bewachsenen Abhang oberhalb der Quelle. Er sah ängstlich hinauf.

»Hat es ...«

»Es war tot.«

Hugh erschauerte: sie sah, wie das Zittern seinen ganzen Körper durchlief. Er tat ihr leid, aber im Augenblick interessierte sie sich hauptsächlich für das Essen. »Iß etwas!« forderte sie ihn auf. »Es schmeckt so gut. Wir sollten uns bald auf den Weg machen. Wenn du dich wohl fühlst.«

»Auf den Weg«, wiederholte er.

Sie biß in ein hartes, trockenes Stück Brot. »Fort! Hinaus! Zum Tor!«

Er schwieg, griff nach einem Streifen Trockenfleisch, knabberte lustlos daran herum, gab auf und ging zum Bach hinüber. Er bewegte sich unbeholfen und brauchte eine Weile, bis er sich so weit hinuntergebeugt hatte, daß er trinken konnte. Er trank lange, richtete sich schließlich mühsam auf und hielt dabei den roten Mantel fest. »Ich brauche mein Hemd oder irgend etwas.«

»Ich werde nachsehen, ob es trocken ist. Ich mußte es waschen. Auch dein Wams.«

Er sah auf seine Jeans hinunter, auf der sich harte, schwarze Streifen von getrocknetem Blut abzeichneten, und schluckte. »Richtig. Wo ist es?« Er sah das Hemd, das Irene über einen großen Farn gebreitet hatte, damit es trocknete, warf den Mantel ab und zog es an. Irena beobachtete ihn dabei und sah, wie schön seine kräftigen, glänzenden Arme und sein Hals waren. Sie war von Mitleid und Bewunderung erfüllt. »Du hast den Drachen getötet, Hugh.«

Er knöpfte das Hemd zu, und nach einer Minute, als er damit fertig war, drehte er sich zu ihr um. Er stand regungslos zwischen grauen Felsen und schwankenden Farnen, sie stand regungslos zwischen Steinen und Farnen, und sie sahen einander an.

»Du hast mich überholt.« Er erlebte den Augenblick an der Biegung des hohen Weges noch einmal. »Du bist hinuntergelaufen – hast ›Komm heraus!‹ gerufen. Wieso hast du ... Weshalb hast du das getan?«

»Ich weiß es nicht. Ich wollte keine Angst mehr haben. Ich war wütend. Als ich die Höhle sah ... Als ich sie sah, wußte ich, daß sie drin war und daß du hineingehen und nie mehr herauskommen würdest, und das hielt ich nicht aus. Ich mußte sie dazu bringen, herauszukommen.«

Er steckte die Hemdzipfel in die Jeans und zuckte dabei zusammen.

»Du bezeichnest es als ›sie‹.«

»Es war eine ›sie‹.« Sie wollte nicht über die Brüste und die dünnen Arme sprechen.

Er schüttelte angewidert den Kopf und wurde noch blasser. »Nein, es war ... Der Grund, warum ich es töten mußte ...« Dann streckte er schwankend die Hand nach einer Stütze aus.

»Es spielt keine Rolle. Es ist tot.«

Er rührte sich nicht, hatte das Gesicht abgewendet und betrachtete den Bach.

»Ist das Schwert ...«

»Das Gehänge und die Scheide liegen hier irgendwo zwischen den Farnen. Das Schwert ist ...« Anscheinend sah sie genauso angewidert aus wie er, denn er unterbrach sie: »Ich brauche es nicht.«

»Hugh, wir sollten jetzt weitergehen. Ich möchte aufbrechen. Wenn du dich wohl genug fühlst.«

»Was ist mir eigentlich passiert?«

»Es ist auf dich gefallen.«

Er holte tief Luft; auf seinem Gesicht zeichnete sich Verwirrung ab.

»Du hast nicht das Gefühl, daß ein Knochen gebrochen ist oder sowas?«

»Ich bin in Ordnung. Mir ist nur kalt.«

»Du müßtest etwas essen.«

Er schüttelte den Kopf.

»Dann brechen wir jetzt auf! Hier ist es feucht. Vielleicht wird dir beim Gehen warm.«

»Richtig.« Er trat zu der Stelle hinunter, an der sie zwischen den Farnen geschlafen hatten. Irene richtete alles zum Aufbruch: sie schnürte das Paket mit Essen und das noch feuchte Lederwams zusammen, so daß sie alles leicht tragen konnte, und gab Hugh den roten Mantel. »Zieh ihn richtig an! Siehst du, du kannst ihn am Hals zubinden. Ich werde dein Wams tragen, bis es trocken ist.« Er bewegte sich so unbeholfen, daß sie fragte: »Ist deine Schulter in Ordnung?«

»Ja, es ist die Seite, ich habe wahrscheinlich etwas gezerrt.«

»Kannst du gehen?« fragte sie scharf, beunruhigt.

»Es wird besser werden, wenn mir warm ist«, meinte er entschuldigend.

»Ich weiß nicht, wo wir uns befinden«, stellte sie fest.

Sie standen auf dem Pfad dicht unterhalb des handbreiten Rieselns und Murmelns des Baches, der zwischen Farnen, Moos und Baumwurzeln den Berghang hinab verschwand.

»Wenn wir genau wissen wollen, wohin wir marschieren, müssen wir den ganzen Weg zurückgehen.« Sie zeigte hinauf zur Höhle. »Dort vorbei, zurück zur Hohen Stufe, dann hinunter zur Stadt und auf die Südstraße.«

»Nein.«

Sie war erleichtert, brachte es aber nicht fertig, es zuzugeben. »Ich möchte es auch nicht. Es war ein schrecklich langer Weg. Aber ich weiß nicht, in welcher Richtung sich das Tor befindet.«

»Wenn wir hinuntergehen, bekommen wir vielleicht das Gefühl für die Achse, die Richtung wieder.«

»Okay. Falls wir auf dem Südhang des Berges stehen, dann führt dieser Weg nach Osten. Wenn wir vorwiegend nach Osten oder Südosten gehen, müßten wir irgendwo am Fuß des Berges über den Dritten Fluß kommen. Dann folgen wir dem Dritten Fluß zur Straße und dieser zum Tor. Das müßte wesentlich kürzer sein, als wenn wir um den Berg herum zurückgehen.«

Er nickte; und sie schlug den Weg unter den dünnen, dicht beisammenstehenden Fichten ein. Sie war guter Dinge, weil sie sich bewegte, weil sie nicht zurückgehen mußte; sie hatte Angst gehabt, daß er darauf bestehen würde, zurückzukehren. »Geh, ohne zurückzublicken ...«

Die weißen Gestalten standen schweigend auf der dämmrigen Straße; es war lange her und würde für immer unveränderlich so bleiben.

Der Pfad war schmal und steinig und führte sanft bergab. Das Gehen tat wohl, löste die Verkrampfung und die Schmerzen in Armen und Beinen, sie atmete gleichmäßig. Während des ganzen endlosen Tages von der Hohen Stufe zur Höhle, während des ganzen Tages (oder all der Tage), als sie Angst gehabt hatte und immer weiter mußte, war sie nicht fähig gewesen, richtig zu atmen: ein Druck hatte auf ihrer Lunge gelastet. Jetzt war das Atmen ein genauso großes Vergnügen, als würde sie kühles Wasser trinken. Ich atme, werde geatmet, bin Atem; ich bin so, wandere so, gehe so auf der Erde, bin Erde, Atem; und darunter reine Freude.

Es dauerte lang, bis der Weg den Grund der Schlucht erreichte. Dort unten herrschte dunkle Dämmerung, ein Bach floß lautlos unter überhängenden Büschen und Farnen, ein glatter, düsterer Übergang. Hugh folgte ihr langsam auf das andere Ufer. Sie sah, daß ihm das Gehen schwer fiel. Sie sah, daß der Weg an dieser Seite des Canyons eine Kehre machte und nach Westen führte.

Wenn es Westen war.

Dort unten, an der dunklen, glatten Stelle verließ sie ihr ganzes Selbstvertrauen. Wenn sie zuerst weiter gelaufen waren, als sie annahm, und sich die Höhle des Drachen am Westhang des Berges befand, dann stimmten die Richtungen nicht mehr. Sie befanden sich in einem Gebiet, über das sie nichts wußte. Anirotembre, das Land hinter dem Berg, sie hatten nur diesen Namen genannt. Falls es hier Städte gab, hatten sie sie nicht erwähnt. Was hatte Hugh einmal über den Westen gesagt? Etwas über das Meer. Das war nicht gut. Sie mußte jetzt entscheiden, wohin sie sich wenden sollten. Der Pfad, auf dem sie sich befanden, beschrieb vielleicht einen Kreis. Sie waren ihm gefolgt, seit sie die Hohe Stufe verlassen hatten, es war der Weg des Drachens. Vielleicht führte er im Zickzack in die Schluchten hinein und wieder hinaus, den Berghang hinauf und wieder hinunter und schließlich zur Hohen Stufe zurück. Vielleicht mußten sie tagelang gehen, und Hugh ließ schon den Kopf hängen und war froh, daß er stehenbleiben durfte. Es hatte keinen Sinn, wenn sie im Kreis gingen. Sie mußten den Weg des Drachens verlassen, wenn sie hinaus wollten.

»Vielleicht sollten wir hier von dem Pfad abweichen.« Sie sprach leise, denn der tiefe Ort flößte ihr Furcht ein. »Wir müssen versuchen, immer nach Osten zu gehen.«

Er blickte zu den dunklen, überhängenden Felsen hinauf. »Es wird schwer sein, ohne Weg die Richtung einzuhalten.«

»Der Fluß fließt nach Osten. Glaube ich. Wir können ihm folgen.«

»Okay.«

»Ich nehme an, daß es Osten ist«, sagte sie scharf. »Ich weiß es nicht.«

»Es gibt keine Möglichkeit, Gewißheit zu erlangen.« Er enthob sie ohne eine weitere Frage der Verantwortung. »Ich würde niemals irgendwohin kommen.« Er sah sie durch die dunkle Luft an. »Jedenfalls nicht allein.«

»Hoffentlich fließt der Fluß in die richtige Richtung.«

»Es ist keinesfalls ein Fluß, sondern nur ein Bach«, stellte er freundlich richtig.

»Ich bezeichne alle als Flüsse. Willst du eine Weile hier rasten?«

»Nein. Der Boden ist zu feucht. Gehen wir weiter!«

Es war eine Belastung, den Pfad absichtlich zu verlassen, die Weglosigkeit zu wählen, als wüßten sie, wohin sie gehen mußten. Sie kamen wenigstens zunächst gut voran. Die

Bäume auf dieser Seite der Schlucht waren größtenteils hohe, alte Fichten, zwischen denen nicht viel Unterholz stand, sobald sie das Bachbett verlassen hatten. Die Hänge waren steil. Sie wünschte sich bald, daß ihr rechtes Bein um ein paar Zentimeter kürzer wäre. Aber sie kamen gut voran, und hier war es heller.

Das Gefälle des Bachs wurde stärker. Irene versuchte nicht, dicht am Wasser zu bleiben, sondern hielt sich mehr an den Kamm des Hügels, auf dem man besser vorwärtskam und dessen Richtung immer noch der des Wasserlaufs entsprach. Sie hatte gehofft, daß sie von oben den Weg überblicken konnte, aber wie immer standen die Bäume zu dicht. War es unvernünftig gewesen, den Pfad zu verlassen? Vielleicht, aber sie hatte nicht die Absicht, umzukehren. Sie mußten es darauf ankommen lassen. Sie hatte Hunger. Es war ihrer Meinung nach zu früh zum Rasten, bis sie sich an den Ort unterhalb der Höhle erinnerte, an dem sie geschlafen hatten – vor Stunden, weit oben am Berg. Sie drehte sich um und sagte zu Hugh, der hinter ihr her stapfte, »Ich würde gern eine Pause einlegen.« Er blieb sofort stehen, sah sich um, zeigte auf ein Stückchen ebenen Boden zwischen den Wurzeln von zwei großen, struppigen Bäumen, und sie steuerten darauf zu. Er trug den roten Mantel und sah von hinten mehr wie eine Großmutter, von vorn jedoch stattlich aus. Sie fanden Wurzeln, auf denen es sich gut sitzen ließ, und Irene schnürte das Eßpaket auf und packte aus. »Vielleicht sollten wir diesmal nur eine Kleinigkeit essen und beim nächsten Mal eine größere Mahlzeit einschalten. Bist du schon sehr hungrig?«

»Überhaupt nicht.«

»Iß trotzdem etwas!«

Sie teilte Portionen aus, die unglaublich kärglich aussahen, und stürzte sich darauf. Sie glaubte, daß sie langsam kaute, damit es länger anhielt, aber es war sofort weg, noch ehe er die Hälfte seiner Ration gegessen hatte. Er rührte das Brot nicht einmal an. Sie betrachtete ihn besorgt. Er war blaß, aber sein abgezehrtes Aussehen kam hauptsächlich vom Stoppelbart. Er sah nicht überfordert aus, sondern wirkte sogar sorglos und zufrieden, wie er so in den Wald hineinstarrte. Er spürte offensichtlich, daß sie ihn ansah, und wandte sich ihr zu. »Arbeitest du, oder gehst du zur Schule, oder was?« fragte er.

Zuerst schien die Frage verrückt, sinnlos, sie konnte sie nicht beantworten, wenn sie sich auf dem Berg des Drachen befand und sich verirrt hatte. Dann setzte sich der Impuls, der ihn zu der Frage veranlaßt hatte, auch bei ihr durch, und seine Neugierde erschien ihr nicht mehr seltsam. »Ich arbeite. Mott und Zerming. Ich bin ein Bote.«

»Ein was?«

»Ein Bote. Sie haben in der Stadt viele Filialen und Zweigstellen und eine Menge Korrespondenz, Memos, Zeichnungen und solches Zeug – zum Teil haben sie mit Bauarbeiten zu tun –, so daß es sich für sie lohnt, Boten einzusetzen, die die Sachen zu den verschiedenen Büros bringen, statt sie per Post zu schicken. Es ist eine ziemlich große Firma. Aber sie sind noch auf diese Stadt beschränkt, und Mr. Zerming leitet sie beinahe allein. Er beschäftigt gern Leute mit einem eigenen Wagen. Aber er bezahlt alle meine Benzinrechnungen.«

»Das ist verrückt«, meinte er zustimmend. »Du fährst also die ganze Zeit herum?«

»Manches erledigt man besser zu Fuß, die Büros im Zentrum. Oder man benützt den Bus. An manchen Tagen fahre ich nur. Es ist ein bißchen ulkig. Ich mag es, weil ich mehr Freiheit habe und mir die Arbeit einteilen kann, wie ich will. Ich hasse es, wenn mir jemand erklärt, wie ich meine Arbeit einteilen soll.«

»Das ist die Schwierigkeit bei den meisten Jobs.«

»Die Schwierigkeit bei meinem ist, daß die Arbeit eigentlich kinderleicht ist. Irgendwie irreal. Man *tut* nie etwas. Man fährt und fährt und kommt nirgendwo hin.«

»Was würdest du denn gerne tun?«

»Ich weiß nicht. Mir macht diese Arbeit nichts aus, sie ist in Ordnung. Es ist eben ein Job. Aber ich finde, daß das, was jemand wirklich tut, etwas anderes ist. Etwas anderes sein sollte. Eine Farm zum Beispiel. Oder unterrichten. Oder Kinder. Aber das ist nichts für mich. Man muß ein Stück Land besitzen und einen Traktor. Oder ein Diplom als Lehrer oder als Krankenschwester oder so etwas.«

»Man kann Abendkurse in einem Gemeindecollege besuchen«, sagte er nachdenklich. »Und untertags arbeiten. Jedenfalls kann man es versuchen. Wenn ...«

»Das klingt, als hättest du darüber nachgedacht. Oder müßtest du auf eine Spezialschule gehen?«

»Was für eine?«

»Du hast Bibliotheksarbeit erwähnt.«

Er sah sie wieder an. »Das stimmt.« Sie wußte ohne zu fragen, daß sie einen Punkt berührt hatte, der mit einer Kränkung zusammenhing, daß sie etwas vollkommen richtig gemacht hatte. Sie wußte nicht, was es war, war aber von der Wirkung begeistert. »Verrückt«, sagte sie. »Die vielen Bücher. Was hättest du denn mit ihnen zu tun?«

»Ich weiß es nicht. Sie lesen?«

Er lächelte gutmütig. Sie lachte. Ihre Blicke trafen einander, beide sahen weg. Dann schwiegen sie eine Weile.

»Wenn ich nur sicher wäre, daß wir nach Osten gehen, dann wäre mir bedeutend leichter zumute ... Bist du jetzt okay?«

»Ich fühle mich großartig.«

Er sprach immer leise, aber sie bemerkte, wie volltönend seine gedämpfte Stimme klang; es war vielleicht eine schöne Singstimme.

»Hier tut es höllisch weh«, stellte er überrascht fest, als er seine linke Körperseite vorsichtig betastete.

»Laß mich mal sehen!«

»Es ist schon in Ordnung.«

»Laß mich trotzdem nachsehen! Mir kommt vor, als ob du dich auf dieser Seite irgendwie verkrampftest.«

Er versuchte sein Hemd hinaufzuschieben, konnte aber den linken Arm nicht heben und knöpfte das Hemd auf. Er war verlegen, und sie versuchte, sich objektiv wie ein Arzt zu benehmen. In der Höhe des Ellbogens, am Rand des Brustkorbs, befand sich ein grünschwarzer Fleck von der Größe einer Kaffeetasse. »Mein Gott«, sagte sie.

»Was ist es?« fragte er besorgt; er konnte es nicht genau erkennen.

»Wahrscheinlich ein Bluterguß.« Sie dachte an den Schwertgriff, der aus dem Bauch des weichen Geschöpfs herausragte. Ihr Körper verkrampfte sich bei dem Gedanken. »Als es ... als es auf dich fiel.« Rings um den blauen Fleck war die Haut gelblich, und weitere Quetschungen und dunkle Streifen erstreckten sich bis zum Brustbein. »Kein Wunder, daß es weh tut.« Sie spürte die Hitze der gequetschten Stelle an den Fingerspitzen, noch bevor sie sie sehr sanft berührte.

Er hielt ihre Hand fest. Sie nahm an, daß sie ihm wehgetan hatte, und sah zu ihm auf. Sie bewegten sich nicht, sie kniete neben ihm, und er hatte ein Knie angezogen.

»Du hast mir gesagt, daß ich dich nie berühren darf«, bemerkte er heiser.

»Das war früher.«

Sein Mund war erschlafft und weicher geworden, sein Gesicht wirkte aufmerksam, zutiefst ernst, wie schon einmal zuvor. Sie hatte die gleiche Maske auf den Gesichtern anderer Männer erblickt, durch die sie einander alle ähnelten, und hatte ihr Gesicht verborgen. Jetzt hatte sie keine Angst, war schüchtern, aber neugierig, beobachtete ihn, berührte seinen Mund und die Vertiefung neben dem Auge genauso sanft wie die dunkle Quetschung, wollte seinen Schmerz und sein Verlangen kennenlernen. Er drückte sie an sich, aber ungeschickt und gehemmt, bis sie beide Arme hob und so weich und fließend wurde wie Wasser. Dann hielt er sie fest und bestieg sie, bezwang sie, aber ihre Stärke hatte Raum für seine Stärke und bewahrte sie.

Als er in sie eindrang, als sie ihn empfing, erreichten sie gemeinsam den Höhepunkt und lagen dann ineinander verschlungen und verschmolzen beisammen, Brust an Brust, ihrer beider Atem vermischte sich, bis er in ihr wieder steif wurde und sie sich um ihn schloß und der lange Pulsschlag der Leidenschaft sie bewegte.

Er blieb liegen, hielt die Augen geschlossen und den Kopf zur Seite gewandt, war zu drei Vierteln nackt, hatte die Jeans hinuntergeschoben. Sie berührte die lange schöne Linie von der Hüfte zum Hals, betrachtete das besonders unschuldige, helle, seidige Haar in seiner Achselhöhle. »Dir ist kalt«, stellte sie fest und es gelang ihr, den roten Mantel über sie beide zu ziehen. »Du bist schön«, sagte er, seine Hände versuchten, diese Schönheit durch Liebkosungen zu beschreiben, doch nicht drängend, sondern zärtlich, schläfrig. Er hatte das Gesicht auf ihre Schulter gelegt. Sie schlief halb, sah die regungslosen Äste der Fichten vor dem stillen Himmel. Sie gaben einander sehr viel Trost, aber das war schon alles. Der Boden war rauh. Sie spürte, wie er im Schlaf fröstelte, und zog sich von ihm zurück. Er protestierte, nannte ihren Namen, schlief wieder für einen Augenblick ein.

Sie zog ihre Kleider an, fröstelte selbst ein wenig, und als er aufstand, brachte sie ihn dazu, das Lederwams anzuziehen, das endlich beinahe trocken war, und darüber den Mantel. »Der Schock ist schuld daran, daß du frierst«, erklärte sie.

»Was für ein Schock?« fragte er gelassen lächelnd.

»Halt den Mund! Man friert – der Schock, wenn man verletzt ist.«

»Wir haben ja eine Methode gefunden, wie wir uns erwärmen können.«

»Ja, das stimmt, aber wir kommen nicht zum Tor, indem wir hier herumliegen und bumsen, Hugh.«

»Ich weiß nicht, ob wir hinkommen, wenn wir aufstehen und weitergehen. Wir können ja wenigstens die Ruhepausen genießen«, fügte er hinzu und sah sie dann an, um sicher zu sein, daß er sie nicht verletzt oder etwas Unanständiges gesagt hatte. Sie bewunderte seine Anständigkeit, seine Verletzlichkeit rückhaltslos. Sie war viel weniger fein als er, fand sie, und wenn er sie kritisch beurteilte, mußte er es mißbilligen; aber er beurteilte sie nicht kritisch. Er näherte sich ihr nicht mit einer vorgefaßten Meinung, er hatte keinen Platz in seinem Leben, keinen Namen, keine Verwendung für sie vorgesehen. Er kam mit nichts als seiner Kraft und seiner Not.

Er sah sie an. »Weißt du, Irena, ich habe noch nie etwas Schöneres erlebt.«

Sie nickte; sie war unfähig zu antworten.

»Ich nehme an, daß wir weitergehen müssen«, meinte er. Er betastete seine linke Seite nachdenklich und angewidert. »Hoffentlich wird es bald besser.«

»Es wird eine Weile dauern. Es ist eine scheußliche Quetschung.«

Er sah sie wieder unsicher an; dann trat er entschlossen auf sie zu, berührte ihre Haare und ihre Wange und küßte sie auf den Mund – nicht erfahren, nicht sehr leidenschaftlich; aber es war der erste Kuß zwischen ihnen. Sie mochte die Berührung seiner großen Hand mehr als den Kuß. Sie wollte ihm sagen, daß er schön war und daß sie ihn gern hatte, aber sie konnte sich nicht gut ausdrücken.

»Ist dir warm genug?« fragte er. »Ich habe alle Kleidungsstücke an.«

»Mir wird immer warm, wenn ich gehe.«

Er wartete darauf, daß sie sich in Bewegung setzte, und gab nicht vor, daß er wußte, wohin sie gehen mußten. Sie ging mit neu erwachtem Selbstvertrauen den Kamm entlang und folgte dem Bach in die Richtung, die sie als Osten bezeichnete.

Sie legten eine lange Strecke wortlos zurück. Der Kamm, ein langer, schmaler Sporn des Berges, bog leicht nach links, stieg an und senkte sich, aber sie gerieten allmählich tiefer. Der Wald auf dem Kamm war schütter, so daß sie gut weiterkamen, und es gab lange, offene Wegstücke, wo es angenehm war, durch das kurze, trockene, bräunliche Gras zu wandern und das Baumdach zu verlassen. Schließlich führte der Sporn steil bergab, fiel bald beinahe senkrecht ab. Da sie keinen besseren Weg fanden, mußten sie hinunterklettern, sich an Wurzeln festhalten und sich manchmal ein Stück gleiten lassen. Sie landeten im Bachbett, in einer dicht bewachsenen Schlucht mit steilen Wänden. Sofort tranken sie von dem Wasser.

Irene kletterte das schlammige Ufer zu einem freien Platz hinauf, wo ein großer Baum umgestürzt war, und überlegte. Dieser Bach war ungefähr so breit wie der Dritte Fluß. Wenn es der Dritte Fluß war, mußten sie ihm nur folgen, und sie würden die Südstraße kreuzen – Aber es war nicht der Dritte Fluß. Es war der gleiche Bach, den sie von seiner Quelle an gefolgt waren, die Quelle zwischen den Farnen, unterhalb der Drachenhöhle. Er floß nach Osten oder Südosten, den Berg hinunter, durch diesen Canyon. Der Dritte Fluß floß am Berg vorbei nach Westen. Das hier mußte ein Nebenfluß sein; er würde irgendwo in den Dritten Fluß münden. Er floß nach links, und der Dritte Fluß würde nach rechts fließen, von dieser Seite kommen, falls sie jetzt nach Süden blickte ...

Sie versuchte, sich auszurechnen, in welche Richtungen die Bäche verlaufen mußten, in welche Richtung sie blickte. Ihre Kehle wurde trocken. Die Himmelsrichtungen Norden, Westen, Süden, Osten waren Worte ohne Bedeutung. Jede Richtung, in die sie blickte, konnte Süden sein. Oder Norden.

Hugh trat neben sie. »Möchtest du, daß wir eine Pause machen?« fragte er und legte ihr die Hand auf die Schulter. Sie zuckte bei der Berührung zusammen.

Er ließ sie sofort los und überquerte die kleine Lichtung. Er setzte sich, lehnte den Rücken gegen den mächtigen Stamm des gestürzten Baumes und schloß die Augen.

Als sie sich zu ihm setzte, bemerkte er: »Vielleicht sollten wir etwas essen.«

Sie öffnete das Paket und packte das Essen aus. Es war mehr übrig, als sie angenommen hatte; jedenfalls genug, um für einen weiteren Tag zu reichen. Dadurch fand sie den Mut zu einer Feststellung: »Ich weiß nicht, wo wir sind.«

»Das haben wir ja nie gewußt, nicht wahr?« meinte er

gleichmütig. Dann gab er sich sichtlich einen Ruck, bewegte sich, öffnete die Augen, stellte Fragen und machte Vorschläge. Sie sprachen darüber, daß sie diesem Bach weiter folgen wollten, da er irgendwann in einen der größeren Flüsse münden mußte.

»Oder wir kommen zum Meer, wenn wir in die falsche Richtung gehen.« Er hatte einen Scherz machen wollen, aber seine Stimme erstarb beim letzten Wort.

»Die andere Möglichkeit wäre, hier nach links abzubiegen.« Irene kaute schon den zweiten Streifen Lammfleisch und fühlte sich besser. »Weil ich das Gefühl habe, daß wir nicht genau nach Osten gehen. Und solange wir auf dem Berg bleiben, können wir uns nicht wirklich verirren – wir wissen dann wenigstens, wo der Berg ist.«

»Aber wir nähern uns nicht dem Tor.«

»Ich weiß. Aber der Berg ist die einzige Orientierungshilfe, die wir haben. Wir wissen ja nicht mehr, wo sich das Tor befindet.«

»Das stimmt. Alles sieht gleich aus. Wie damals, als ich am Tor vorbeigegangen bin. Ich glaube ... ich glaube, ich habe Angst davor, daß es wieder so ist. Es gibt das Tor nicht mehr. Es gibt nichts, was wir finden können.«

»Mir ist das nie passiert«, widersprach sie trotzig. »Es wird auch nicht passieren. Ich komme hier raus!«

Er schob auf dem Boden neben dem Baum Fichtennadeln zu Mustern zusammen.

»Das gehört dir«, erklärte sie und versuchte, den Blick von seinem Fleischstück loszureißen.

»Ich bin eigentlich nicht hungrig.«

Nach einer Weile fragte sie: »Du versuchst nicht, mir den größten Teil zuzuschanzen oder sowas?«

»Nein«, antwortete er offen und erschrocken; er lächelte und blickte zu ihr auf. »Ich habe einfach keine Lust zu essen. Wenn ich hungrig wäre, hättest du nicht die geringste Chance.«

»Du kannst nicht fasten und gleichzeitig so weit marschieren.«

»O doch. Ich zehre von meinem Fett, wie ein Kamel.«

Sie runzelte die Stirn. Sie wäre gern zu ihm hingerückt, hätte ihn berührt, sein rauhes Haar, seine müden, stoppelbedeckten Wangen, seine große, kräftige und doch kindliche Hand; aber sie brachte es nicht fertig, weil sie vor ein paar Minuten vor seiner Berührung zurückgezuckt war. Sie wollte diese Zurückweisung wiedergutmachen, wußte aber nicht, was sie sagen sollte.

Er hatte die Augen geschlossen oder war dabei, sie zu schließen; er hatte sich an den gestürzten Baum gelehnt. Sie schwieg, wurde immer unsicherer und deprimierter. Als sie wieder zu ihm hinübersah, schlief er, sein Gesicht war entspannt, die Hand auf seinem Schenkel schlaff.

Sie sollten weitergehen. Sie mußten weitergehen. Sie konnten sich nicht hinsetzen und schlafen, denn so würden sie nie zum Tor gelangen. »Hugh«, rief sie. Er hörte sie nicht. Dann verwandelte sich ihre Angst in die ehrfürchtige, leidenschaftliche Zärtlichkeit, der sie entsprungen war. Sie ging zu ihm und schob ihn sanft zur Seite, damit er sich ausstrecken möge. Er richtete sich auf. »Schlaf nur!« flüsterte sie, und er gehorchte. Sie blieb eine Weile neben ihm sitzen und lauschte dem Geräusch des nahen Baches, das sie vorher nicht beachtet hatte. Der Bach rieselte leise, floß sanft über Sand oder Schlamm, murmelte kaum hörbar. Sie bemerkte allmählich, daß auch sie müde war. Sie holte den roten Mantel, den er nicht mehr getragen hatte, sobald ihm im Lederwams warm geworden war, breitete ihn als Decke über sie beide, kuschelte sich an Hugh und schlief ein.

Als sie aufwachten, waren beide steif, schwerfällig, nicht bereit.

Irena ging zum Bach hinunter und trank. Sie wusch sich Hände und Gesicht, das kühle Wasser war so angenehm, und sie hatte das Gefühl, daß sie vom Kopf bis zu den Füßen mit Schmutz bedeckt war, also suchte sie bachabwärts eine seichte Bucht, zog sich aus und badete. Sie wollte nicht, daß Hugh ihr dabei zusah, deshalb zog sie sich rasch wieder an. Er stieg weiter oben, wo das Ufer niedriger war, zum Bach hinunter, und kniete mühsam nieder, um zu trinken. »Schwimm ein bißchen. Ich habe es auch getan«, rief Irene, knöpfte ihre Bluse zu und schauerte erfrischt zusammen.

»Zu kalt.«

»Ist dir noch immer kalt?« fragte sie und ging über das farnbestandene, schlammige Ufer zu ihm hin.

»Die ganze Zeit über.«

»Es war das ... dieses Drachenwesen – es war kalt. Ich habe es gespürt.«

»Ich möchte nur das Sonnenlicht sehen.« In seiner Stimme schwang eine Verzweiflung mit, die ihr Angst machte.

»Wir finden das Tor, Hugh. Sei nicht ...«

»In welche Richtung?« Er stand auf und benützte einen knorrigen Busch am Ufer, um sich in die Höhe zu ziehen.

»Es wird am besten sein, wenn wir dem Bach folgen.«

»Gut. Ich habe im Moment ohnehin keine Lust zum Bergsteigen.« Es war der Versuch, einen Scherz zu machen.

Sie ergriff seine Hand. Sie war eiskalt. – Kalt durch das Wasser, erkannte sie: aber die kalte Berührung löste einen Schock bei ihr aus, den sie sich nicht vernünftig erklären konnte. Sie fürchtete um ihn. Sie blickte zu ihm auf und nannte seinen Namen.

Er erwiderte ihren Blick, betrachtete sie mit einer Sehnsucht, die er nicht in Worte fassen konnte. Er legte seine rechte Hand auf ihr Haar und zog sie an sich. Er war eine Mauer, eine Festung, ein Bollwerk, und sterblich, zerbrechlich, leichter zu verletzen als zu heilen; Drachentöter, Kind des Drachens; Sohn des Königs, Armer, arme, kurzlebige, unwissende Seele. Sein Verlangen nach ihr richtete sich auf und pochte an ihren Bauch, aber seine Arme umfaßten sie mit einem viel größeren Verlangen, das das Leben nicht stillen kann. Sie drückte ihn an sich, sie waren vereint.

9. Kapitel

Sie übernahm die Führung. Er folgte ihr, so gut er konnte. Sie blickte oft zurück und mußte manchmal auf ihn warten. Er versuchte, mit ihr Schritt zu halten, aber sie kamen am Bachufer nur schlecht voran. Wurzeln, Büsche, Farne drängten sich zusammen, und der Boden unter ihnen war uneben, manchmal glitschig. Seit er etwas gezerrt hatte, als er in die steile Schlucht hinunterstieg, hörte der Schmerz in seiner linken Körperhälfte überhaupt nicht mehr auf. Dadurch fiel ihm das Atmen schwer, und er ging langsamer. Nach einer Weile versuchte er nicht mehr, ihr Tempo zu halten, sondern nur noch weiterzugehen. Ein kleinerer Bach mündete in den Fluß, dem sie folgten, und dieser verbreitete sich zu einem Sumpf, in dem sie keinen festen Boden fanden, also beschlossen sie, den Bach zu überqueren. Das war sehr schwierig. Der Schwindel, der ihn immer wieder überfiel, machte es ihm schwer, sich auf den glatten Steinen gegen die Strömung zu halten. Er hatte Angst zu stürzen und wieder etwas zu zerren. Er gelangte zwar hinüber, aber kurz darauf mußten sie neuerlich über das Wasser, er wußte nicht, warum; er konzentrierte sich jetzt ausschließlich auf die nächsten Schritte. Sie versuchte, ihn beim Überqueren zu stützen, aber es half nicht viel. Sie war nicht kräftig genug – wenn er ausglitt, dann glitt er eben aus, verdammter Elefant! Das Wasser war brennend kalt. Sie waren jetzt auf der anderen Seite und ein bequemerer Weg führte unter grauen Bäumen an einem sandigen Ufer entlang. Wenn nur seine Seite nicht so gebrannt hätte und das Schwert immer tiefer in ihn eingedrungen wäre, jetzt, und jetzt wieder, und jetzt wieder. Sie war wie ein Schatten, sie schritt so leicht vor ihm dahin; der einzige Schatten in dieser Welt ohne Schatten, ohne Mond, ohne Sonne. ›Warte auf mich, Irena!‹

wollte er rufen, aber er mußte es nicht aussprechen; sie wartete. Sie wandte sich zu ihm um, kehrte zu ihm zurück. Ihre warme, starke Hand berührte die seine. »Willst du eine Weile rasten, Hugh?« Er schüttelte den Kopf. »Ich will weitergehen.« Das Schwert drang jetzt wieder etwas tiefer in ihn ein. Sein Name, der Name seines Vaters, den er gehaßt hatte, wurde durch ihre Stimme zur Taufe: ein Atemzug, das Ausatmen: du.* Du meine Erfüllung. Du, die ich jenseits aller Erwartung gefunden habe: du mein Leben. Nicht Tod, sondern Leben. Vor der Höhle des Drachen wurden wir getraut.

»Eine kleine Weile«, sagte er. Er lag auf den Knien. Sie kam gewissenhaft und besorgt zu ihm. Er erklärte ihr, daß sie sich keine Sorgen zu machen brauche, er wolle nur kurze Zeit sitzen bleiben und sich ausruhen, das heißt, er wollte es ihr erklären.

Sie zwang ihn, sich hinzulegen, und deckte ihn mit dem roten Mantel zu; sie hielt ihn fest und versuchte, ihn mit ihrem Körper zu erwärmen. Er war der Schatten, sie war Wärme, Sonnenschein.

»Sing das Lied!« verlangte er.

Zuerst hörte sie ihn nicht; er konnte wegen des Schwerts in seiner Seite nicht laut sprechen. Als er es wiederholte, verstand sie ihn. Sie stützte sich auf den Ellbogen auf, wandte das Gesicht ab und sang mit der zarten, süßen Stimme, der Lerchenstimme, ohne jede Angst:

»Wenn die Blume erblüht
An des Baches Rand,
Singt die Lerche mich heim
In mein eigenes Land.«

»Das ist es«, flüsterte er.

»Was ist was?«

»Heim ist das andere Land. Nicht das hier.«

Sie hatte das Gesicht dicht zu dem seinen geneigt und

---

* »Hugh« und »you« wird fast gleich ausgesprochen. – *Anm. d. Ubers.*

strich ihm über das Haar. Ihre Wärme war in ihn eingedrungen. Er schloß die Augen.

Als er aufwachte, schmerzte die Zerrung an seiner Seite, oder was es war, überhaupt nicht, bis er sich bewegte. Das Schlimmste war das Aufstehen. Er konnte nicht am Wasser niederknien, um zu trinken, ohne daß er vorher aufgestanden war, und schämte sich wegen der Geräusche, die dabei aus seiner Brust kamen, er keuchte ein paarmal rasselnd, aber es ging nicht anders.

»Komm weiter«, sagte Irene, »hier entlang!« Sie sprach so sicher, daß er fragte: »Du hast den Weg gefunden?« Sie hörte ihn nicht. Er konnte ganz gut gehen, aber er stolperte oft. Es ging am besten, wenn sie sich an seiner Seite hielt. Sie führte ihn so gut, daß er zeitweise die Augen schließen konnte, aber wenn er von dem Weg taumelte, riß er sie mit, also versuchte er, die Augen offen zu halten. Der Weg war angenehm. Die Bäume traten vor ihnen zur Seite, machten ihnen Platz. Aber sie mußten noch einen Bach überqueren. Es war nicht möglich.

»Du hast es schon einmal geschafft«, sagte sie.

»Wirklich?« Vielleicht war ihm deshalb so kalt: er war naß. Es spielte also keine Rolle, wenn er wieder naß wurde. Das Wasser brannte wie Feuer, das dunkle, schnell fließende Wasser, das er nie wieder trinken würde. Hier war der vorspringende Felsen über dem Bach, auf dem er, auf dem sie gekniet hatte. Und die Büsche und der blumenlose Rasen der Lichtung, das Tal, der Ort des Anfangs, aber jetzt das Ende; und die Fichte und die Lorbeerbüsche, aber kein Weg zwischen ihnen, erst, als ihre Hand ihn öffnete. Dennoch konnte er noch immer nicht hindurchgehen, bis sie seine Hand ergriff und neben ihm in die neue Welt trat.

Sie hatte Sonnenschein erwartet. Sie hatte immer angenommen, daß sie in den heißen, ungeheuren Sonnenschein dieses heißen Sommers hinaustreten würden. Sie kamen über die Schwelle in Nacht und Regen hinein.

Der Regen fiel in großen Tropfen. Das Geräusch, das er

verursachte, wenn er auf die Blätter des Waldes und den Boden auftraf, war schön, und auch sein Geruch. Ihr Gesicht war regennaß, als hätte sie geweint. Aber sie konnte Hugh nicht rasten lassen, wie sie vorgehabt hatte, sobald sie draußen waren. Nicht auf diesem durchweichten Grund, und ihre Jeans und Schuhe waren schon klatschnaß, weil sie drei Flüsse durchwatet hatten. Sie mußten weitergehen. Es war nicht fair ihm gegenüber, er war blind vor Schmerzen und Fieber. Aber sie hielt seinen Arm fest, und er ging weiter. Sie arbeiteten sich durch den dunklen Wald hindurch und über die brachliegenden Felder. Die Scheinwerfer der fernen Autos auf der Autobahn zeichneten durch den Regen Streifen in die Luft und auf den Boden. Einmal stolperte Hugh, und als er sich aufrichtete und sich schwer auf sie stützte, schrie er auf; aber dann sagte er: »Es ist schon in Ordnung«, und sie gingen weiter, näherten sich der Schotterstraße; die Lampen, die die ganze Nacht bei der Farbfabrik brannten, waren ihr Leitstrahl. Auf dem kurzen Hang zur Straße hinauf sank er auf die Knie und dann glitt er ohne ein Wort oder ein Zeichen nach vorn und blieb mit dem Gesicht auf dem Boden liegen.

Sie war mit ihm zugleich hingefallen; sie kauerte im nassen Gras neben ihm. Nach einer Weile krabbelte sie zum Straßenrand hinauf, blickte einen Augenblick in die Dunkelheit zurück, in der er lag. Sie konnte ihn nicht sehen. Sie wimmerte vor Verzweiflung, wie er vor Schmerzen gewimmert hatte, und setzte sich in Richtung auf die Farm in Bewegung.

Scheinwerfer hinter ihr, von der Fabrik her. Entsetzt wie ein Kaninchen erstarrte sie auf dem Straßenrand, hörte, wie der Motor langsamer wurde, die Reifen knirschten.

»He! Ist etwas nicht in Ordnung?«

Sie wußte, daß es das sein konnte, daß es immer das sein konnte, wovor sie sich fürchtete, aber sie machte kehrt und ging zum Wagen. Sie zitterte. Im schwachen Licht nahm sie ein rothaariges Gesicht wahr. »Mein Freund ist verletzt«, erklärte sie.

»Wo? Halten Sie durch!«

Es war ein kleiner Wagen, und Hugh kam nicht soweit zu Bewußtsein, daß er eine große Hilfe war, aber der entschlossene Rotbart verstaute ihn irgendwie auf dem Vordersitz, dann klappte er Irene auf dem Rücksitz wie ein Taschenmesser zusammen und fuhr vergnügt mit neunzig zum Fairways Krankenhaus. Er stieg auf die Bremse, sprang aus dem Wagen und rannte zum Eingang der Notaufnahme; auch das machte ihm anscheinend Spaß. Sobald Hugh aufgenommen worden war, war der aufregendste Teil vorbei, aber Rotbart wartete mit ihr im Warteraum, holte ihr von den Automaten in der Halle Kaffee und eine Schokoladenstange, tat alles, was ein Mitmensch tun konnte; nichts Ungewöhnliches, doch nach Irenes Erfahrung war es sehr ungewöhnlich. Fürsten nennen einander Schwester, Bruder.

Die Ärztin, die schließlich mit ihr sprach, stellte ein paar Fragen. Irene hatte Rotbart zugehört, der über Basketballergebnisse sprach, und keine Geschichte vorbereitet. »Er ist zusammengeschlagen worden«, erklärte sie, etwas Besseres fiel ihr nicht ein, als sie begriff, daß sie eine Erklärung abgeben mußte.

»Sie waren im Wald«, stellte die Ärztin fest.

»Wir haben eine Wanderung gemacht.«

»Sie haben sich verirrt? Wie lange sind Sie fort gewesen?«

»Das weiß ich nicht genau.«

»Ich sollte Sie eigentlich auch untersuchen.«

»Mir fehlt nichts. Ich bin nur müde. Ich hatte Angst.«

»Sind Sie sicher, daß Ihnen nichts geschehen ist?« fragte die Ärztin scharf: eine müde Frau in mittleren Jahren, deren Gesicht im erbarmungslosen Licht des Krankenhauses grau wirkte – es war zehn Uhr abends an einem langen Wochenende und sie befanden sich in der Abteilung für Unfälle.

»Ich bin in Ordnung. Ich brauche nur etwas Schlaf. Ist Hugh ...«

»Haben Sie ein Zuhause?«

»Der Mann, der uns aufgelesen hat, wird mich zur Wohnung meiner Mutter bringen. Ist Hugh ...«

»Ich warte noch auf die Röntgenaufnahmen. Er muß hierbleiben. Haben sie die Papiere unterschrieben – ja. In Ordnung.« Sie wandte sich ab. Irene war durch die Autorität der Ärztin, des Krankenhauses eingeschüchtert, drehte sich um und wollte gehen.

Der Sanitäter, der Hugh aufgenommen hatte, schaute aus einem Büro heraus. »Er hat darum gebeten, daß sich jemand mit seiner Mutter in Verbindung setzt. Würden Sie das tun?« fragte er, als er Irene sah.

»Ja.«

»Es geht ihm gut«, sagte die Ärztin. »Sehen Sie zu, daß Sie ins Bett kommen!«

»Sie wollen dich noch eine Nacht hierbehalten.«

»Ich weiß.« Er lag bequem in dem hohen, harten Bett, dem vorletzten im Zimmer. »Ich bin ohnehin nicht scharf darauf aufzustehen.«

»Aber es geht dir gut?«

»Glänzend. Sie haben mich ganz eingewickelt, schau mal! Nein, ich kann es dir nicht zeigen, das Ding geht hinten auf, es gehört sich nicht. Aber ich stecke in einem dicken Verband, wie eine Mumie. Jedes Mal, wenn ich aufwache, bekomme ich eine Pille.«

»Ist es eine gebrochene Rippe?«

»Eine ist gebrochen und eine angeknackst. Wie steht es mit dir?«

»Mir geht es gut. Hör mal, Hugh, haben sie dich gefragt, du weißt schon, was geschehen ist?«

»Ich habe einfach behauptet, daß ich mich nicht erinnern kann.«

»Das ist gut. Wenn wir nämlich verschiedene Geschichten erzählen, glauben sie vielleicht, daß etwas stinkt.«

»Was ist geschehen?«

»Wir sind durch den Wald gewandert, ein paar Rowdies

haben dich zusammengeschlagen und sind dann weggelaufen.«

»War es wirklich so?«

Er bemerkte ihre Unsicherheit.

»Irena. Ich erinnere mich an alles.«

Sie lächelte immer noch unsicher. »Ich habe gedacht, daß du vielleicht durch die Pillen benommen bist.«

»Das bin ich. Meist bin ich schläfrig. Wahrscheinlich gibt es Zeitabschnitte ... ich weiß nicht, wie wir zum Tal und durchs Tor gekommen sind. Haben wir schließlich doch den richtigen Weg gefunden?«

»Ja. Du warst irgendwie weggetreten.« Sie legte ihre Hand auf die seine. Sie waren beide durch die Anwesenheit der anderen unruhigen, schläfrigen Menschen im Zimmer eingeschüchtert, in den Betten liegende, halb bekleidete Männer, verbundene Köpfe, nackte Füße, die aus Gipsverbänden herausragten, schlafende, neugierige Patienten, Besucher, die kamen und gingen, Fernsehen und Radios mit drei verschiedenen Programmen, und der Geruch nach Tod und Desinfektionsmitteln.

»Mußtest du heute arbeiten?«

»Nein. Es ist erst Montag.«

»Mein Gott.«

»Hör mal, Hugh.«

Er lächelte und sah sie an.

»Ich war heute früh bei deiner Mutter.«

Nach einer Minute fragte er eher beiläufig. »Geht es ihr gut?«

»Als ich sie gestern abend anrief, hat sie mich nicht ganz verstanden, weißt du. Sie hat immer wieder gefragt, wer ich bin, und ich habe ihr erklärt, daß ich mit dir eine Wanderung gemacht habe, aber sie hat immer das gleiche wissen wollen. Sie war aufgeregt. Es war spät, und so weiter. Ich hätte nicht anrufen sollen. Als sie mich heute früh hier nicht hineinließen, habe ich mir gedacht, ich gehe zu ihr hinüber. Sie hat anscheinend nicht mitbekommen, daß du hier im Krankenhaus liegst.«

Er schwieg.

»Ja also, sie ...«

»Sie ist über dich hergefallen«, sagte er so zornig, daß sie rasch weitersprach. »Nein, das ist sie nicht! – Nur hat sie anscheinend nicht ... Na ja, ich sagte, daß du was zum Anziehen und so brauchst. Ich habe geglaubt, daß sie es dir bringen wird. Sie hat diesen Koffer geholt, er war schon gepackt, er liegt im Wagen, ich lasse ihn dann hier. Ich ... Also, sie schob ihn hinaus, an der Tür, und sie sagte: ›Er braucht nicht mehr zurückzukommen‹, und sie war ... sie schloß einfach die ... Ich konnte nichts tun, nur noch weggehen. Was hat sie eigentlich gemeint? Ich muß mich falsch ausgedrückt haben, und sie hat mich mißverstanden, und ich weiß nicht, was ich ... wie ich es in Ordnung bringen soll. Es tut mir leid, Hugh.«

»Nein.« Er schloß die Augen. Dann drehte er die Hand um und ergriff Irenes Hand. »Es ist schon in Ordnung«, sagte er, als er wieder sprechen konnte. »Vogelfrei.«

»Will sie denn nicht, daß du zurückkommst?« fragte Irene unglücklich und verständnislos.

»Nein. Ich will es auch nicht. Ich will bei dir bleiben. Ich möchte mit dir zusammenleben.« Er setzte sich auf, damit er den Kopf zu ihr beugen konnte. »Ich möchte etwas, eine Wohnung oder sowas, wenn du ... ich habe etwas Geld auf der Bank, wenn dieses verdammte Krankenhaus mir nicht alles abknöpft ... wenn du ...«

»Ja, schon gut, hör zu! Ich wollte es dir ohnehin erzählen. Nachdem ich bei ihr war, war noch immer keine Besuchszeit, also fuhr ich hinaus zur Achtundvierzigsten. In der Morgenzeitung war eine Anzeige. Es ist der Bezirk am Hügel, weißt du. Es klang wirklich gut, zweifünfundzwanzig im Monat samt den Möbeln, das ist wirklich nicht viel, es sind nur zehn Minuten vom Zentrum. Ich bin direkt hingefahren. Es ist eine Wohnung über einer Garage. Ich nehme sie auf jeden Fall, ich habe schon unterschrieben. Ich kann nicht mehr dorthin zurück, wo ich früher war.«

»Willst du, daß wir es zusammen nehmen?«

»Wenn du willst. Es ist wirklich hübsch. Die Leute im Haus sind sehr nett. Sie sind auch nicht verheiratet.«

»Aber wir sind es.«

Am nächsten Morgen verließen sie gemeinsam das Krankenhaus. Es regnete wieder, sie trug den fleckigen, abgetragenen Mantel, er das schmutzige Lederwams. Sie fuhren zusammen im Auto davon. Mehr als eine Straße führt in die Stadt.